「국어 종합 비타민 C」와 함께

국어와 즐거운 대화를 나누자

비타민 C는 아마도 여러분이 비타민 중에서 가장 쉽게 접하고 좋아하는 비타민일 텐데요, 우리 몸에 비타민 C가 부족하면 괴혈병이라는 무서운 입병이 생긴답니다. 이 병은 잇몸에서 피가 나며 자그마한 상처가 생겨도 피가 나고 잘 멎지 않는대요. 여러분이 좋아하는 국어 공부에도 비타민 C가 부족하면 안 되겠죠. 국어와 신나게 수다도 떨 수 없고…. 하지만 걱정 마세요. 「국어 종합 비타민 C」가 부족한 영양소를 보충해 줄테니, 이제 국어와의 즐거운 대화를 시작하세요.

중학생을 위한 국어 종합 비타민

중학생을 위한 국어 종합 비타민

중학생을 위한 국어 종합 비타민 C

펴낸날 | 2003년 3월 25일 초판 1쇄
       2011년 6월 15일 중판 1쇄

엮은이 | 서종택
펴낸이 | 이태권
펴낸곳 | 소담출판사
       서울시 성북구 성북동 178-2 (우)136-020
       전화 | 745-8566 팩스 | 747-3238
       E-mail | sodam@dreamsodam.co.kr
       등록번호 | 제2-42호(1979년 11월 14일)
       홈페이지 | www.dreamsodam.co.kr

ISBN 978-89-7381-690-3   44810
      978-89-7381-691-0(세트)

● 책 가격은 뒤표지에 있습니다.
● 잘못된 책은 구입하신 곳에서 교환해드립니다.

이 책에 실린 사진 일부의 저작권은 한국정신문화연구원과
안영선 선생님에게 있으며, 저작권자를 찾지 못한 「화수분」에
대하여는 저작권자가 확인되는 대로 정식 동의 절차를 밟겠
습니다.

중학생을 위한 **국어 종합 비타민**

서종택 엮음 및 해설

소담출판사

『중학생을 위한 국어 종합 비타민』은   이라 할 수 있
습니다. 여기에 실린 작품들은 멀리는 일제 식민지시대 것에서부터 가깝게는 오늘
의 생존 작가들에 이르기까지 내용과 형식이 다양하고 시대적 의미나 문학적 가치
를 고루 갖춘 것들입니다.

　　우리가 문학작품을 읽는 즐거움이란 우선 읽는 재미와 생각할 수 있는 시간을
한꺼번에 맛볼 수 있다는 점에 있습니다. 소설은 이야기로 꾸며져 있고, 그 이야기
는 작가의 뛰어난 상상력을 밑받침으로 하고 있다는 점에서 다른 논설문이나 설명
문과는 다르다 할 수 있을 것입니다. 그럴 듯한 이야기, 있음직한 이야기, 꾸며낸 이
야기에서 우리가 느끼는 재미와 감동은 어디에서 오는 것일까요? 소설은 꾸며낸 이
야기지만 거기에는 우리가 수긍할 수밖에 없는 세상의 아름다움과 삶의 진실을 담
고 있기 때문입니다. 있었던 사실을 기록한 역사보다 없었던 이야기를 꾸며낸 소설
이 더 보편적인 삶의 모습을 담고 있는 이유가 여기에 있는 것입니다.

　　우리가 소설을 읽는 것은 이러한 삶의 지혜와 용기를 얻을 뿐만 아니라 주인공

들이 살았던 시대의 사회 모습이나 풍속을 공부할 수 있기 때문입니다. 또한 그 주
인공들의 행위를 통해 자신이 앞으로 살아가야 할 세상을 그려보고 마음속으로 준
비할 수도 있습니다. 이것이 독서와 글쓰기 교육이 필요하고, 그리고 작가
들이 빚어낸 고전이나 문장을 감상하고 이해할 수 있는 능력이 중
요하고 학생들이 꼭 익혀야 할 소중한 가치입니다.

　따라서 이번에 펴낸 『중학생을 위한 국어 종합 비타민』은 우리의 역사·사회에
대한 이해를 넓히고 논리적 사고력과 표현력을 기르는 한편, 진정한 문학의 가치가
어디에 있는가를 깨닫게 되는, 이른바 다목적적이고 종합 비타민 같은 정신의 영양
소 역할을 하게 될 것이라 믿습니다.

2003년, 엮은이

사람 몸에 비타민이 하나라도 부족하면 몸에 이상이 생기듯 중학생들이 공부하는 국어에도 비타민이 필요합니다. 중학생들의 국어 공부에 꼭 필요한 『중학생을 위한 국어 종합 비타민』은 중학생들에게 부족한 국어 비타민을 채워줍니다.

『중학생을 위한 국어 종합 비타민』은 이렇게 다릅니다.

하나, 국어가 재미있어집니다. 선생님과 함께 대화를 나누는 것 같은 친절한 설명은 공부를 하고 싶은 기분이 저절로 들게 합니다.

둘, 억지로 머리에 지식을 주입시키려 하지 않습니다. 술술 읽다 보면 어느새 지식이 꽉 차 있음을 깨닫게 됩니다.

셋, 스스로 생각의 힘을 키울 수 있도록 도와줍니다. 정확한 답을 알려주지 않고, 여러 가지 경우의 수를 제시함으로써 사고력을 키울 수 있도록 하였습니다.

넷, 내신성적과 글쓰기 능력을 향상시켜 줍니다. 문학성이 뛰어난 글을 반복해서 읽고 이해하다 보면 글을 볼 줄 아는 능력이 길러집니다.

다섯, 수준 높은 중학생이 되기 위한 지식과 세상을 넓게 볼 수 있는 지혜가 담겨 있습니다.

작가 소개 | 단순한 작가 생애 나열이 아닙니다. 한 나라의 역사를 파악하듯 작가의 생애를 자세하게 서술하였습니다. 작가의 인생관이나 세계관을 알고 나면 작품을 이해하기가 훨씬 쉬워집니다.

문학사적 위치 | 작가가 작품을 집필한 데에는 시대적 · 문학사적 요구가 있었기 때문입니다. 작가가 이 작품을 왜 집필하게 되었는지 궁금하시죠? 그럼 한번 꼼꼼하게 읽어보세요. '아하!' 하고 탄성이 저절로 나오게 될 테니까요.

읽기 전에 생각하기 | 잠깐! 작품을 읽기 전에 어떤 점에 주의하면서 읽어야 하는지, 어느 부분을 깊이 생각하고 이해해야 하는지 친절하게 설명되어 있습니다. 그럼 이제부터 작품을 감상해 볼까요?

작품 줄거리 | 작품을 잘 읽어 보았나요? 스스로가 한번 줄거리를 만들어 보세요. 그러고 나서 선생님이 쓰신 내용과 어떻게 다른지, 빠진 내용은 없는지 살펴보세요. 자꾸 반복하다 보면 글쓰기 능력이 눈에 띄게 좋아진답니다.

작품 해설 | 작품을 읽다가 혹시 이해가 안 되는 부분이 있었나요? 그런 부분을 시원하게 긁어 준답니다.

본문의 내용과 연관되거나 작품을 이해하는 데 꼭 필요한 단어나 문장을 설명해 줍니다. 어휘력을 기르는 데도 도움이 되겠죠?

서두르지 말고 자유롭게 자신의 생각을 말해 봅시다. 내용이 생각나지 않는다고요? 그럼 찬찬히 작품을 다시 한 번 읽어 보세요.

이제 작품을 완전히 이해했나요? 스스로가 불충분하다고 생각된다면 마지막으로 점검해 볼 필요가 있겠죠? 글을 쓴 작가가 아닌 이상 작품을 완벽하게 이해할 수는 없지만 작품을 알고 작가를 이해하기 위한 마지막 관문입니다.

Contents

치숙

채만식 蔡萬植

우리 아저씨 말이지요? 아따 저 거시키, 한참 당년

에 무엇이냐 그놈의 것, 사회주의라더냐 막걸리라

더냐 그걸 하다 징역 살고 나와서 폐병으로 시방

앓고 누웠는 우리 오촌 고모부 그 양반……. 머,

말두 마시오. 대체 사람이 어쩌면 글쎄…… 내 원!

호가 백릉·채옹인 채만식은 1902년 전북 옥구에서 출생했습니다. 1920년에 집안의 강제로 한 살 연상인 은선홍과 결혼하지만, 훗날 이혼하고 여고를 졸업한 신여성과 재혼하게 되지요. 1922년에 중앙고보를 졸업하고 일본의 와세다 대학에 입학했으며, 1923년에 처음으로 중편 「과도기」를 탈고합니다. 하지만 이 작품은 한참이 지난 1973년에야 유작으로 발표되지요.

부친의 파산으로 대학을 중퇴하고 귀국한 채만식은 1924년 강화의 사립학교 교원으로 취직하는데, 이 무렵 단편 「세 길로」가 《조선문단》에 추천되어 등단하게 됩니다. 1925년 《동아일보》기자로 입사하고, 1934년에 「레디메이드 인생」을 발표합니다.

1937년에는 장편 『탁류』를 《조선일보》에, 1938년에는 『천하태평춘』(후일 『태평천하』로 개명)을 《조광》지에 연재합니다. 그리고 1944년에 장편 『여인전기』를 《매일신보》에 연재하고, 1946년에는 단편 「논 이야기」, 1948년에는 일제 말기의 친일 행적을 반성하는 단편 「민족의 죄인」 등을 발표합니다.

그는 한국전쟁 발발 직전인 1950년 6월 11일 서울 자택에서 폐질환으로 사망했습니다.

한국 풍자문학의 대표 작가인 채만식.
1924년 문단에 데뷔할 무렵
(1902~1950)

한국 풍자문학의 대표적인 작가 채만식이 본격적인 작품활동을 한 시기는 카프가 해산되고 일제의 압력이 가중되던 때였습니다. 그는 일제에 대한 자신의 무력감을 자조적으로 드러내면서 식민 시대를 비판하는 방법으로 고백적 풍자문학의 길을 선택했는데, 여기서 동원한 주요 기법은 아이러니였습니다. 이러한 아이러니는 그의 작품을 이루는 문장과 행간, 그리고 인물들의 성격 모두에서 잘 드러나고 있지요.

그의 작품에 등장하는 인물들은 크게 두 가지 성격으로 나뉘는데, 하나는 작가가 지지하는 긍정적 인물이요, 다른 하나는 작가가 반대하는 부정적 인물입니다. 그 중에서도 그의 소설의 아이러니는 부정적 인물을 주인공으로 삼고, 긍정적 인물을 배후에 두거나 희화시킴으로써 획득하고 있습니다.

채만식은 당시 일제의 엄격한 검열제도를 피해 자기가 보고 느낀 것을 진솔하게 표현하기 위해서 마련한 장치가 바로 역설적인 방법의 글쓰기였던 셈이죠. 따라서 아이러니로 가득 찬 문장과 주인공들을 통해 식민지 교육의 모순과 고리대금업, 도박과 같은 비정상적 자본 이동의 현상을 날카롭게 비판하고 있는 것입니다.

미완성 「소」의 친필원고

채만식

「치숙」은 역논리逆論理의 기법을 사용하고 있어요. 쉽게 말하자면, 칭찬과 비난이 뒤바뀌는 아이러니의 수법을 통해 현실을 풍자합니다. 부정적인 인물은 작가의 지지를 얻고, 긍정적인 인물은 작가에게 외면당하지요. 작품의 화자인, 일본인의 하수인 노릇을 하는 한 소년의 눈을 통해 식민지 시대 지식인의 궁핍한 삶이 조롱되는 걸 보여주는 거지요.

이러한 모순의 페이소스(pathos : 연민·비애감)를 통해 작가는 분명히 사회주의 지식인의 현실적인 어려움을 말하고 있습니다. 그러나 그보다는 식민 치하에서조차 물질 만능주의에 젖어버린 한 인물을 대비시켜 보여줌으로써, 당대 지식인의 필요성을 은연중에 강조한 것이라고 보는 시선이 한 단계 깊이 있는 해석이겠지요.

우리 아저씨 말이지요? 아따 저 거시키, 한참 당년에 무엇이냐 그놈의 것, 사회주의라더냐 막걸리라더냐 그걸 하다 징역 살고 나와서 폐병으로 시방 앓고 누웠는 우리 오촌 고모부 그 양반…….

머, 말두 마시오. 대체 사람이 어쩌면 글쎄…… 내 원!

신세 간 데 없지요.

자, 십 년 적공 "십 년 동안 공을 쌓다"는 말로, 그간 공부를 계속해 왔음을 의미한다., 대학교까지 공부한 것 풀어먹지도 못했지요, 좋은 청춘 어영부영 다 보냈지요, 신분에는 전과자라는 붉은 도장 찍혔지요, 몸에는 몹쓸 병까지 들었지요.

이 신세를 해가지굴랑은 굴속 같은 오두막집 단간 셋방 구석에서 사시장철 밤이나 낮이나 눈 따악 감고 드러누웠군요.

재산이 어디 집 터전인들 있을 턱이 있나요. 서발 막대 내저어야 짚검불 하나 걸리는 것 없는 철빈^{더할 수 없는 가난.}인데.

우리 아주머니가, 그래도 그 아주머니가, 어질고 얌전해서 그 알뜰한 남편 양반 받드느라 삯바느질이야 남의 집 품빨래야 화장품 장사야 그 칙살스런^{아니꼽게 잘고 더러운.} 벌이를 해다가 겨우겨우 목구멍에 풀칠을 하지요.

어디루 대나 그 양반은 죽는 게 두루 좋은 일인데 죽지도 아니해요.

우리 아주머니가 불쌍해요. 아, 진작 한 나이라도 젊어서 팔자를 고치는 게 아니라, 무슨 놈의 우난 후분^{나이가 늙은 뒤의 운수.}을 바라고 있다가 고생을 하는지.

근 이십 년 소박을 당했지요.

이십 년을 설운 청춘 한숨으로 보내고서 다아 늦게야 송장 여대치게 생긴 그 양반을 그래도 남편이라고 모셔다가는 병 수발 들랴, 먹고 살랴, 애가 진하고 다니는 걸 보면 참말 가엾어요.

그게 무슨 죄다짐이람? 팔자, 팔자 하지만 왜 팔자를 고치지를 못하고서 그래요. 죄선朝鮮 구식 부인네들은 다아 문명을 못하고 깨지를 못해서 그러지.

그 양반이 한시바삐 죽기나 했으면 우리 아주머니는 차라리 신세 편하리다.

심덕 좋겠다, 솜씨 얌전하겠다 하니 어디 가선들 자기 일신 몸 가누고 편안히 못 지내요?

가만 있자, 열여섯 살에 아저씨네 집으로 시집을 갔다닌깐 그게 내가 세 살 적이니 꼬박 열여덟 해로군. 열여덟 해면 이십 년 아니요.

그때 우리 아저씨 양반은 나이 어리기도 했지만, 공부를 한답시고 서울로 동경으로 십여 년이나 돌아다녔고 조금 자라서 색시 재미를 알 만하니까는 누가 예쁘달까봐 이혼하자고 아주머니를 친정으로 쫓고는 통히 불고^{돌보지 않음.}를 하고…….

공부를 다 마치고 오더니만 그 담에는 그놈의 짓에 들입다 발광해 다니면서 명색 학생 출신이라는 딴 여편네를 얻어 살았지요. 그 여편네는 나도 몇 번 보았지만 쌍판대기라고 별반 줄 수도 없이 생겼습디다. 그 인물로 남의 첩이야? 일색소박은 있어도 박색소박은 없다더니, 사실 소박맞은 우리 아주머니가 그 여편네게다 대면 월등 예뻤다우.

그래 그 뒤에, 그 양반은 필경 붙들려 가서 오 년이나 전중이 ^{징역꾼의 속원 말.}를 살았지요. 그 동안에 아주머니는 시집이고 친정이고 모두 폭 망해서 의지가지없이 됐지요.

그러니 어떻게 해요? 자칫하면 굶어죽을 판인데.

할 수 없이 얻어먹고 살기도 해야 하려니와 또 아저씨 나오는 것도 기다려야 한다고 나를 반연 삼아 서울로 올라왔더군요. 그게 그러니까 아저씨가 나오던 전 해로군.

그때 내가 나이는 어려도 두루 납뛴 보람이 있어서 이내 구라다상네 식모로 들어갔지요.

그 무렵에 참 내가 아주머니더러 여러 번 권면을 했지요. 그러지 말고 개가 改嫁를 가라고. 글쎄 어린 소견에도 보기에 퍽 딱하고 민망합디다.

계제에 마침 또 좋은 자리가 있었고요. 미네상이라고 미츠코시 앞에서 바나나 다다키우리 ^{싸구려 장사.}를 하는 인데 사람이 퍽 좋아요.

우리집 다이쇼 ^{주인.}도 잘 알고 허는데, 그이가 늘 날더러 죄선 오캄 ^{아내} 상하구 살았으면 좋겠다고, 중매 서 달라고 그래쌌어요.

돈은 모아 둔 게 없어도 다 벌어먹고 살 만하니까 그런 사람 만나서 살면 아주머니도 신세 편할 게 아니냐구요.

그런 걸 글쎄, 몇 번 말해도 흉한 소리 말라고 듣질 않는 걸 어떡허나요.

아무튼 그런 것 말고라도 참, 흰말이 아니라 이날 이때까지 내가 그 아주머니 뒤도 많이 보아주었다우. 또 나도 그럴 만한 은공이 없잖아 있구요.

내가 일곱 살에 부모를 잃었지요. 그리고 나서 의탁할 곳이 없이 됐는데 그때 마침 소박을 맞고 친정살이를 하는 그 아주머니가 나를 데려다가 길러 주었지요.

그때만 해도 그 집이 그다지 군색하게 지내진 않았으니깐요. 아주머니도 아주머니지만 종조할머니며 할아버지도 슬하에 딴 자손이 없어서 나를 퍽 귀여워하셨지요.

열두 살까지 그 집에서 자랐군요.

사 년이나마 보통학교도 다녔고.

아마 모르면 몰라도 그 집안이 그렇게 치패致敗 ^{살림이 결딴남.} 하지만 않았으면 나도 그냥 붙어 있어서 시방쯤은 전문학교까지는 다녔으리다.

이런 은공이 있으니까 나도 그걸 저버리지 않고 그래서 내 깜냥에는 갚을 만치 갚노라고 갚은 셈이지요.

허기야 요새도 간혹 아주머니가 찾아와서 양식 없다는 사정을 더러 하곤 하는데 실토정實吐情 ^{사실대로 진정을 밝혀 말함.} 말이지 좀 성가시기는 해요.

그러는 족족 그 수응을 하자면 내 일을 못하겠는걸. 그래 대개 잘라 떼기는 하지요.

그렇지만 그밖에 가령 양 명절 때면 고깃근이라도 사보낸다든지, 또 오며 가며 이야기낱이라도 한다든지 그런 걸 결단코 범연히 하진 않으니까요.

아무튼 그래서, 아주머니는 꼬박 일 년 동안 구라다상네 집 오마니로 있으면서 월급 오 원씩 받는 걸 그래도 고스란히 저금을 하고, 또 틈틈이 삯바느질을 맡아다가 조금씩 벌어 보태고, 또 나올 무렵에 구라다상네 양주가 퍽 기특하다고 돈 칠 원을 상급(賞給)으로 주고 그런 게 이럭저럭 돈 백 원이나 존존히 됐지요.

그 돈으로 방 한 칸 얻고 살림 나부랭이도 조금 장만하고, 그래 놓고서 마침 그 알량꼴량한 서방님이 놓여나오니까 그리로 모셔들였지요.

놓여 나는 날 나도 가서 보았지만 가막소 문 앞에 막 나서자 아주머니가 기다리고 있으니까 그래도 눈물이 핑 돌던데요.

전에 그렇게도 죽을둥살둥 모르고 좋아하던 첩년은 꼴도 안 뵈구요. 남의 첩년이란 건 다 그런 거지요 뭐.

우리 아저씨 양반은 혹시 그 여편네가 오지 않았나 하고 사방을 휘휘 둘러보던데요. 속이 그렇게 없다니까. 여편네는커녕 아주머니하고 나하고 그 외는 어리친 ^{심한 자극으로 정신이 흐릿해진.} 개새끼 한 마리 없더라.

그래 마악 자동차에 올라타려다가 피를 토했지요. 나중에 들었지만 가막소 안에서 달포 전부터 토혈을 했다나 봐요.

그래 다 죽어 가는 반송장을 업어 오다시피 해다가 뉘어 놓고, 그날부터 아주머니는 불철주야로 할 짓 못할 짓 다해 가면서 부스대고 납뛴 덕에 병도 차차로 차도가 있고 그러더니 인제는 완구히 살아는 났지요. 뭐 참 시방은 용꼴

인걸요, 용꼴.

부인네 정성이 무서운 겝다.

꼬박 삼 년이군. 나 같으면 돌아가신 부모가 살아오신 대도 그 짓 못해요.

자, 그러니 말이지요. 우리 아저씨라는 양반이 작히나 양심이 있고 다 그럴 양이면, 어허, 내가 어서 바삐 몸이 충실해져서 어서 바삐 돈을 벌어다가 저 아내를 편안히 거느리고 이 은공과 전날의 죄를 갚아야 하겠구나…… 이런 맘을 먹어야 할 게 아니라구요?

아주머니의 은공을 갚자면 발에 흙이 묻을세라 업고 다녀도 참 못다 갚지요.

그러고저러고 간에 자기도 인제는 속차려야지요. 허기야 속을 차려서 무얼 하재도 전과자니까 관리나 또 회사 같은 데는 들어가지 못하겠지만 그야 자기가 저지른 일인 걸 누구를 원망할 일도 아니고, 그러니 막 벗어붙이고 노동이라도 해야지요.

대학교 출신이 막벌이 노동이란 게 꼴 가관이지만 그래도 할 수 없지, 뭐.

그런 걸 보고 가만히 나를 생각하면, 만약 우리 종조할아버지네 집안이 그렇게 치패를 안 해서 나도 전문학교나 대학교를 졸업을 했으면 혹시 우리 아저씨 모양이 됐을지도 모를 테니 차라리 공부 많이 않고서 이 길로 들어선 게 다행이다…… 이런 생각이 들어요.

사실 우리 아저씨 양반은 대학교까지 졸업하고도 인제는 기껏 해먹을 게란 막벌이 노동밖에 없는데, 요 보통학교 사 년 겨우 다니고서도 시방 앞길이 환히 트인 내게다 대면 고즈카이 ¹⁾ 만도 못하지요.

아, 그런데 글쎄 막벌이 노동을 하고 어쩌고 하기는커녕 조금 바스스 살아날

만하니까 이 주책꾸러기 양반이 무슨 맘보를 먹는고 하니, 내 참 기가 막혀!

아니, 그놈의 것하고는 무슨 대천지원수가 졌단 말인지, 어쨌다고 그걸 끝끝내 하지 못해서 그 발광인고?

그러나마 그게 밥이 생기는 노릇이란 말이지? 명예를 얻는 노릇이란 말이지. 필경은 붙잡혀 가서 징역 사는 놀음?

아마 그놈의 것이 아편하구 꼭 같은가 봐요. 그렇길래 한번 맛을 들이면 끊지를 못하지요.

그렇지만 실상 알고 보면 그게 그다지 재미가 난다거나 맛이 있다거나 그런 것도 아니더군 그래요. 불한당 패던데요. 하릴없이 불한당 팹니다.

저어 서양 어디선가, 일하기 싫어하는 게름뱅이 몇 놈이 양지쪽에 모여 앉아서 놀고먹을 궁리를 했더라나요. 우리집 다이쇼가 다 자상하게 이야기를 해줍디다.

게, 그 녀석들이 서로 구논을 하기를, 자, 이 세상에는 부자가 있고 가난한 사람이 있고 하니 그건 도무지 공평한 일이 아니다. 사람이란 건 이목구비하며 사지 육신을 똑같이 타고났는데 누구는 부자로 잘살고 누구는 가난하다니 그게 될 말이냐. 그러니 부자가 가진 것을 우리 가난한 사람들하고 다같이 고르게 나눠 먹어야 경우가 옳다.

야, 그거 옳은 말이다. 야! 그 말 좋다. 자, 나눠 먹자.

아, 이렇게 설도 ^{어떤 일에 다른 사람을 동참시키려고 앞장서서 일을 주선함.} 를 해가지고 우 하니 들고 일어났다는군요.

아니, 그러니 그게 생 날불한당 놈의 짓이 아니고 무어요?

사람이란 것은 제가끔 분지복이 있어서 기수氣數를 잘 타고나든지 부지런하면 부자가 되는 법이요, 복록을 못 타고나든지 게으른 놈은 가난하게 사는 법이요. 다 이렇게 마련인데 그거야말로 공평한 천리인 것을, 됩다 불공평하다니 될 말이오? 그리고서 억지로 남의 것을 뺏어먹자고 들다니 그놈들이 불한당이지 무어요.

　짓이 불한당 짓일 뿐만 아니라, 또 만약에 그러기로 들면 게으른 놈은 점점 더 게으름만 부리고 쫓아다니면서 부자 사람네가 가진 것만 뺏어 먹을 테니 이 세상은 통으로 도적놈의 판이 될 게 아니오? 그나마, 부자 사람네가 모아 둔 걸 다 뺏기고 더는 못 먹어 내는 날이면 그때는 이 세상 망하는 날이 아니오?

　저마다 남이 농사 지어 놓으면 그걸 뺏어 먹으려고 일 않고 번둥번둥 놀 것이고 남이 옷감 짜놓으면 그걸 뺏어다가 입으려고 번둥번둥 놀 것이고 그럴 테니 대체 곡식이며 옷감이며 그런 것이 다 어디서 나올 데가 있어야지요. 세상 망할밖에!

　글쎄 그놈의 짓이 그렇게 세상 망쳐 놀 장본인 줄은 모르고서 가난한 놈들, 그 중에도 일하기 싫은 게으름뱅이들이 우선 당장 부자 사람네 것을 뺏어 먹는다니까 거기 혹해 가지굴랑 너두 나두 와 하니 참섭을 했다는구려.

　바로 저 아라사 ^{러시아의 한자 표기음.} 가 그랬대요.

　그래서 아니나다를까 농군들이 곡식을 안 만들기 때문에 사람이 수만 명씩 굶어죽는다는구려. 빠안한 이치지 뭐.

　우선 먹기는 곶감이 달다고 그 지랄들을 했다가 잘코사니^{남의 불행이 고소하여 하는 말.}야!

아 그런데, 그 못된 놈의 풍습이 삽시간에 동서양 각국 안 간 데 없이 퍼져 가지굴랑 한동안 내지內地 식민지 시대의 일본 본토. 조선이나 대만은 외지外地라고 했다 에도 마구 굉장히 드세게 돌아다녔고, 내지가 그러니까 멋도 모르는 죄선 영감상들도 덩달아서 그 흉내를 냈다나요.

그렇지만 시방은 그새 나라에서 엄하게 밝히고 금하고 한 덕에 많이 누굼해졌고 그런 마음먹는 사람은 별반 없다나 봐요.

그럴 게지 글쎄. 아, 해서 좋을 양이면야 나라에선들 왜 금하며 무슨 원수가 졌다고 붙잡다가 징역을 살리나요.

좋고 유익한 것이면 나라에서 도리어 장려하고 잘할라치면 상급도 주고 그러잖아요.

활동사진이며 스모며 만자이 만담. 며 또 왓쇼이왓쇼이 일본 전통 축제. 지 세이레이 나가시 우란분 행사의 하나 랄지 라디오 체조랄지 이런 건 다 유익한 것이니까 나라에서 설도도 하고 그러잖아요.

나라라는 게 무언데? 그런 걸 다 잘 분간해서 이럴 건 이러고 저럴 건 저러라고 지시하고 그 덕에 백성들을 제가끔 제 분수대로 편안히 살도록 애써 주는 게 나라 아니오?

그놈의 것 사회주의만 하더라도 나라에서 금하질 않고 저희가 하는 대로 두어 두었어 보아? 시방쯤 세상이 무엇이 됐을지…….

다른 사람들도 낭패본 사람이 많았겠지만 우선 나만 하더라도 글쎄 어쩔 뻔했어! 아무 일도 다 틀리고 뒤죽박죽이지.

내 이상과 계획은 이렇거든요.

우리집 다이쇼가 나를 자별히 귀애하고 신용을 하니깐 인제 한 십 년만 더 있으면 한밑천 들어서 따로 장사를 시켜 줄 눈치거든요.

　　그러거들랑 그것을 언덕 삼아 가지고 나는 삼십 년 동안 예순 살 환갑까지만 장사를 해서 꼭 십만 원을 모을 작정이지요. 십만 원이면 죄선 부자로 쳐도 천석군이니 뭐, 떵떵거리고 살 게 아니라구요.

　　그리고 우리 다이쇼도 한 말이 있고 하니까 나는 내지인 규수한테로 장가를 들래요. 다이쇼가 다 알아서 얌전한 자리를 골라 중매까지 서 준다고 그랬어요. 내지 여자가 참 좋지요.

　　나는 죄선 여자는 거저 주어도 싫어요.

　　구식 여자는 얌전은 해도 무식해서 내지인하고 교제하는 데 안 되고, 신식 여자는 식자나 들었다는 게 건방져서 못쓰고, 도무지 그래서 죄선 여자는 신식이고 구식이고 다 제바리여요.

　　내지 여자가 참 좋지 뭐. 인물이 개개 일자로 예쁘겠다, 얌전하겠다, 상냥하겠다, 지식이 있어도 건방지지 않겠다, 좀이나 좋아!

　　그리고 내지 여자한테 장가만 드는 게 아니라 성명도 내지인 성명으로 갈고, 집도 내지인 집에서 살고, 옷도 내지 옷을 입고, 밥도 내지 식으로 먹고, 아이들도 내지인 이름을 지어서 내지인 학교에 보내고…….

　　내지인 학교라야지 죄선 학교는 너절해서 아이를 버려 놓기나 꼭 알맞지요.

　　그리고 나도 죄선말은 싹 걷어치우고 국어만 쓰고요.

　　이렇게 다 생활 법식부터도 내지인처럼 해야만 돈도 내지인처럼 잘 모으게 되거든요.

내 이상이며 계획은 이래서 이십만 원짜리 큰 부자가 바로 내다뵈고 그리로 난 길이 환하게 트이고 해서 나는 시방 열심으로 길을 가고 있는데, 글쎄 그 미쳐 살미 든 놈들이 세상 망쳐버릴 사회주의를 하려 드니 내가 소름이 끼칠 게 아니라구요? 말만 들어도 끔찍하지!

세상이 망해서 뒤집히면 그래 나는 어쩌란 말인고? 아무것도 다 허사가 될 테니 그런 억울할 데가 있더람?

뭐 참, 우리집 다이쇼 말이 일일이 지당해요. 여느 절도나 강도나 사기나 그런 죄는 도적이면 도적을 해가는 그 당장, 그 돈만 축을 내니까 오히려 죄가 가볍지만, 그놈의 것 사회주의인지 지랄인지는 온 세상을 뒤죽박죽을 만들어 놓고 나라를 통째로 소란하게 하니까 도저히 용서할 수가 없대요.

용서라니! 나 같으면 그런 놈들은 모조리 쓸어다가 마구 그저 그냥……

그런 일을 생각하면 털어놓고 말이지 우리 아저씨가 그 양반도 여간 불측스러 뵐질 않아요. 사실 아주머니만 아니면 내가 무슨 천주학이라고, 나쁜 병까지 앓는 그 양반을 찾아다니나요. 죽는대도 코도 안 풀어 붙일걸.

그러나마 전자의 죄상을 다아 회개를 하고 못된 마음은 씻어 버렸을 제 말이지, 뭐 흰 개꼬리 삼 년이라더냐, 종시 그 모양인걸요.

그러니깐 그가 밉살머리스러워서, 더러 들렀다가 혹시 마주앉아도 위정 뼈 끝 저린 소리나 내쏘아 주고 말을 다잡아 가지굴랑 꼼짝못하게시리 몰아세워 주곤 하지요.

저번에도 한번 혼을 단단히 내주었지요. 아, 그랬더니 아주머니더러 한다는 소리가, 그 녀석 사람 버렸더라고, 아무짝에고 못쓰게 길이 들었더라고 그러더라나요.

내 원, 그 소리 듣고 하도 어처구니가 없어서!

대체 사람도 유만부동이지, 그 아저씨가 날더러 사람 버렸느니 아무짝에도 못쓰게 길이 들었느니 하더라니, 원 입이 몇 개나 되면 그런 소리가 나오는 구멍도 있누?

죄선 벙어리가 다 말을 해도 나 같으면 할말 없겠더구면서도, 하면 다 말인 줄 아나 봐?

이를테면 그게 명색 훈계 비슷한 거렷다? 내게다가 맞대놓고 그런 소리를 하다가는 되잡혀서 혼이 날 테니까 슬며시 아주머니더러 이르란 요량이던 게지?

기가 막혀서…… 하느님이 사람의 콧구멍 두 개로 마련하기 참 다행이야.

글쎄 아무려면 내가 자기처럼 다 공부는 못하고 남의 집 고즈카이 노릇으로 반토(番頭) 노릇으로 이렇게 굴러먹을 값에, 이래 보여도 표창을 두 번이나 받은 모범 점원이요, 남들이 똑똑하고 재주 있고 얌전하다고 칭찬이 놀랍고 앞길이 환히 트인 유망한 청년인데, 그래 자기 눈에는 내가 버린 놈이고 아무짝에도 못쓰게 길이 든 놈으로 보였단 말이지?

하하, 옳지! 거 참 그렇겠군. 자기는 자기 하는 짓이 옳으니까 남이 하는 짓은 다 글렀단 말이렷다.

그러니까 나도 자기처럼 그놈의 것 사회주의인지 급살맞을 것인지나 하다가 징역이나 살고 전과자나 되고 폐병이나 앓고 다 그랬더라면 사람 버리지도 않고 아무짝에도 못쓰게 길든 놈도 아니고 그럴 뻔했군 그래!

흥! 참…….

제 밑 구린 줄 모르고서 남더러 어쩌구저쩌구한다는 게 꼭 우리 아저씨 그 양반을 두고 이른 말인가 봐.

그날도 실상 이랬더라우. 혼을 내주었더니 아주머니더러 그런 소리를 하더 란 그날 말이오.

그날이 마침 내가 쉬는 날이길래 아주머니더러 할 이야기도 있고 해서 아 침결에 좀 들렀더니 아주머니는 남의 혼인집으로 바느질을 해 주러 갔다고 없 고, 아저씨 양반만 여전히 아랫목에 가서 드러누웠어요.

그런데 보니깐, 어디서 모두 뒤져냈는지 머리맡에다가 헌 언문 잡지를 수 북히 쌓아 놓고는 그걸 뒤져요.

그래 나도 심심 삼아 한 권 집어들고 떠들어 보았더니, 뭐 읽을 맛이 나야 지요.

대체 죄선 사람들은 잡지 하나를 해도 어찌 모두 그 꼬락서니로 해 놓는지.

사진도 없지요, 망가^{만화}도 없지요.

그리구는 맨판 까달스런 한문 글자로다가 처박아 놓으니 그걸 누구더러 보 란 말인고?

더구나 우리 같은 놈은 언문도 그런 대로 뜯어보기는 보아도 읽기에 여간 만 폐롭지가 않아요.

그러니 어려운 언문하고 까다로운 한문하고를 섞어서 쓴 글을 뜻을 몰라 못 보지요. 언문으로만 쓴 것은 소설 나부랭인데 읽기가 힘이 들 뿐 아니라 또 죄선 사람이 쓴 소설이란 건 재미가 있어야죠. 나는 죄선 신문이나 죄선 잡지 하고는 담쌓고 남 된 지 오랜걸요.

잡지야 머 《킹구》나 《쇼넹구라부》 덮어 먹을 잡지가 있나요. 참 좋아요.

한문 글자마다 가나를 달아 놓았으니 어떤 대문을 척 펴 들어도 술술 내리 읽고 뜻을 횅하니 알 수가 있지요.

그리고 어떤 대문을 읽어도 유익한 교훈이나 재미나는 소설이지요.

소설 참 재미있어요. 그 중에도 기쿠치 깡菊池寬 소설……! 어쩌면 그렇게 도 아기자기하고도 달콤하고도 재미가 있는지. 그리고 요시가와 에이지吉川 英治, 그의 소설은 짠짠바라바라^{칼싸움.}는 지다이모노時代物인데 마구 어깻바람 이 나구요.

소설이 모두 그렇게 재미가 있지요, 망가가 많지요, 사진이 많지요, 그리고 도 값은 좀 헐하나요. 십오 전이면 바로 그 전 달치를 사볼 수 있고 보고 나서 는 오전에 도로 파는데요.

잡지도 기왕 하려거든 그렇게나 해야지 죄선 사람들은 제엔장 큰소리는 곧 잘 하더구만서도 잡지 하나 반반한 거 못 만들어내니!

그날도 글쎄 잡지가 그 꼴이라 아예 글을 볼 멋도 없고 해서 혹시 망가나 사진이라도 있을까 하고 책장을 후루루 넘기느라니깐 마침 아저씨 이름이 있 겠다요! 하도 신통해서 쓰윽 펴 들고 보았더니 제목이 첫줄은, 경제·사 회…… 무엇 어쩌구 잔주를 달아 놨겠지요.

그것만 보아도 벌써 그럴 듯해요. 경제는 아저씨가 대학교에서 경제를 배 웠다니까 경제 속은 잘 알 것이고, 또 사회는 그것 역시 사회주의를 했으니까 그 속도 잘 알 것이고, 그러니까 경제하고 사회주의하고 어떻게 서로 관계가 되는 것이며 어느 편이 옳다는 것이며 그런 소리를 썼을 게 분명해요.

뭐, 보나 안 보나 빠안하지요. 대학교까지 가설랑 경제를 배우고도 돈 모을 생각은 않고서 사회주의만 하고 다닌 양반이라 경제가 그르고 사회주의가 옳다고 우겨댔을 거니깐요.

아무렇든 아저씨가 쓴 글이라는 게 신기해서 좀 보아 볼 양으로 쓰윽 훑어봤지요. 그러나 웬걸 읽어 먹을 재주가 있나요.

글자는 아주 어려운 자만 아니면 대강 알기는 알겠는데 붙여 보아야 대체 무슨 뜻인지를 알 수가 있어야지요.

속이 상하길래 읽어보자던 건 작파하고서 아저씨를 좀 따잡고^{따져서 엄하게 다잡고.} 몰아세울 양으로 그 대목을 차악 펴놨지요.

"아저씨?"

"왜 그러니?"

"아저씨가 여기다가 경제 무어라구 쓰구 또, 사회 무어라구 썼는데, 그러면 그게 경제를 하란 뜻이오? 사회주의를 하라는 뜻이오?"

"뭐?"

못 알아듣고 뚜렛뚜렛해요. 자기가 쓰고도 오래 돼서 다 잊어버렸거나, 혹시 내가 말을 너무 까다롭게 내기 때문에 섬뻑 대답이 안 나왔거나 그랬겠지요. 그래 다시 조곤조곤 따졌지요.

"아저씨! 경제란 것은 돈 모아서 부자 되라는 거 아니오? 그런데 사회주의란 건은 모아둔 부자 사람의 돈을 뺏어 쓰는 거 아니오?"

"이애가 시방!"

"아니, 들어보세요."

"너, 그런 경제학, 그런 사회주의 어디서 배웠니?"

"배우나마나, 경제란 건 돈 많이 벌어서 애껴 쓰구 나머지 모아 두는 게 경제 아니오?"

"그건 보통, 경제한다는 뜻으로 쓰는 경제고, 경제학이니 경제적이니 하는 건 또 다르다."

"다른 게 무어요? 경제는, 돈 모으는 것이고 그러니까 경제학이면 돈 모으는 학문이지요."

"아니란다. 혹시 이재학理財學이라면 돈 모으는 학문이라고 해도 근리近理할지 모르지만 경제학은 그런 게 아니란다."

"아니, 그렇다면 아저씨 대학교 잘못 다녔소. 경제 못하는 경제학 공부를 오 년이나 했으니 그거 무어란 말이오? 아저씨가 대학교까지 다니면서 경제 공부를 하고도 왜 돈을 못 모으나 했더니 인제 보니깐 공부를 잘못해서 그랬군요!"

"공부를 잘못했다? 허허. 그랬을는지도 모르겠다. 옳다, 네 말이 옳아!"

이거 봐요 글쎄. 담박 꼼짝 못하잖나. 암만 대학교를 다니고, 속에는 육조를 배포했어도 그렇다니깐 글쎄……

"아저씨?"

"왜 그러니?"

"그러면 아저씨는 대학교를 다니면서 돈 모아 부자 되는 경제 공부를 한 게 아니라 모아 둔 부자 사람네 돈 뺏어 쓰는 사회주의 공부를 했으니 말이지요……"

"너는 사회주의가 무얼루 알구서 그러나?"

"내가 그까짓걸 몰라요?"

한바탕 주욱 설명을 했지요.

내 얼굴만 물끄러미 올려다보고 누웠더니 피식 한번 웃어요. 그리고는 그 양반이 하는 소리겠다요.

"그게 사회주의냐? 불한당이지."

"아니, 그럼 아저씨도 사회주의가 불한당인 줄은 아시는구려?"

"내가 어째 사회주의가 불한당이랬니?"

"방금 그러잖었어요?"

"글쎄, 그건 사회주의가 아니라 불한당이란 그 말이다."

"거 보시우! 사회주의란 것은 그렇게 날불한당이어요. 아저씨두 그렇다구 하면서 아니시래오?"

"이애가 시방 입심 겨룸을 하재나!"

이거 봐요. 또 꼼짝 못하지요? 다 이래요. 글쎄…….

"아저씨?"

"왜 그러니?"

"아저씨두 맘 달리 잡수시오."

"건 어떻게 하는 말이냐?"

"걱정 안 되시우?"

"날 같은 사람이 걱정이 무슨 걱정이냐? 나는 네가 걱정이더라."

"나는 뭐 버젓하게 요량이 있는걸요."

"어떻게?"

"이만저만한가요!"

또 한바탕 주욱 설명을 했지요. 이 얘기를 다 듣더니 그 양반 한다는 소리 좀 보아요.

"너두 딱한 사람이다!"

"왜요?"

"……."

"아니, 어째서 딱하다구 그러시우?"

"……."

"네? 아저씨."

"……."

"아저씨?"

"왜 그래?"

"내가 딱하다구 그러셨지요?"

"아니다. 나 혼자 한 말이다."

"그래두……."

"이애!"

"네?"

"사람이란 것은 누구를 물론허구 말이다. 아첨하는 것같이 더러운 게 없느니라."

"아첨이요?"

"저······ 위로는 제왕, 밑으로는 걸인, 그 모든 사람이 우선 시방 이 제도의
이 세상에서 말이다, 제가끔 제 분수대로 살아가는 데 있어서 말이다, 제 개성
을 속여가면서꺼정 생활에다가 아첨하는 것같이 더러운 것이 없고, 그런 사람
같이 가련한 사람은 없느니라. 사람이란 건 밥 두 그릇이 하필 밥 한 그릇보다
더 배가 부른 건 아니니까."

"그건 무슨 뜻인데요."

"네가 일본인 여자와 결혼을 해서 성명까지 갈고 모든 생활법도를 일본화
하겠다는 것이 말이다."

"네, 그게 좋잖어요?"

"그것이 말이다. 진실로 깊은 교양이나 어진 지혜의 판단에서 우러나온 것
이라면 그도 모를 노릇이겠지. 그렇지만 나는 보매, 네가 그런다는 것은 다른
뜻으로 그러는 것 같다."

"다른 뜻이라니요?"

"네 주인의 비위를 맞추고 이웃의 비위를 맞추고 하자고······."

"그야 물론이지요! 다이쇼의 신용을 받어야 하고 이웃 내지인들하구두 좋
게 지내야지요. 그래야 할 게 아니겠어요?"

"······."

"아저씨는 아직두 세상물정을 모르시오. 나이는 나보담 많고 대학교 공부
까지 했어도 일찌감치 고생살이를 한 나만큼 세상 물정은 모릅니다. 시방이
어느 세상인데 그러시우?"

"이애!"

"네?"

"네가 방금 세상물정이랬지?"

"네."

"앞길이 환하니 틔었다구 그랬지?"

"네."

"환갑까지 십만 원 모은다구 그랬지?"

"네."

"네가 말하려는 세상물정하구 내가 말하려는 세상물정하구 내용이 다르기도 하지만 세상물정이란 건 그야말로 그리 만만한 게 아니다."

"네?"

"사람이란 건 제아무리 날구 뛰어도 이 세상에 형적 없이 그러나 세차게 주욱 흘러가는 힘, 그게 말하자면 세살물정이겠는데, 결국 그것의 지배하에서 그것을 따라가지 별수가 없는 거다."

"네?"

"쉽게 말하면 계획이나 기회를 아무리 억지루 만들어 놓아도 결과가 뜻대루는 안 된단 말이다."

"젠장, 아저씨두…… 요전 《킹구》라는 잡지에두 보니까, 나폴레옹이라는 서양 영웅이 그랬답디다. 기회는 제가 만든다구. 그리고 불가능이란 말은 바보의 사전에서나 찾을 글자라구요. 아 자꾸자꾸 계획하구 기회를 만들구 해서 분투 노력해 나가면 이 세상 일 안 되는 일이 어디 있나요? 한번 실패하거든 갑절 용기를 내 가지구 다시 일어서지요. 칠전팔기 모르시오?"

"나폴레옹도 세상물정에 순응할 때는 성공했어도 그것에 거슬리다가 실패를 했더란다. 너는 칠전팔기해서 성공한 몇 사람만 보았지, 여덟 번 일어섰다가 아홉 번째 가서 영영 쓰러지구는 다시 일지 못한 숱한 사람이 있는 건 모르는구나?"

"그래두 인제 두구 보시우. 나는 천하 없어두 성공하구 말 테니…… 아저씨는 그래서 더구나 못써요. 일해 보기두 전에 안 될 줄로 낙심 먼저 하구……."

"하늘은 꼭 올라가 보구래야만 높은 줄 아니?"

원 마지막 가서는 할 소리가 없으니깐 동에도 닿지 않는 비유를 가져다 둘러대는 걸 보아요. 그게 어디 당한 말인구? 안 올라가 보면 뭐 하늘 높은 줄 모를 천하 멍텅구리도 있을까?

그만해 두려다가 심심하길래 또 말을 시켰지요.

"아저씨?"

"왜 그래?"

"아저씨는 인제 몸 다 충실해지면 어떡허실려우?"

"무얼?"

"장차……."

"장차?"

"어떡허실 작정이세요?"

"작정이 새삼스럽게 무슨 작정이냐?"

"그럼 아저씨는 아무 작정 없이 살아가시우?"

"없기는?"

"있어요?"

"있잖구."

"무언데요?"

"그새 지내오던 대루……."

"그러면 저 거시키, 무엇이냐 도루 또 그걸……?"

"그렇겠지."

"아저씨?"

"……."

"아저씨?"

"왜 그래?"

"인제 그만두시우."

"그만두라구?"

"네."

"누가 심심소일루 그러는 줄 아느냐?"

"그러잖구요?"

"……."

"아저씨?"

"……."

"아저씨?"

"왜 그래?"

"아저씨 올에 몇이지요?"

"서른셋."

"그러니 인제는 그만큼 해두고 맘 잡어서 집안일 할 나이두 아니오?"

"집안일을 해서 무얼 하나?"

"그러기루 들면 그 짓은 해서 또 무얼 하나요?"

"무얼 하려구 하는 게 아니란다."

"그럼, 아무 희망이나 목적이 없으면서 그래요?"

"목적? 희망?"

"네."

"개인의 목적이나 희망은 문제가 다르니까…… 문제가 안 되니까……."

"원, 그런 법도 있나요?"

"법?"

"그럼요!"

"법이라……!"

"아저씨?"

"……."

"아저씨"

"왜 그래?"

"아주머니가 고맙잖습디까?"

"고맙지."

"불쌍하지요?"

"불쌍? 그렇지, 불쌍하다면 불쌍한 사람이지!"

"그런 줄은 아시누만?"

"알지."

"알면서 그러시우?"

"고생을 낙으로, 그 쓰라린 맛을 씹고 씹고 하면서 그것에서 단맛을 알어내는 사람도 있느니라. 사람도 있는 게 아니라 사람마다 무슨 일에고 진정과 정신을 꼬박 거기다가만 쓰면 그렇게 되는 법이니라. 그러니까 그쯤 되면 그때는 고생이 낙이지. 너희 아주머니만 두고 보더라도 고생이 고생이면서도 고생이 아니고 고생하는 게 낙이란다."

"그렇다고 아저씨는 그걸 다행히만 여기시우?"

"아니."

"그렇거들랑 아저씨두 아주머니한테 그 은공을 더러는 갚어야 옳을 게 아니오?"

"글쎄, 은공을 모르는 건 아니지만……."

"그러니 인제 병이나 확실히 다 나신 뒤엘라컨……"

"바빠서 원……."

글쎄 이 한다는 소리 좀 보지요? 시치미 뚝 따고 누워서 바쁘다는군요!

사람 속차릴 여망 없어요. 그저 어디루 대나 손톱만치도 쓸모는 없고 남한테 사폐만 끼치고 세상에 해독만 끼칠 사람이니, 뭐 하루바삐 죽어야 해요. 죽어야 하고 또 죽어서 마땅해요. 그런데 글쎄 죽지를 않고 꼼지락꼼지락 도로 살아나니 성화라고는, 내…….

일본에서 대학도 다녔고 나이가 서른 셋이나 된 아저씨가 일도 하지 않고 이런저런 정치적인 야심만 가지고 사는 걸 조카인 '나'는 한심하게 생각한다. 착하디착한 조강지처를 친가로 내쫓고, 대학이라고는 다니다 말고, 거기다 일본의 신여성과 재혼해 사회주의 사상에 심취하더니 옥고를 5년이나 치르고 나와 폐병 환자가 된 아저씨다.

다시 만난 조강지처인 아주머니는 돈 백 원을 모아 지극 정성으로 아저씨를 병구완하지만, 병석에서 일어난 아저씨는 다시 사회주의 운동을 하겠다고 설친다. 경제학을 전공했다면서 이제는 돈이나 벌어 아주머니의 은혜나 갚을 것이지. '나'를 키워 준 아주머니가 불쌍해 몇 번이나 아저씨를 타일러 보지만, 도무지 말을 듣지 않는다. 오히려 돈 많이 벌어 일본 여자를 아내로 삼겠다는 '나'를 속물 취급한다. '나'가 보기에 아저씨는 한심한 사람일 뿐이다.

먼저 이 소설의 제목 '치숙痴叔'이란 단어의 뜻을 아시나요? 국어사전에도 나와 있지 않죠? 이 단어는 작가가 만든 단어입니다. 그렇다면 옥편을 한번 펼쳐보세요. 어리석을 치痴, 아저씨 숙叔이라고 나와 있네요. 즉, 치숙은 '어리석은 아저씨', 소설 내용에 맞춰 본다면, '어리석은 고모부'란 뜻이 됩니다.

이렇게 어떤 사람을 가리키는 말 앞에 '어리석다'라든가(반대로 '영리하다'라든가) 하는 따위의 형용사를 붙인다는 것은, 그렇게 한 제3자—소설 속에선 바로 화자話者가 되겠죠—가 자기 주관에 따라 상대방을 평가하고 이해한 것이라고 볼

채만식

수 있을 것입니다. 그러니까 제3자의 말만을 듣고 어떤 사람을 판단한다는 것은 무척이나 힘들고 조심스러운 일이죠.

왜냐하면 제3자가 또 어떤 사람인지, 어떤 의도로 그런 식의 표현을 했는지 우리로서는 정확히 알 수가 없기 때문입니다. 그래서 제3자를 통해 누군가의 이야기를 들을 땐, 듣는 사람이 언제나 균형 감각을 가지고 들어야 합니다. 그래야 최대한 사실에 가깝게 이해할 수 있을 테니까요.

치숙이 어리석은 고모부를 뜻하는 단어라는 데서 우리는 이 소설이 고모부에 대한 이야기라는 사실과 함께 화자話者가 조카라는 사실도 짐작할 수 있습니다. 그런데 나이 어린 조카가 자신의 고모부를 두고 어리석다고 말하다니, 좀 놀랍지 않은가요? 더군다나 이 소설이 쓰인 1938년이라는 시기는 지금보다도 훨씬 더 손윗사람을 어려워했을 때일 텐데 말이죠.

왠지 이 소설 속의 화자, 즉 조카가 들려주는 고모부의 이야기를 곧이곧대로 듣기란 좀 어려울 것 같지 않은가요? 왜냐하면 자신의 고모부를 어리석은 고모부(치숙)라고 서슴없이 규정해 버린 것부터가 이미 조카로서 고모부에 대한 주관적인 판단을 내린 뒤라고 보여지기 때문입니다. 주관적인 판단 뒤에 오는 말들은 흔히 감정에 사로잡혀 과장되기 십상인데, 이 소설의 문체가 '~습니다'의 문어체가 아닌, '~지요'의 구어체로 이루어져 있는 것도 그런 맥락으로 이해될 수 있을 겁니다.

그럼 도대체 고모부란 사람이 어떤 삶을 살아온 사람이기에 치숙이란 말까지 듣는 걸까요? 조카인 화자, '나'가 들려준 말들 중에서 사실과 관련된 객관적인 정보들만을 추려내 한번 살펴봅시다.

우선 나이를 한번 볼까요? 고모부는 33세라고 되어 있네요. 일본에서 대학도 다

더 알아두기

풍자諷刺 정치적 현실과 세상 풍조, 기타 일반적으로 인간 생활의 결함·악폐·불합리·우열·허위 등에 가해지는 기지 넘치는 비판적 또는 조소적인 발언을 가리킨다. 한국에서는 1930년대에 이 방면의 작품이 많이 나왔다. 이기영李箕永의 「인간수업」에서 주인공은 서재에서 인간수업을 하겠다는 어리석은 시도를 하며, 자기가 철학 서적에서 얻은 것을 사람들에게 설교한다. 그러나 이론보다 실제의 농촌생활에서 인간을 배운다는 내용으로 되어 있는 이 소설은 인텔리의 비현실적인 사고를 풍자했다. 채만식蔡萬植은 「사라지는 그림자」·「레디메이드 인생」·「인텔리와 빈대떡」 등의 우수한 풍자소설을 썼으며, 김유정金裕貞의 「금따는 콩밭」, 계용묵桂鎔默의 「백치 아다다」 등도 이 부류에 넣을 수 있는 작품이다. 풍자는 문학·회화·영화를 불문하고 퇴폐한 시기나 언론이 억압당하기 쉬운 시기에 걸작이 나오는 경향이 많으며, 이로 인해 정치나 세상 돌아가는 방향을 불건전에서 건전한 쪽으로 돌리는 효과도 기대할 수 있다.

넜고요. 그런데 조강지처(糟糠之妻 : 지게미와 쌀겨로 끼니를 이을 때의 아내라는 뜻으로, 가난할 때 고생을 함께하며 살아온 첫 아내를 이르는 말입니다. 『후한서後漢書』의 「송홍전宋弘傳」에 나오는 말이죠)를 버리고 여학생과 동거를 했었네요. 사회주의 운동을 하다가 투옥되기도 하고 말이죠. 감옥에서 나온 건 폐병이 들었기 때문인데, 조강지처인 '나'의 고모는 식모살이로 돈을 모아 남편의 병구완을 합니다.

이런 일련의 사실들 중에서 비난받을 만한 일이라면 여자와 관련된 문제, 크게 보아 가정문제라고 할 수 있겠네요. 사회주의 운동을 하다 투옥되었던 건 어디까지나 개인의 정치적 성향의 문제일 테니까, 딱히 시비를 걸 순 없겠죠? 즉, 조카인 '나'가 고모부를 어리석다고 하면서 문제삼는 부분은 사회주의 운동을 선택한 정치

채만식

 더 알아두기

아이러니 irony 낱말이 문장에서 표면의 뜻과 반대로 표현되는 용법을 말한다.
어원은 그리스어의 '에이로네이아(eironeia : 위장)' 이다. 일반적으로 진의眞意와 반대
되는 표현을 말하는데, 표면으로 칭찬과 동의를 가장하면서 오히려 비난이나 부정의
뜻을 신랄하게 나타내려고 하는 등의 예를 들 수 있다. 그것은 지적인 날카로움을 갖는
점에서 기지機知와 통하고, 간접적인 비난의 뜻을 암시하는 점에서는 풍자와 통하며,
표리表裏의 차질에서 생기는 유머를 포함한다.

적 성향이 아니라, 그로 인해 벌어진 가정문제, 아내의 희생 같은 것이겠는데요.

그러니까 '나' 는 고모부의 불행한 삶의 원인이 되었다고 할 수 있는 정치적 신
념에 대해선 별로 관심이 없고, 그 결과로 나타난 궁핍하고 누추한 생활에 대해서만
유독 관심을 보이는 셈입니다. 그런데 이런 이유로 해서 고모부를 어리석다고 단정
짓는 건 분명 주관적인 판단에 따른 편견이 아닐까요?

사람은 누구나 자기 삶의 방식이 있습니다. 여러분도 여러분 나름대로의 삶의
방식이 있으시죠? 예를 들어, 돈을 삶의 목표로 두고 살아가는 사람의 삶의 방식과,
명예와 보람을 삶의 목표로 두고 살아가는 사람의 삶의 방식이 다를 것은 분명한 일
일 텐데, 어느 한 방식의 삶만이 옳다고 단정짓는다면……. 글쎄요, 그것이 과연 옳
은 판단일까요?

「치숙」에서 고모부는 자신의 삶이 조금 불행해지더라도 그것을 감수하고 사회
의 변혁을 꾀하고자 행동합니다. 더군다나 당시는 일제 식민시대였잖아요. 그러니까
고모부가 시도한 사회주의 운동은 이념의 문제를 떠나 독립운동의 한 가지로 이해될

수도 있습니다. 그렇게 본다면, '나'가 보여준 고모부에 대한 비판적인 말들은 오히려 '나'의 무지와 편견을 드러낸 것이라고 말할 수도 있을 거예요. 한 가지 좋은 예로 사회주의를 '나'가 어떻게 이해하고 있는지를 본문을 통해서 살펴보기로 하지요.

　　사람이란 것은 제가끔 분지복이 있어서 기수氣數를 잘 타고나든지 부지런하면 부자가 되는 법이요, 복록을 못 타고나든지 게으른 놈은 가난하게 사는 법이요. 다 이렇게 마련인데 그거야말로 공평한 천리인 것을, 됩다 불공평하다니 될 말이오? 그리고서 억지로 남의 것을 뺏어먹자고 들다니 그놈들이 불한당이지 무어요.

　　사회적 불평등을 운명론으로 치부해 버리고 마는 '나'는 사회주의가 비판하는 사회의 구조적 모순이란 말의 뜻도 이해하지 못하고, 부富의 공정한 분배와 복지의 개념 또한 알아듣지 못하네요. 하지만 더 큰 문제는 '나'가 이러한 자신의 무지를 깨닫지 못한 채, 타인의 생각과 행동을 마구잡이 식으로 비판한다는 데 있습니다. "가만히만 있으면 중간은 간다"라는 말도 있잖아요. 잘 알지도 못하면서 이렇듯 무지한 비판을 일삼는 '나'는 대체 어떤 사람일까요?

　　내 이상과 계획은 이렇거든요. (중략) 나는 삼십 년 동안 예순 살 환갑까지만 장사를 해서 꼭 십만 원을 모을 작정이지요. (중략) 나는 내지인 규수한테로 장가를 들래요. (중략) 나는 죄선 여자는 거저 주어도 싫어요. (중략) 그리고 내지 여자한테 장가만 드는 게 아니라 성명도 내지인 성명으로 갈고, 집도 내지인 집에서 살고, 옷도 내지 옷을 입고, 밥도 내지 식으로 먹고, 아이들도 내지인 이름을 지어서 내지인

채만식

학교에 보내고…….

　그러니까 '나'란 사람은 결국 철저한 실용주의자인 셈입니다. 잘 먹고 잘 사는 법에 대한 자기 나름의 확고한 원칙과 계획이 세워져 있으니까요. 자기 삶의 물질적 행복을 위해선 민족적 정체성 따윈 하등 필요가 없다는 소리 아닌가요? 물론 그렇게 사는 삶도 있을 수 있겠지요. 실제로 일제 시대를 그렇게 살아간 사람들이 적지 않을 테니까요. 채만식도 그렇게 생각했기 때문에 이런 작품을 썼을 수도 있겠고요.

　그렇다면 그렇게 '나'처럼 이기적으로 살아간 사람들은 '고모부'처럼 살아간 사람들의 삶 또한 마찬가지로 존중해야 옳았던 것이 아닐까요? 어떤 모양의 삶이든 삶은 삶이란 그 자체만으로도 충분히 존중받을 만한 가치가 있는 것일 테니까요.

1 이 작품에서 '나'가 사회주의 사상에 반감을 가지고 있는 이유는 무엇일까요?

2 '나'가 오촌 고모부를 조롱하는 구체적인 이유는 무엇일까요?

3 작품 후반부의 대화 부분을 볼 때, '나'와 아저씨의 갈등 요인은 무엇일까요?

4 이 소설의 문체는 입말(구어체)에 가깝습니다. 이런 문체를 사용한 이유는 무엇일까요?

5 아저씨가 비판받아야 할 점은 무엇인지 말해 보세요.

치숙

구성

발단	사회주의 운동을 하다 옥고로 폐병에 걸린 오촌 고모부를 아저씨로 소개한다.
전개	아주머니의 고생담과 '나'의 성장 과정.
위기	일본인으로 살아가겠다는 '나'의 단호한 의지.
절정	'나'와 아저씨의 말싸움.
결말	아저씨에 대한 '나'의 실망.

핵심 정리

갈래	단편소설
배경	일제 시대의 서울.
주제	지식인을 가둬둔 사회적 모순과 노예적 삶에 대한 비판.
시점	1인칭 관찰자 시점
구성	순행적 단성 구성
문체	반어적인 대화체, 경어체

작중인물의 성격

나	보통학교(지금의 초등학교) 4년을 마친 뒤 일본인이 운영하는 상점에서 사환으로 일하고 있는 소년. 일제 식민 통치를 인정하고 기꺼이 일본에 동화(일본은 이런 정책을 '내선일치內鮮一致'라고 했지요)되어 가겠다는 친일적인 인물이다.
아저씨	대학 졸업 후 사회주의 운동을 하다가 옥고를 치른 병든 지식인.

채만식

술 권하는 사회

현진건 玄鎭健

내게 술을 권하는 것은 홧증도 아니고 '하이칼라'

도 아니요, 이 사회란 것이 내게 술을 권한다오.

이 조선 사회란 것이 내게 술을 권한다오. 알았

소? 팔자가 좋아서 조선에 태어났지, 딴 나라에

났더라면 술이나 얻어먹을 수 있나…….

빙허憑虛 현진건은 1900년 대구 우체국장의 넷째아들로 태어났습니다. 1920년 「희생화」로 등단한 뒤 「빈처貧妻」(1921) · 「술 권하는 사회」(1921) 등 주로 작가의 체험을 바탕으로, 1인칭 화자의 시점을 취한 소설을 발표합니다. 하지만 1924년에 발표한 「운수 좋은 날」에서부터 이전과는 달리 전형적인 사실주의 경향을 보이기 시작합니다. 이러한 변모 양상은 「B 사감과 러브레터」(1924) · 「사립 정신병원장」(1926) · 「해 뜨는 지평선」(1927) 등으로 계속 이어져서, 우리 문학사에서 염상섭과 더불어 한국 사실주의 문학을 개척했다는 평가를 받게 됩니다.

1936년 베를린 올림픽 마라톤 경기에서 우승한 손기정의 사진에서 일장기를 지워 없앤 사건으로 일본 경찰에 구속되어 옥고를 치르기도 했답니다.

1939년 《동아일보》에 장편 『흑치상지』의 연재를 시작했지만 내용이 불온하다는 이유로 중단되고, 이후 장편 『적도』(1939) · 『무영탑』(1940) 등을 발표합니다. 생계를 위해 양계업을 시작했으나 실패하고, 1943년 마흔세 살의 나이로 서울에서 병사하고 맙니다.

한국 사실주의 문학을 개척했다는 평가를 받는 현진건의 젊은 시절 모습
(1900~1943)

문학사적 위치

현진건은 염상섭이나 최서해만큼 식민지 사회의 기본적인 구조를 명확하게 이해하고 그것을 표현하지는 못했지만, 그것을 자신의 한계 내에서 알아내려고 애쓴 작가입니다. 그는 가정 내부에서 일어나는 사건들을 소설의 소재로 다루었는데요, 그가 보기에 가정과 사회는 모순과 부조리로 가득 찬 곳이지만, 그 원인을 알 수 없어 술을 권할 수밖에 없는 울분의 세계였던 거지요.

현진건의 대표작들인 「빈처」·「술 권하는 사회」·「운수 좋은 날」·「불」 등에 등장하는 인물들은 자신이 겪고 있는 모순과 부조리의 근원에 대해 분명하게 알지 못한 채, 쉽게 사태를 재단해 거기에 저항하거나 단념해 버리고 맙니다.

그런 의미에서 현진건의 세계 인식은 매우 피상적이었다고 말할 수 있겠지요. 사회의 모순이 개인에게 영향을 미친다는 것은 알았지만, 그것의 진정한 의미는 알지 못했기 때문에, 그런 세계 인식의 피상성을 감추기 위해 과장된 디테일이라는 소설적 트릭을 자주 사용한 것이 아닌가 생각됩니다.

『무영탑』을 집필했던 부암동의 옛집

현진건

이 작품의 주인공 남편은 일본에서 공부를 하고 돌아온 유학생으로 사회에 적응하지 못할 뿐만 아니라 경제적으로도 무능한 고등 룸펜이지요. 현진건은 실제로 중국에서 독문학을 공부하고 귀국한 다음 이 소설을 발표했는데, 아무래도 작가 자신의 체험이 녹아 있을 것이라는 생각이 드네요.

지식인인 남편은 봉건적 사고 방식을 지닌 무지한 아내의 이해를 구하지도 못하고, 사회에도 적응해 나가지 못하고 있지요. 남편은 단지 세상의 모순과 부조리를 알고는 있지만 그것의 원천이 무엇인지는 정확히 깨닫지 못하는 데서 울분과 좌절만을 표출할 뿐입니다. 아내 또한 그런 남편을 이해하고 고통을 나누어 가지고자 애는 쓰지만, 사회가 술을 권한다는 남편의 말에서처럼 사회를 술집 이름으로 알 만큼 무지하지요. 어쩌면 아내의 무지 또한 술 권하는 사회의 한 측면(가정)일지도 모르는데, 다시 말해서, 「술 권하는 사회」에서 작가가 말하고자 한 것은 시대적 환경에 적응하지 못하는 지식인의 고뇌라는 것이죠.

이 작품은 사회적인 배경을 통해 개인적 고뇌의 근원을 찾아보고자 한 특징이 있는 작품이라 할 수 있겠네요.

"아이그, 아야." 홀로 바느질을 하고 있던 아내는 얼굴을 살짝 찌푸리고 가늘고 날카로운 소리로 부르짖었다. 바늘 끝이 왼손 엄지손가락 손톱 밑을 찔렀음이다. 그 손가락은 가늘게 떨고 하얀 손톱 밑을 앵두櫻桃빛 같은 피가 비친다. 그것을 볼 사이도 없이 아내는 얼른 바늘을 빼고 다른 손 엄지손가락으로 그 상처를 누르고 있다. 그러면서 하던 일가지 ^{일감.}를 팔꿈치로 고이고 밀어 내려놓았다. 이윽고 눌렀던 손을 떼어 보았다. 그 언저리는 인제 다시 피가 아니 나려는 것처럼 혈색血色이 없다. 하더니, 그 희던 꺼풀 밑에 다시금 꽃물이 차츰차츰 밀려온다. 보일 듯 말 듯한 그 상처로부터 좁쌀낱 같은 핏방울이 송송 솟는다. 또 아니 누를 수 없다. 이만하면 그 구멍이 아물었으려니 하고 손을 떼면 또 얼마 아니 되어 피가 비치어 나온다. 인제 헝겊 오락지로 처매는 수밖에 없다. 그 상처를 누른 채 그는 바느질고리에 눈을 주었다. 거기 쓸 만한 오락지는 실패 밑에 있다. 그 실패를 밀어내고 그 오락지를 두 새끼손가락 사이에 집어 올리려고 한동안 애를 썼다. 그 오락지는 마치 풀로 붙여 둔 것같이 고리 밑에 착 달라붙어 세상 집혀지지 않는다. 그 두 손가락은 헛되어 그 오락지 위를 긁적거리고 있을 뿐이다.

"왜 집혀지지를 않아!"

그는 마침내 울 듯이 부르짖었다. 그리고 그것을 집어 줄 사람이 없나 하는 듯이 방 안을 둘러보았다. 방 안은 텅 비어 있다. 어느 뉘 하나 없다. 호젓한 허영虛影만 그를 휩싸고 있다. 바깥도 죽은 듯이 고요하다. 시시로 풍풍 하고 떨어지는 수도의 물방울 소리가 쓸쓸하게 들릴 뿐. 문득 전등불이 광채를 더하는 듯하였다. 벽상壁上에 걸린 괘종掛鐘의 거울이 번들하며, 새로 한점을 가리키려는 시침時針이 위협하는 듯이 그의 눈을 쏜다. 그의 남편은 그때껏 돌아오지 않았다.

아내가 되고 남편이 된 지는 벌써 오랜 일이다. 어느덧 칠팔 년이 지났으리라. 하건만 같이 있어 본 날을 헤아리면 단 일 년이 될락말락한다. 막 그의 남편이 서울서 중학을 마쳤을 제 그와 결혼하였고 그러자마자 고만 동경東京에 부급負笈 부급종사負笈從師의 준말. 멀리 유학함을 뜻한다. 한 까닭이다. 거기서 대학까지 졸업하였다. 이 길고 긴 세월에 아내는 얼마나 괴로웠으며 외로웠으랴! 봄이면 봄, 겨울이면 겨울, 웃는 꽃을 한숨으로 맞았고, 얼음 같은 베개를 뜨거운 눈물로 덥히었다. 몸이 아플 때, 마음이 쓸쓸할 제, 얼마나 그가 그리웠으랴! 하건만 아내는 이 모든 고생을 이를 아물고 참았었다. 참을 뿐이 아니라 달게 받았었다. 그것은 남편이 돌아오기만 하면! 하는 생각이 그에게 위로를 주고 용기를 준 까닭이었다. 남편이 동경에서 무엇을 하고 있나? 공부를 하고 있다. 공부가 무엇인가? 자세히 모른다. 또 알려고 애쓸 필요도 없다. 어찌하였든지 이 세상에 제일 좋고 제일 귀한 무엇이라 한다. 마치 옛날 이야기에 있는 도깨비의 부자 방망이 같은 것이어니 한다. 옷 나오라 하면 옷 나오고, 밥 나오라면 밥 나오고, 돈 나오라면 돈 나오고…… 저 하고 싶은 무엇이든지 청해서 아니 되는 것이 없는 무엇을, 동경에서 얻어 가지고 나오려니 하였었다. 가끔 놀러오는 친척들이 비단 옷 입은 것과 금지환金指環 낀 것을 볼 때에 그 당장엔 마음 그윽이 부러워도 하였지만 나중엔 '남편만 돌아오면……' 하고 그것에 경멸하는 시선을 던지었다.

남편이 돌아왔다. 한 달이 지나가고 두 달이 지나간다. 남편의 하는 행동이 자기의 기대하던 바와 조금 배치背馳되는 듯하였다. 공부 아니한 사람보다 조금도 다른 것이 없었다. 아니다, 다르면 다른 점도 있다. 남은 돈벌이를 하는데 그의 남편은 도리어 집안 돈을 쓴다. 그러면서도 어디인지 분주히 돌아다닌다. 집에 들면 정신없이 무슨 책을 보기도 하고 또는 밤새도록 무엇을 쓰기도 하였다.

'저러는 것이 참말 부자 방망이를 맨드는 것인가 보다.'

아내는 스스로 이렇게 해석한다.

또 두어 달 지나갔다. 남편의 하는 일은 늘 한모양이었다. 한 가지 더 한 것은 때때로 깊은 한숨을 쉬는 것뿐이었다. 그리고 무슨 근심이 있는 듯이 얼굴을 펴지 않았다. 몸은 나날이 축이 나 간다.

'무슨 걱정이 있는고?'

아내는 따라서 근심을 하게 되었다. 하고는 그 여윈 것을 보충하려고 갖가지로 애를 썼다.

곧 될 수 있는 대로 그의 밥상에 맛난 반찬가지를 붙게 하며 또 고음 같은 것도 만들었다. 그런 보람도 없이 남편은 입맛이 없다 하며 그것을 잘 먹지도 않았었다.

또 몇 달이 지나갔다. 인제 출입을 뚝 끊고 늘 집에 붙어 있다. 걸핏하면 성을 낸다. 입버릇 모양으로 화난다, 화난다 하였다.

어느 날 새벽, 아내가 어렴풋이 잠을 깨어, 남편의 누웠던 자리를 더듬어 보았다. 쥐이는 것은 이불자락뿐이다. 잠결에도 조금 실망을 아니 느낄 수 없었다. 잃은 것을 찾으려는 것처럼, 눈을 부스스 떴다. 책상 위에 머리를 쓰러뜨리고 두 손으로 그것을 움켜쥐고 있는 남편을 보았다. 흐릿한 의식이 돌아옴에 따라, 남편의 어깨가 덜석덜석 움직임도 깨달았다. 흑흑 느끼는 소리가 귀를 울린다. 아내는 정신을 바짝 차리었다. 불현듯이 몸을 일으켰다. 이윽고 아내의 손은 가볍게 남편의 등을 흔들며 목에 걸리고 나오지 않는 소리로,

"왜 이러고 계세요?"

라고 물어 보았다.

"……."

남편은 아무 대답이 없다. 아내는 손으로 남편의 얼굴을 괴어들려고 할 즈음에, 그것이 뜨뜻하게 눈물에 젖은 것을 깨달았다.

또 한 두어 달 지나갔다. 처음처럼 다시 출입이 자유로웠다. 구역이 날 듯한 술냄새가 밤늦게 들어오는 남편의 입에서 나게 되었다. 그것은 요사이 일

이다. 오늘밤에도 지금까지 돌아오지 않았다. 초저녁부터 아내는 별별 생각을 다하면서 남편을 고대고대하고 있었다. 지리한 시간을 속히 보내려고 치웠던 일가지를 또 꺼내었다. 그것조차 뜻같이 아니 되었다. 때때로 바늘이 헛되이 움직이었다. 마침내 그것에 찔리고 말았다.

"어데를 가서 이때껏 오시지 않아!"

아내는 이제 아픈 것도 잊어버리고 짜증을 내었다. 잠깐 그를 떠났던 공상과 환영이 다시금 그의 머리에 떠돌기 시작하였다. 이상한 꽃을 수놓은, 흰 보褓 위에 맛난 요리를 담은 접시가 번쩍인다. 여러 친구와 술을 권커니 자커니 하는 광경이 보인다. 그의 남편은 미친 듯이 껄껄 웃는다. 나중에는 검은 휘장이 스르르 하는 듯이 그 모든 것이 사라져 버리더니 낭자狼藉 ^{(물건 따위가) 마구 흩어져 있어 어지러운 모양.} 한 요리상만이 보이기도 하고 술병만 희게 빛나기도 하고, 아까 그 기생이 한 팔로 땅을 짚고 진저리를 쳐가며 웃는 꼴이 보이기도 하였다. 또한 남편이 길바닥에 쓰러져 우는 것도 보이었다.

"문 열어라!"

문득 대문이 덜컥 하고 혀가 꼬부라진 소리로 부르는 듯하였다.

"네."

저도 모르게 대답을 하고 급히 마루로 나왔다. 잘못 신은, 발에 아니 맞는 신을 질질 끌면서 대문으로 달렸다. 중문은 아직 잠그지도 않았고 행랑방에 사람이 없지 않지마는 으레 깊은 잠에 떨어졌을 줄 알고 자기가 뛰어나감이었다. 가느름한 손이 어둠 속에서 희게 빗장을 잡고 한참 실랑이를 한다. 대문은 열렸다.

밤바람이 선득하게 얼굴에 안친다. 문 밖에는 아무도 없다! 온 골목에 사람의 그림자도 볼 수 없다. 검푸른 밤빛이 허연 길 위에 그물그물 깃들였을 뿐이었다.

아내는 무엇에 놀란 사람 모양으로 한참 멀거니 서 있었다. 문득 급거히 대문을 닫친다. 마치 그 열린 사이로 악마나 들어올 것처럼.

"그러면 바람 소리였구면."

하고 싸늘한 뺨을 쓰다듬으며 해쭉 웃고 발길을 돌리었다.

'아니 내가 분명히 들었는데…… 혹 내가 잘못 보지를 않았나? ……길바닥에 쓰러져 있었으면 보이지도 않을 거야…….'

중간문까지 다다르자 별안간 이런 생각이 그의 걸음을 멈추게 하였다.

'대문을 또 좀 열어 볼까? 아니야, 내가 헛들었지. 그래도 혹…… 아니야, 내가 헛들었지.'

망설거리면서도 꿈꾸는 사람 모양으로 저도 모를 사이에 마루까지 올라왔다. 매우 기묘한 생각이 번개같이 그의 머리에 번쩍인다.

'내가 대문을 열었을 제 나 몰래 들어오지나 않았나?'

과연 방 안에 무슨 소리가 나는 것 같았다. 확실히 사람의 기척이 있다. 어른에게 꾸중 모시러 가는 어린애처럼 조심조심 방문 앞에 왔다. 그리고 문간 아래로 손을 대며 하염없이 웃는다. 그것은 제 잘못을 용서해 주십사 하는 어린애 같은 웃음이었다. 조심조심 방문을 열었다. 이불이 어째 움직움직하는 듯하였다.

'나를 속이려고 이불을 쓰고 누웠구면.'

하고 마음속으로 소곤거렸다. 가만히 내려앉는다. 그 모양이 이것을 건드려서
는 큰일이 나지요 하는 듯하였다. 이불을 펄쩍 쳐들었다. 빈 요가 하얗게 드러
난다. 그제야 확실히 아니 온 줄 안 것처럼,

"아니 왔구먼, 안 왔어!"
라고 울 듯이 부르짖었다.

　　　　　　남편이 돌아오기는 새로 두점이 훨씬 지난 뒤였다.
무엇이 털썩 하는 소리가 들리고 잇달아,

"아씨, 아씨!"
라고 부르는 소리가 귀를 때릴 때에야 아내는 비로소 아직도 앉았을 자기가
이불 위에 쓰러져 있음을 깨달았다. 기실, 잠귀 어두운 할멈이 대문을 열었으
리만큼 아내는 깜빡 잠이 깊이 들었었다. 하건만 그는 몽경夢境에서 방황하는
정신을 당장에 수습하였다. 두어 번 얼굴을 쓰다듬자 불현듯 밖으로 나왔다.

　남편은 한 다리를 마루 끝에 걸치고 한 팔을 베고 옆으로 누워 있다. 숨소
리가 씨근씨근한다. 막 구두를 벗기고 일어나 할멈은 검붉은 상을 찡그려 붙
이며,

"어서 일어나 방으로 들어가세요."
라고 한다.

"응, 일어나지."
　남편은 혀를 억지로 돌리어 코와 입으로 대답을 하였다. 그래도 몸은 꿈쩍
도 않는다. 도리어 그 개개 풀린 눈을 자려는 것처럼 스르르 감는다.

아내는 눈만 비비고 서 있다.

"어서 일어나세요, 방으로 들어가시라니까."

이번에는 대답조차 아니한다. 그 대신 무엇을 잡으려는 것처럼 손을 내어 젓더니,

"물, 물, 냉수를 좀 주어."

라고 중얼거렸다.

할멈은 얼른 물을 떠다 이취자泥醉者의 코밑에 놓았건만, 그 사이에 벌써 아까 청을 잊은 것같이 취한 이는 물을 먹으려고도 않는다.

"왜 물을 아니 잡수세요."

곁에서 할멈이 깨우쳤다.

"응, 먹지 먹어."

하고, 그제야 주인은 한 팔을 짚고 고개를 든다. 한꺼번에 물 한 대접을 다 들이켜 버렸다. 그리고는 또 쓰러진다.

"에그, 또 눕네."

하고 할멈은 우물로 기어드는 어린애를 안으려는 모양으로 두 손을 내어 민다.

"할멈은 고만 가 자게."

주인은 귀찮다는 듯이 말을 한다.

이를 어찌해 하는 듯이 멀거니 서 있는 아내도, 할멈이 고만 갔으면 하였다. 남편을 붙들어 일으킬 생각이야 간절하였지마는, 할멈이 보는데 어찌 그럴 수 없는 것 같았다. 혼인한 지가 칠팔 년이 되었으니 그런 파수破羞야 되었으련만 같이 있어 본 날을 꼽아 보면, 그는 아직 갓 시집 온 색시였다.

'할멈은 가 자게'란 말이 목까지 올라왔지만 입술에서 사라지고 말았다. 마음 그윽이 할멈이 돌아가기만 기다릴 뿐이었다.

"좀 일으켜 드려야지."

가기는커녕, 이런 말을 하고 할멈은 선웃음을 치면서 마루로 부득부득 올라온다. 그 모양은 마치 주인나리가 약주가 취하시거늘, 방에까지 모셔다 드려야 제 도리에 옳지요 하는 듯하였다.

"자아, 자아."

할멈은 아씨를 보고 히히 웃어 가며, 나리의 등 밑으로 손을 넣는다.

"왜 이래, 왜 이래. 내가 일어날 테야."

하고 몸을 움직이더니, 정말 주인이 부스스 일어난다. 마루를 쾅쾅 눌러 디디며, 비틀비틀, 곧 쓰러질 듯한 보조步調로 방문을 향하여 걸어간다. 와지끈하며 문을 열어제치고는 방 안으로 들어간다. 아내도 뒤따라 들어왔다. 할멈은 중간턱을 넘어설 제, 몇 번 혀를 차고는, 저 갈 데로 가 버렸다.

벽에 엇비슷하게 기대어 있는 남편은 무엇을 생각하는 듯이 고개를 숙이고 있다. 그의 말라붙은 관자놀이에 펄떡거리는 푸른 맥을 아내는 걱정스럽게 바라보면서 남편 곁으로 다가온다. 아내의 한 손은 양복 깃을, 또 한 손은 그 소매를 잡으며 화和한 목성으로,

"자아, 벗으세요."

하였다.

남편은 문득 미끄러지듯이 벽을 타고 내려앉는다. 그의 쭉 뻗친 발끝에 이불자락이 저리로 밀려간다.

현진건

60

"에그, 왜 이리 하세요, 벗자는 옷은 아니 벗으시고."

그 서슬에 넘어질 뻔한 아내는 애닯게 부르짖었다. 그러면서도 같이 따라 앉는다. 그의 손은 또 옷을 잡았다.

"옷이 구겨집니다. 제발 좀 벗으세요."

라고 아내는 애원을 하며 옷을 벗기려고 애를 쓴다. 하나, 취한 이의 등이 천근千斤같이 벽에 척 들러붙어 있으니 벗겨질 리가 없다.

애를 쓰다쓰다 옷을 놓고 물러앉으며,

"원참, 누가 술을 이처럼 권하였노."

라고 짜증을 낸다.

"누가 권하였노? 누가 권하였노? 홍홍."

남편은 그 말이 몹시 귀에 거슬리는 것처럼 곱삶는다.

"그래, 누가 권했는지 마누라가 좀 알아내겠소?"

하고 껄껄 웃는다.

그것은 절망의 가락을 띤 쓸쓸한 웃음이었다. 아내도 따라 방긋 웃고는 또 옷을 잡으며,

"자아, 옷이나 먼저 벗으세요. 이야기는 나중에 하지요. 오늘밤에 잘 주무시면 내일 아침에 알으켜 드리지요."

"무슨 말이야. 무슨 말이야. 왜 오늘 일을 내일로 미루어. 할 말이 있거든 지금 해!"

"지금은 약주가 취하셨으니, 내일 약주가 깨시거든 하지요."

"무엇? 약주가 취해서?"

하고 고개를 쩔레쩔레 흔들며,

"천만에, 누가 술이 취했단 말이오. 내가 공연히 이러지 정신은 말뚱말뚱하오. 꼭 이야기하기 좋을 만해. 무슨 말이든지…… 자아."

"글쎄, 왜 못 잡수시는 약주를 잡수세요. 그러면 몸에 축이 나지 않아요."
하고 아내는 남편의 이마에 흐르는 진땀을 씻는다.

이취자泥醉者는 머리를 흔들며,

"아니야, 아니야, 그런 말을 듣자는 것이 아니야."
하고 아까 일을 추상하는 것처럼, 말을 끊었다가 다시금 말을 이어,

"옳지, 누가 나에게 술을 권했단 말이오? 내가 술이 먹고 싶어서 말았단 말이오?"

"자시고 싶어서 잡수신 건 아니지요. 누가 당신께 약주를 권하는지 내가 알아낼까요? 저…… 첫째는 홧증이 술을 권하고 둘째는 '하이칼라' 가 약주를 권하지요."

아내는 살짝 웃는다. 내가 어지간히 알아맞혔지요 하는 모양이었다.

남편은 고소苦笑한다.

"틀렸소, 잘못 알았소. 홧증이 술을 권하는 것도 아니고 '하이칼라' 가 술을 권하는 것도 아니오. 나에게 권하는 것은 따로 있어. 마누라가, 내가 어떤 '하이칼라' 한테나 홀려다니거나, 그 '하이칼라' 가 늘 내게 술을 권하거나 하고 근심을 했으면 그것은 헛걱정이지. 나에게 '하이칼라' 는 아무 소용도 없소. 나의 소용은 술뿐이오. 술이 창자를 휘돌아 이것저것을 잊게 맨드는 것을 나는 취取할 뿐이오."

하더니, 홀연 어조를 고쳐 감개무량하게,

"아아, 유위유망有爲有望한 머리를 '알코올' 로 마비 아니 시킬 수 없게 하는 그것이 무엇이란 말이오."

하고 긴 한숨을 내어 쉰다. 물큰물큰한 술냄새가 방 안에 흩어진다. 아내에게는 그 말이 너무 어려웠다. 그만 묵묵히 입을 다물었다. 눈에 보이지 않는 무슨 벽이 자기와 남편 사이에 깔리는 듯하였다. 남편의 말이 길어질 때마다 아내는 이런 쓰디쓴 경험을 맛보았다. 이런 일은 한두 번이 아니었다. 이윽고 남편은 기막힌 듯이 웃는다.

"흥 또 못 알아듣는군. 묻는 내가 그르지, 마누라야 그런 말을 알 수 있겠소? 내가 설명해 드리지, 자세히 들어요. 내게 술을 권하는 것은 홧증도 아니고 '하이칼라' 도 아니오, 이 사회란 것이 내게 술을 권한다오. 이 조선 사회란 것이 내게 술을 권한다오. 알았소? 팔자가 좋아서 조선에 태어났지, 딴 나라에 났더라면 술이나 얻어먹을 수 있나……."

사회란 무엇인가? 아내는 또 알 수가 없었다. 어찌하여든 딴 나라에는 없고 조선에만 있는 요리집 이름이어니 한다.

"조선에 있어도 아니 다니면 그만이지요."

남편은 또 아까 웃음을 재우친다. 술이 정말 아니 취한 것같이 또렷또렷한 어조로,

"허허, 기막혀. 그 한 분자分子된 이상에야 다니고 아니 다니는 게 무슨 상관이야, 집에 있으면 아니 권하고 밖에 나가야 권하는 줄 아는가 보아. 그런 게 아니야……. 무슨 사회 사람이 있어서 밖에만 나가면 나를 꼭 붙들고 술을

권하는 게 아냐……. 무어라 할까…… 저 우리 조선 사람으로 성립된 이 사회란 것이, 내게 술을 아니 못 먹게 한단 말이오. ……어째 그렇소? 또 내가 설명을 해 드리지. 여기 회를 하나 꾸민다 합시다. 거기 모이는 사람놈치고 처음은 민족을 위하느니 사회를 위하느니 그러는데, 제 목을 바쳐도 아깝지 않으니 아니하는 놈이 하나도 없어. 하다가 단 이틀이 못 되어, 단 이틀이 못 되어…….”

한층 소리를 높이며 손가락을 하나씩 둘씩 꼽으며,

“되지 못한 명예 싸움, 쓸데없는 지위 다툼질, 내가 옳으니 네가 그르니, 내 권리가 많으니 네 권리 적으니……, 밤낮으로 서로 찢고 뜯고 하지. 그러니 무슨 일이 되겠소. 회會뿐이 아니라, 회사이고 조합이고……. 우리 조선놈들이 조직한 사회는 다 그 조각이지. 이런 사회에서 무슨 일을 한단 말이오. 하려는 놈이 어리석은 놈이야. 적이 정신이 바로 박힌 놈은 피를 토하고 죽을 수밖에 없지. 그렇지 않으면 술밖에 먹을 게 도무지 없지. 나도 전자에는 무엇을 좀 해 보겠다고 애도 써 보았어. 그것이 모두 수포야. 내가 어리석은 놈이었지. 내가 술을 먹고 싶어 먹는 게 아냐. 요사이는 좀 낫지마는 처음 배울 때에는 마누라도 알다시피 죽을 애를 썼지. 그 먹고 난 뒤에 괴로운 것이야 겪어 본 사람이 아니면 알 수 없지. 머리가 지끈지끈 아프고 먹은 것이 다 돌아 올라오고……. 그래도 아니 먹은 것보담 나았어. 몸은 괴로워도 마음은 괴롭지 않았으니까. 그저 이 사회에서 할 것은 주정꾼 노릇밖에 없어…….”

“공연히 그런 말 말아요. 무슨 노릇을 못해서 주정꾼 노릇을 해요! 남이라서…….”

아내는 부지불식간不知不識間에 흥분이 되어 열기熱氣 있는 눈으로 남편을 바라보고 불쑥 이런 말을 하였다. 그는 제 남편이 이 세상에 가장 거룩한 사람이어니 한다. 따라서 어느 뉘보다 제일 잘될 줄 믿는다. 몽롱하나마 그의 목적이 원대하고 고상한 것도 알았다. 얌전하던 그가 술을 먹게 된 것은 무슨 일이 맘대로 아니 되어 화풀이로 그러는 줄도 어렴풋이 깨달았다. 그러나 술은 노상 먹을 것이 아니다. 그러면 패가망신하고 만다. 그러므로 하루바삐 그 화가 풀리었으면, 또다시 얌전하게 되었으면 하는 생각이 그의 머리를 떠날 때가 없었다. 그리고 그날이 꼭 올 줄 믿었다. 오늘부터는, 내일부터는…… 하건만, 남편은 어제도 술이 취하였다. 오늘도 한모양이다. 자기의 기대는 나날이 틀려 간다. 좇아서 기대에 대한 자신도 엷어 간다. 애닯고 원怨한 생각이 가끔 그의 가슴을 누른다. 더구나 수척해 가는 남편의 얼굴을 볼 때에 그런 감정을 걷잡을 수 없었다. 지금 저도 모르게 흥분한 것이 또한 무리가 아니었다.

"그래도 못 알아듣네그려. 참, 사람 기막혀. 본 정신 가지고는 피를 토하고 죽든지 물에 빠져 죽든지 하지, 하루라도 살 수가 없단 말이야. 흉장胸腸이 막혀서 못 산단 말이야. 에잇, 가슴 답답해."

라고 남편은 소리를 지르고 괴로워서 못 견디는 것처럼 얼굴을 찌푸리며 미친 듯이 제 가슴을 쥐어뜯는다.

"술 아니 먹는다고 흉장이 막혀요?"

남편의 하는 짓을 본체만체하고 아내는 얼굴을 더욱 붉히며 부르짖었다.

그 말에 몹시 놀란 것처럼 남편은 어이없이 아내의 얼굴을 바라보더니 그 다음 순간에는 말할 수 없는 고뇌의 그림자가 그의 눈을 거쳐 간다.

"그르지, 내가 그르지. 너 같은 숙맥더러 그런 말을 하는 내가 그르지. 너한테 조금이라도 위로를 얻으려는 내가 그르지. 후우."

스스로 탄식한다.

"아아 답답해!"

문득 기막힌 듯이 외마디소리를 치고는 벌떡 몸을 일으킨다. 방문을 열고 나가려 한다.

왜 내가 그런 말을 하였던고, 아내는 불시에 후회하였다.

남편의 저고리 뒷자락을 잡으며 안타까운 소리로,

"왜 어디로 가세요? 이 밤중에 어디를 나가세요? 내가 잘못하였습니다. 인제는 다시 그런 말을 아니하겠습니다. 그러게 내일 아침에 말을 하자니까……."

"듣기 싫어. 놓아, 놓아요."

하고 남편은 아내를 떠다밀치고 밖으로 나간다. 비틀비틀 마루 끝까지 가서는 털썩 주저앉아 구두를 신기 시작한다.

"에그, 왜 이리하세요. 인제 다시 그런 말을 아니한대도……."

아내는 뒤에서 구두 신으려는 남편의 팔을 잡으며 말을 하였다. 그의 손은 떨고 있었다. 그의 눈에는 담박에 눈물이 쏟아질 듯하였다.

"이건 왜 이래, 저리로 가!"

배앝는 듯이 말을 하고 획 뿌리친다. 남편의 발길이 뚜벅뚜벅 중문에 다다랐다. 어느덧 그 밖으로 사라졌다. 대문 빗장 소리가 덜컥 하고 난다.

마루 끝에 떨어진 아내는 헛되이 몇 번,

"할멈! 할멈!"

하고 불렀다. 고요한 밤공기를 울리는 구두 소리는 점점 멀어 간다. 발자취는 어느덧 골목 끝으로 사라져 버렸다. 다시금 밤은 적적히 깊어 간다.

"가 버렸구면, 가 버렸어!"

그 구두 소리를 영구히 아니 잃으려는 것처럼 귀를 기울이고 있는 아내는 모든 것을 잃었다, 하는 듯이 부르짖었다. 그 소리가 사라짐과 함께 자기의 마음도 사라지고, 정신도 사라진 듯하였다. 심신이 텅 비어진 듯하였다. 그의 눈은 하염없이 검은 밤안개를 물끄러미 바라보고 있다. 그 사회란 독한 꼴을 그려보는 것같이.

쏠쏠한 새벽바람이 싸늘하게 가슴에 부딪친다. 그 부딪치는 서슬에 잠 못 자고 피곤한 몸이 부서질 듯이 지긋지긋하였다.

죽은 사람에게서뿐 볼 수 있는 해쓱한 얼굴이 경련적으로 떨며 절망한 어조로 소곤거렸다.

"그 몹쓸 사회가, 왜 술을 권하는고!"

아내는 남편을 기다리고 있다. 이 남편은 중학교를 마치고 결혼을 하자마자 일본으로 유학을 다녀온 사람이다. 남편이 돌아오면 여유 있게 살 수 있을 거라 아내는 믿었지만, 오히려 돈벌이도 하지 못하고 집안의 재산만 축내고 있다.

남편의 늦은 귀가에 초조해 하고 있는데, 새벽 두시쯤 행랑 할멈의 부르는 소리에 나가 보니 남편이 만취 상태로 걷지도 못하는 모습이다. 남편은 행랑 할멈의 부축도 마다하고 방에 들어와 옷도 벗지 않고 쓰러져 버린다. 아내는 남편의 옷이 잘 벗겨지지 않자 짜증을 내며 이렇게 남편에게 술을 권하는 사회를 원망한다.

남편은 쓸쓸하게 웃으며 지금의 세상이 유위유망有爲有望한 자신의 머리를 마비시키지 않으면 안 되게 하므로 만사를 잊기 위해 술을 마시는 것이니, 자신에게 술을 권하는 것은 화증도 하이칼라도 아닌 작금의 조선 사회라고 말한다. 그리고 남편은 조선의 현실을 비판하며 그런 사회에서 자신이 할 일이란 주정뿐이라고 말한다.

그러나 아내는 남편의 말을 헤아리지 못한다. 남편은 아내의 무지가 답답하다

 더 알아두기

지식인 소설 지적인 분위기와 지적인 세계관적 갈등이 강조되는 장르이며, '정신사적 궤적으로 기록될 만한 고유한 인식이 형상화된 작품' 의 의미로 통용된다. 한국문학에서는 지식인이 주인공으로 등장하는 작품들은 모두 '지식인 소설' 로 간주하는 경향이 있다.

현진건

고 하면서, 아내의 만류에도 불구하고 집을 나가 버린다. 아내는 절망 어린 목소리로 이 몹쓸 사회가 왜 술을 권하냐고 중얼거린다.

작품 해설

1921년에 발표된 이 소설은 양심적 지식인이 처한 절망적 상황과 고뇌를 객관적으로 묘사한 작품입니다. 소설의 주인공인 남편이 칠팔 년의 세월을 동경에서 공부하는 동안, 아내는 외로움을 참고 기다립니다. 그것은 남편이 돌아오기만 하면 정신적으로나 경제적으로 충분히 여유 있게 살 수 있을 거란 기대 때문이었죠.

하지만 유학 생활을 끝내고 돌아온 남편은 돈벌이는 하지 않고 독서와 집필에만 시간을 보내지요. 나중에는 매일같이 술에 절어 들어옵니다. 남편의 주정을 통해 독자는 동경 유학까지 다녀온 지식인조차 제대로 일을 할 수 없는 절망적인 시대 현실, 식민 치하의 형편을 짐작하게 됩니다. "아아, 유위유망有爲有望한 머리를 '알코올'로 마비 아니 시킬 수 없게 하는 그것이 무엇이란 말이오."

이처럼 좌절된 신분 상승의 꿈은 「빈처」에 이어 「술 권하는 사회」에서도 여전합니다. 게다가 아내에 대한 턱없는 우월감이나 전근대적인 양반 의식까지도 계속 이어지고 있습니다. "그르지. 내가 그르지. 너 같은 숙맥더러 그런 말을 하는 내가 그르지. 너한테 조금이라도 위로를 얻으려는 내가 그르지, 후우." 이 같은 남편의 회한 섞인 말을 통해서, 우리는 남편이 인식하고 있는 사회의 모순과 부조리에 대해 비판하면서도 과거 유교적인 사고 방식에 젖어 있는 자신에 대한 반성은 하고 있지 않다는 사실을 유추해 볼 수 있을 겁니다.

술 권하는 사회

작가가 지식인 남편과는 절대 어울릴 것 같지 않은, 교육 수준이 낮은 여자를 아내로 설정한 것도 당대의 남자들이 가지고 있는 이중적인 태도를 보여주기 위한 것인지도 모르겠습니다. 어찌 보면 기발한 생각이죠. 아무튼 이 작품에서 남편이 가지고 있는 사회에 대한 비판 의식은 다소 미숙해 보이는 것이 사실입니다. 다음의 인용문이 그것을 증명해 주고 있네요.

"되지 못한 명예 싸움, 쓸데없는 지위 다툼질, 내가 옳으니 네가 그르니, 내 권리가 많으니 네 권리 적으니⋯⋯, 밤낮으로 서로 찢고 뜯고 하지. 그러니 무슨 일이 되겠소. 회會뿐이 아니라, 회사이고 조합이고⋯⋯. 우리 조선놈들이 조직한 사회는 다 그 조각이지. 이런 사회에서 무슨 일을 한단 말이오. 하려는 놈이 어리석은 놈이야. 적이 정신이 바로 박힌 놈은 피를 토하고 죽을 수밖에 없지. 그렇지 않으면 술밖에 먹을 게 도무지 없지. (중략) 그저 이 사회에서 할 것은 주정꾼 노릇밖에 없어⋯⋯."

이와 같은 단면적인 사회 인식은 지식인의 격에 어울리는 '비판'이라고 보기는 어렵네요. 단순히 '비난'에 머무르는 미숙한 것일 뿐이지요. 왜냐하면, 여기에는 최소한 두 가지 구체적인 사실에 대한 인식이 결여되어 있기 때문입니다.

첫째는, 당대 사회를 분열시키는 일제의 식민지 정책입니다. 3·1 운동 이후 한민족의 단결력에 놀란 일제는 식민지 정책의 또 다른 고등 술책인 문화 정치라는 기만적인 통치술을 보여주었습니다. 그것은 온갖 회유와 위장된 유화 정책을 통해 한민족을 이간질하고 분열시키려는 책동이었습니다. 또한, 가혹한 식민 통치를 은폐하려는 수단이었던 것입니다. 그러나 「술 권하는 사회」의 주인공 남편은 분열된 당

현진건

대 사회의 모순과 부조리가 일제의 식민지 정책에 있음을 알지 못한 채, 자기 비하에만 빠져 있는 것입니다.

둘째는, 한민족의 독립 열의와 역량입니다. 한민족의 단결은 3·1운동이나 그 이후의 6·10만세운동으로 이어졌습니다. 「술 권하는 사회」가 발표된 것은 1921년 11월이었으니까, 그 당시 한민족의 분열상에 주목한다 하더라도 단결에 대한 맥락을 찾아내지 못한 것은 분명 문제가 있어 보입니다. 더구나 유학생 출신의 전력을 가지고 있는 인물로서 지식인 계층에 편입되어 있다는 점에서, 식민지 사회에 대한 그의 미숙한 인식은 다른 어떤 계층보다 심각한 것이라고 말할 수 있을 겁니다.

사실 이 시기의 조선 사회는 그가 보듯 그렇게 분열만 있었던 것은 아닙니다. 일제의 간교한 식민지 정책에서 비롯된 분열의 양상이 커보였던 것은 사실이나, 그 분열은 한민족의 단결 역량에 의해 충분히 극복될 수 있는 것임을 작중의 남편은 간

갈등 conflict 의지적인 두 성격의 대립 현상. 인물과 인물, 인물과 환경 사이의 갈등을 '외적 갈등(external conflict)' 이라 하고, 한 인물의 심리적 갈등을 '내적 갈등(internal conflict)' 이라고 한다.
〈갈등 양상의 例〉
① 인간과 인간 사이의 갈등 : 「학」·「무녀도」·「동백꽃」
② 인간과 사회 사이의 갈등 : 「상록수」·「레디메이드 인생」
③ 인간과 자연 사이의 갈등 : 「한귀」(박화성 作)
④ 인간과 운명 사이의 갈등 : 「바위」·「갯마을」
⑤ 외적 자아와 내적 자아 사이의 갈등(한 인간 내면의 갈등) : 「금당벽화」·「등신불」

과하고 있습니다. 물론 그가 바라보는 조선 사회는 일제의 책동을 극복할 만한 미래 지향적 의지로 가득 찬 사회가 아니라, 분열되고 정체된 사회임은 분명합니다. 하지만 그럼에도 한쪽 측면으로만 경사된 주인공의 의식은 다분히 문제를 내포하고 있다고 해야겠지요.

인물(character)과 인물 구성 캐릭터는 작품에서 행위나 사건을 수행하는 주체, 즉 인물과 그 인물이 지닌 기질과 속성(성격)을 포괄하는 의미를 지닌다. 그것은 작품을 통틀어 불변적일 수도 있으며, 점진적으로 또는 극적 위기의 결과에 따라 근본적으로 변화할 수도 있다. E. M. 포스터는 인물을 평면적 인물과 입체적 인물로 나눈다. 평면적 인물은 이야기의 전개 과정에서 그 성격이 변하지 않는 채로 남아 있으며, '하나의 단일한 관념이나 특성'을 중심으로 구성됨으로써 단 하나의 문장으로도 충분히 만족스럽게 묘사될 수 있는 단순한 성격의 인물이다. 이에 반해, 입체적 인물은 그 성격이 변화 발전하며, 기질과 동기가 복잡해 작가는 미묘한 특수성을 지닌 묘사를 하게 된다. 인물을 분류하는 또 다른 준거로서 전형적 인물과 개성적 인물을 들 수 있다. 전형적 인물은 미리 규정된 범주의 속성들을 가지고 있는 인물로서, 한 사회의 집단적 성격을 대표하며 성격의 보편성을 내포한다. 반면, 개성적 인물은 사회의 집단적 성격과 대립하는, 혹은 적어도 그와 구별되는 예외적 기질을 갖춘 인물이다. 채만식의 『태평천하』의 윤직원 영감이나 염상섭의 『삼대』에 나오는 조의관 등은 전형적 인물에 속하며, 「카라마조프가의 형제들」의 드미트리, 최인훈의 「광장」에 나오는 이명준 등은 개성적 인물에 속한다. 인물 구성 방식은 '말하기(telling)'와 '보여주기(showing)'로 구별되는데, 전자에서는 작가 자신이 등장 인물의 행위나 심리적 동기, 혹은 그의 기질적 특성을 묘사하고 평가하기 위해 자주 작품 속이나 인물의 내부로 개입한다. 후자의 경우, 작가는 등장 인물이 말하고 행동하는 것을 차분하게 관찰해 제시하기만 할 뿐, 그들의 내면에 개입하거나 그들을 주관적으로 평가하지는 않는다.

① 이 소설이 시간의 추이에 따라 보여주는 아내의 심정을 남편의 심리 상태와 관련지어서 설명해 보세요.

② 아내가 남편의 일이나 심정을 이해하지 못하는 장면들을 찾아보세요.

③ 작가가 아내의 지적 수준을 이렇게 낮게 설정한 이유는 무엇일까요?

④ 남편이 비판한 술 권하는 사회의 구체적인 대상들을 찾아보세요.

⑤ 작품 전체를 통해 알 수 있는 아내의 인간됨에 대해 말해 보세요.

발단	바느질을 하며 늦는 남편을 기다리고 있는 아내.
전개	지난 일을 회상하며 초조한 마음이 되어 가는 아내.
위기	만취가 되어 귀가한 남편.
절정	자신의 과음에 대해 변명하는 남편과, 그것을 헤아리지 못하는 아내.
결말	집을 나가 버리는 남편.
갈래	단편소설
배경	1920년대의 도회지.
주제	일제 강점 하, 사회에 적응하지 못하는 지식인의 고뇌.
시점	3인칭 관찰자 시점
구성	서사적 순행법
문체	서사적 우유체
남편	경제적 능력이 없는 무능력한 사내. 사회에 적응하지 못하고 아내의 이해도 구하지 못해 집을 나간다.
아내	짧지 않은 결혼 생활 중에도 늘 혼자 살아야 했던 여자이다. 가난은 어찌어찌 견뎌내고 있지만, 남편의 심중을 헤아릴 길 없어 답답해한다.

현진건

화수분

이름들도 모두 좋지요. 맏형은 '장자' 요, 둘째는

'거부' 요, 아범이 셋짼데 '화수분' 이랍니다. 그런

것이 제가 간 후부터 시아버님이 돌아가시고, 그

리고 맏아들이 죽고 농사 밑천인 소 한 마리를 도

적맞고 하더니, 차차 못살게 되기 시작해서 종내

저렇게 거지가 되었답니다.

전영택 田榮澤

작가이자 목사였던 전영택은 다양한
작품활동 외에도 성서 · 찬송가의 번
역에 큰 공적을 남겼다
(1894~1968)

전영택

전영택은 1894년 평양에서 태어나, 1968년 서울에서 교통사고로 사망했습니다. 호는 추호秋湖 · 늘봄인데, 우리에게는 '늘봄'으로 더 잘 알려져 있습니다.

1930년 도미渡美 버클리의 퍼시픽 신학교를 수료한 뒤 귀국해, 교회 목사와 《기독신문》 주간, 성경학교 등에 근무했습니다. 8 · 15광복 후에는 조만식曺晩植과 함께 조선민주당을 창건하고 문교부장이 되었으나, 공산 독재가 노골화되자 월남, 맹아학교 교장, 중앙신학교 교수를 거쳐 계속 기독교 계통에서 봉사 활동을 했습니다.

그는 1919년 《창조創造》 동인이 되면서 작품 활동을 시작, 그 첫 호에 단편 「혜선惠善의 사死」를 발표한 이후, 계속 「천치天痴? 천재天才?」 · 「운명」 · 「사진」 · 「화수분」 · 「흰 닭」 등을 발표했습니다. 일제 강점 말기에는 붓을 꺾고 울분을 달래다가 8 · 15광복 후에 다시 창작 활동을 시작해, 38선의 비극을 그린 단편 「소」를 비롯해 「새봄의 노래」 · 「강아지」 · 「아버지와 아들」 · 「쥐」 등을 발표했습니다.

기독교적 인도주의의 경향을 띤 작품을 쓴 그는 작품 이외에도 성서 · 찬송가 등의 번역에도 큰 공적을 남겼습니다.

한 나라의 문학을 이해할 때, 그 나라 문학이 지역성을 강하게 띨수록 문학사적 안목이 요청된다고 할 수 있겠죠. 문학사를 보면 대개 작가들의 대표작은 일률적으로 정해져 있는 듯합니다. 그 이유는 아마 두 가지 사실에서 비롯되는 것 같은데요, 하나는 작품이 발표되던 당시의 평가가 작용한다는 것이고, 다른 하나는 오늘날의 안목에서 그 작품을 검토·수용한다는 점입니다.

오늘날의 안목이란 한 개인의 주관적인 판단을 배제한다는 뜻이기도 하고요. 즉, 이 두 가지 관점에서 작품을 해석하되, 보다 깊이 혹은 넓게 살펴야 한다는 과제가 주어짐을 의미하는 것이죠. 이 과제는 사실상 그 작품 자체가 가지고 있는 깊이 혹은 넓이에 의해 좌우되는 것입니다. 다음에서 이야기하고자 하는 전영택의 대표작 「화수분」 역시 그런 차원에서 이해되어야 할 것입니다.

전영택은 작가 소개에서도 잠깐 언급했듯이, 문학이 아닌 신학을 전공한 작가입니다. 그의 초기 작품 몇몇은 일본 소설의 모방에 가깝다는 혐의를 받기도 하지만, 「화수분」은 이 작가만의 특색을 뚜렷이 보여주는 작품이라 생각됩니다. 이 작품을 기점으로

가난하고 무지한 인물에 대한 작가의 애정이 잘 드러난 작품 「화수분」

전영택

전영택은 거의 작품 활동을 하지 않다가 50년대에 가서야 몇 편의 단편들을 발표합니다.

보통 이 작가의 특징을 인도주의라고 규정하고 있지만, 그 적용 범위는 사실상 모호하다고 할 수 있습니다. 이러한 평가는 아마도 기독교적 신앙을 바탕으로 하고 있다는 뜻인 듯한데, 따지고 보면, 기독교적 신앙이란 이 작가에게서 보이는 것처럼 그렇게 미지근한 표현일 수 없다고 해석될 수도 있는 것입니다. 왜냐하면 기독교적이어야 한다면, 그것은 죄의식을 바탕으로 한 치열한 것이어야 하기 때문입니다. 그런 의미에서 전영택의 작품들은 소박한 인정담에 그친다고 보는 것이 더 타당하리라 생각됩니다.

읽기 전에 생각하기

주제가 부부애인 이 작품에서 중요한 것은 줄거리나 주제에 있지 않고, 시점의 단일성과 편집자적 논평의 제거에 있습니다.

여기에서 시점의 단일성이란 1인칭 관찰자로서의 시점을 뜻하며, 편집자적 논평의 제거란 작가가 개입하지 않았다는 점을 말합니다. 그러나 결말에서 보이는 전지적 시점으로 인해 전체적 통일성이 깨어져 있다는 사실도 기억하셔야겠지요.

1

첫겨울 추운 밤은 고요히 깊어 간다. 뒤뜰 창 바깥에
지나가는 사람 소리도 끊어지고 이따금 찬바람 부는 소리가 휘익 우수수하고
바깥의 춥고 쓸쓸한 것을 알리면서 사람을 위협하는 듯하다.

"만주노 호야 호오야."^{만주가 따끈따끈합니다의 일본 말.}

길게 그리고도 힘없이 외치는 소리로 보지 않아도 추워서 수그리고 웅크리
고 가는 듯한 사람이 몹시 처량하고 가엾어 보인다. 어린애들은 모두 잠들고
학교 다니는 아이들은 눈에 졸음이 잔뜩 몰려서 입으로만 소리를 내어 글을
읽는다. 나는 누워서 손만 내놓아 신문을 들고 소설을 보고, 아내는 이불을 들
쓰고 어린애 저고리를 짓고 있다.

"누가 우나?"

일하던 아내가 말하였다.

"아니야요. 그 절름발이가 지나가며 무슨 소리를 지껄이면서 그러나 보아요."

공부하던 애가 말한다. 우리들은 잠시 그 소리를 들으려고 귀를 기울였으나 다시 각각 그 하던 일을 계속하여 다시 주의도 하지 아니하였다. 그러다가 우리는 모두 잠이 들어 버렸다.

나는 자다가 꿈결같이 '으으으으으으' 하는 소리를 들었다. 잠깐 잠이 반쯤 깨었으나 다시 잠들었다. 잠이 들려고 하다가 또 깜짝 놀라서 깨었다.

그리고 아내에게 물었다.

"저게 누가 울지 않소?"

"아범이구려."

나는 벌떡 일어나서 귀를 기울였다. 과연 아범의 우는 소리다. 행랑에 있는 아범의 우는 소리다.

'어찌하여 우는가. 사나이가 어찌하여 우는가. 자기 시골서 무슨 슬픈 상사의 기별을 받나? 무슨 원통한 일을 당하였나?'

나는 생각하였다. 어이어이 느껴 우는 소리를 들으면서 아내에게 물었다.

"아범이 왜 울까?"

"글쎄요, 왜 울까요?"

2

아범은 금년 구월에 그 아내와 어린 계집애 둘을 데리고 우리 집 행랑방에 들었다. 나이는 한 서른 살쯤 먹어 보이고, 머리에 상투가 그냥 달라붙어 있고 키가 늘씬하고 얼굴은 기름하고 누르퉁퉁하고, 눈은 좀 큰데 사람이 퍽 순하고 착해 보였다. 주인을 보면 어느 때든지 그 방에서 고달픈 몸으로 밥을 먹다가도 얼른 일어나서 허리를 굽혀 절한다. 나는 그것이 너무 미안해서 그러지 말라고 이르려고 하면서 늘 그냥 지내었다. 그 아내는 키가 자그마하고, 몸이 뚱뚱하고, 이마가 좁고, 항상 입을 다물고 아무 말이 없다. 적은 돈은 회계할 줄 알아도 '원'이나 '백 냥' 넘는 돈은 회계할 줄 모른다.

그리고 어멈은 날짜 회계할 줄을 모른다. 그러기에 저 낳은 아이들의 생일을 아범이 그 전날 내일이 생일이라고 일러주지 않으면 모른다고 한다. 그러나 결코 속일 줄을 모르고, 무슨 일이든지 하라는 대로 하기는 하나 얼른 대답을 시원히 하지 않고, 꾸물꾸물 오래 하는 것이 흠이다. 그래도 아침에는 일찍이 일어나서 기름을 발라 머리를 곱게 빗고 빨간 댕기를 드려 쪽을 찌고 나온다.

그들에게는 지금 입고 있는 단벌 홑옷과 조그만 냄비 하나밖에 아무것도 없다. 세간도 없고 물론 입을 옷도 없고 덮을 이부자리도 없고 밥 담아 먹을 그릇도 없고 밥 먹을 숟가락 한 개가 없다. 있는 것이라고는 보기 싫게 생긴 딸 둘과 작은애를 업는 홑누더기와 띠, 아범이 벌이하는 지게가 하나, 이것뿐이다. 밥은 우선 주인집에서 내어간 사발과 숟가락으로 먹고, 물은 역시 주인 집 어린애가 먹고 비운 가루 우유통을 갖다가 떠먹는다.

아홉 살 먹은 큰계집애는 몸이 좀 뚱뚱하고 얼굴은 컴컴한데, 이마는 어미 닮아서 좁고 볼은 아비 닮아서 축 늘어졌다. 그리고 이르는 말은 하나도 듣는 법이 없다. 그 어미가 아무리 욕하고 때리고 하여도 볼만 부어서 까딱없다. 도리어 어미를 욕한다. 꼭 서서 어미보고 눈을 부르대고 '조 깍쟁이가 왜 야단이야.' 하고 욕을 한다. 먹을 것이 생기면 자식 먹이고 남편 대접하고 자기는 늘 굶는 어미가 헛입 노릇이라도 하는 것을 보게 되면 '저 망할 계집년이 무얼 혼자만 처먹어?' 하고 욕을 한다. 다만 자기 어미나 아비의 말을 아니 들을 뿐 아니라 주인 마누라나 주인 나리가 무슨 말을 일러도 아니 듣는다. 먼 데 있는 것을 가까이 오게 하려면 손수 붙들어 와야 하고, 가까이 있는 것을 비키게 하려면 붙들어다 치워야 한다.

다음에 작은 계집애는 돌을 지나 세 살 먹은 것인데, 눈이 커다랗고 입술이 삐죽 나오고 걸음은 겨우 빼뚤빼뚤 걷는다. 그러나 여태 말도 도무지 못하고 새벽부터 하루 종일 붙들어 매여 끌려가는 돼지 소리 같은 크고 흉한 소리를 내어 울어서 해를 보낸다.

울지 않는 때라고는 먹는 때와 자는 때뿐이다. 그러나 먹기는 썩 잘 먹는다. 먹을 것이라도 눈앞에 보이기만 하면 죄다 빼앗아다가 두 다리 사이에 넣고, 다리와 팔로 웅크리고 웅웅 소리를 내면서 혼자서 먹는다. 그렇게 심술 사나운 큰계집애도 다 빼앗기고 졸연해서 ^{갑작스러워서.} 얻어 먹지 못한다. 이렇기 때문에 작은 것은 늘 어미 뒷잔등에 업혀 있다. 만일 내려놓아 버려두면 그냥 땅바닥을 벗은 몸으로 두 다리를 턱 내뻗치고 묶여 가는 돼지 소리로 동리가 요란하도록 냅다 지른다.

그래서 어멈은 밤낮 작은것을 업고 큰것과 싸움을 하면서 얻어먹지도 못하고, 물 긷고 걸레질치고 빨래하고 서서 돌아간다. 작은것에게는 젖을 먹이고 큰것의 욕을 먹고 성화받고, 사나이에게 웅얼웅얼하는 잔말을 듣는다. 밥 지을 쌀도 없는데 밥 안 짓는다고 욕을 한다. 그리고 아범은 밝기도 전에 지게를 지고 나갔다가 밤이 어두워서 들어오지만 하루에 두 끼를 못 끓여 먹고 대개는 벌이가 없어서 새벽에 나갔다가도 오정때나 되면 일찍 들어온다. 들어와서는 흔히 잔다. 이런 때는 온종일 그 이튿날 아침까지 굶는다. 그때마다 말없던 어멈이 웅얼웅얼 바가지 긁는 소리가 들린다. 어멈이 그애들 때문에 그렇게 애쓰고, 그들의 살림이 그렇게 어려운 것을 보고 나는 이따금 이렇게 생각하였다.

아내에게 말도 한다.

"저애들을 누구를 주기나 하지."

위에 말한 것은 아범과 그 식구의 대강한 정형이다. 그러나 밤중에 섧게 운 까닭은 무엇인가?

3

그 이튿날 아침이다. 마침 일요일이기 때문에 내게는

한가한 틈이 있어서 어멈에게서 그 내용을 들을 기회가 있었다.

"지난밤에 아범이 왜 그렇게 울었나?"

하는 아내의 말에 어멈의 대답은 대강 이러하였다.

"어멈이 늘 쌀을 팔러 댕겨서 저 뒤의 쌀가게 마누라를 알지요. 그 마누라가 퍽 고맙게 굴어서 이따금 앉아서 이야기도 했어요. 때때로 그 애들을 데리고 어떻게나 지내나 하고 물어요. 그럴 적마다 '죽지 못해 살지요' 하고 아무 말도 아니했어요. 그러는데 한 번은 가니까 큰애를 누구를 주면 어떠냐고 그래요. 그래서 '제가 데리고 있다가 먹이면 먹이고 죽이면 죽이고 하지, 제 새끼를 어떻게 남을 줍니까? 그리고 워낙 못생기고 아무 철이 없어서 에미 애비나 기르다가 죽이더라도 남은 못 주어요. 남이 가져갈 게 못 됩니다. 그것을 데려가시는 댁에서는 길러 무엇합니까. 돼지면 잡아서 먹지요' 하고 저는 줄 생각도 아니했어요. 그래도 그 마누라는 '어린것이 다 그렇지 어떤가. 어서 좋은 댁에서 달라니 보내게. 잘 길러 시집 보내 주신다네. 그리고 젊은이들이 벌어먹고 살아야지. 애들을 다 데리고 있다가 인제 차차 날도 추워 오는데 모두 한꺼번에 굶어죽지 말고……' 하시면서 여러 말로 대구 권하세요. 말을 들으니까 그랬으면 좋을 듯도 하기에 '그럼 저희 아범보고 말을 해 보지요' 했지요. 그랬더니 그 마누라가 부쩍 달라붙어서 '내일 그 댁 마누라가 우리 집으로 오실 터이니 그애를 데리고 오게' 하셔요. 해서 저는 '글쎄요' 하고 돌아왔지요. 돌아와서 그날 밤에, 그젯밤이올시다, 그젯밤 아니라 어제 아침이올시다, 요새 저는 정신이 하나 없어요. 그래 밤에는 들어와서 반찬 없다고 밥도 안 먹고 곤해서 쓰러져 자길래 그런 말을 못하고 어제 아침에야 그 이야기를 했지요. 그랬더니 '내가 아나, 임자 마음대로 하게그려' 그러고 일어서 지게를 지고 나가 버리겠지요. 그러고는 저 혼자서 온종일 이리저리 생각을 해보았지요. 아무려나 제 자식을 남을 주고 싶지는 않지만 어떻게 합니까. 아씨아시듯이 이제 새끼 또 하나 생깁니다 그려. 지금도 어려운데 어떻게 둘씩 셋씩 기릅니까. 그래서 차마 발길이 안 나가는 것을 오정때가 되어서 데리고 갔지요. 짐승 같은 계집애는 아무런 것도 모르고 따라 나서요. 앞서 가는 것을 뒤로 보면서 생각을 하니까 어쌔 마음이 안되었어요."

하면서 어멈은 울먹울먹한다. 눈물이 핑 돈다.

　"그런 것을 데리고 갔더니 참말 알지 못하는 마누라님이 앉아 계서요. 그마누라가 이걸 호떡이라 군밤이라 감이라 먹을 것을 사다 주면서 '나 하고 우리 집에 가 살자. 이쁜 옷도 해 주고 맛난 밥도 먹고 좋지, 나하고 가자, 가자' 하시니까 이것은 먹기에 미쳐서 대답도 아니하고 앉았어요."

　이 말을 들을 때에 나는 그 계집애가 우리 마루 끝에 서서 우리 집 어린애가 감 먹는 것을 바라보다가 내버린 감쪽지를 쳐다보면서 집어 가지고 나가던 것이 생각났다.

　어멈은 다시 이야기를 이어,

　"그래, 제가 어쩌나 보려고 '그럼 너 저 마님 따라가 살련? 나는 집에 갈 터이니' 했더니 저는 본 체 만 체하고 머리를 끄덕끄덕해요. 그래도 미심해서 '정말 갈 테야. 가서 울지 않을 테야?' 하니까, 저리 한번 흘끗 노려보더니 '그래, 걱정 말고 가요' 하겠지요. 하도 어이가 없어서 내버리고 집으로 돌아왔지요. 그러고 돌아와서 저 혼자 가만히 생각하니까, 아범이 또 무어라고 할는지 몰라 어찌 안되었어요. 그래, 바삐 아범이 일하러 댕기는 데를 찾아갔지요. 한번 보기나 하랄려고 염천교 다리로 남대문통으로 아무리 찾아야 있어야지요. 몇 시간을 애써 찾아 댕기다가 할 수 없이 그 댁으로 도루 갔지요. 갔더니 계집애도 그 마누라도 벌써 떠나가 버렸겠지요. 그 댁 마님 말씀이 저녁 여섯시 차에 광핸지 광한지로 떠났다고 하셔요. 가시면서 보고 싶으면 설 때에나 와 보고 와 살려면 농사짓고 살라고 하셨대요. 그래 하는 수가 있습니까. 그냥 돌아왔지요. 와서 아무 생각이 없어서 아범 저녁 지어 줄 생각도 아니하고 공연히 밖에 나가서 왔다갔다 돌아 댕기다가 들어왔지요. 저는 눈물도 안 나요. 그러다가 밤에 아범이 들어왔기에 그 말을 했더니 아무 말도 아니하고 그렇게 통곡을 했답니다. 여북하면 제 자식을 꿈에도 보지 못하던 사람에게 주겠어요. 할 수가 없어서 그렇지요. 집에 두고 굶기는 것보다 나을까 해서 그랬지요. 아범이 본래는 저렇게는 못살지는 않았답니다. 저희 아버지 살았을 때는 벼 백 석이나 하고, 삼형제가 양평 시골서 남부럽지 않게 살았답니다. 이름들도 모두 좋지요. 맏형은 '장자' 요, 둘째는 '거부' 요, 아범이 셋쨀데 '화수분' 속에 물건을 넣어 두면 새끼를 쳐서 끝없이 물건이 생겨 나온다는 그릇을 화수분이라 한다. 이랍니다. 그런 것이 제가 간 후부터 시아버님이 돌아가시고, 그리고 맏아들이 죽고 농사 밑천인 소 한 마리를 도적맞고 하더니, 차차 못살게 되기 시작해서 종내 저렇게 거지가 되었답니다. 지금도 시골 큰댁엘 가면 굶지나 아니할 것을 부끄럽다고 저러고 있지요. 사내 못생긴 건 할 수가 없어요."

우리는 이제야 비로소 아범이 어제 울던 까닭을 알았고, 이때에 나는 비로소 아범의 이름이 '화수분' 인 것을 알았고, 양평 사람인 줄도 알았다.

4

그런 지 며칠이 지난 어느 날 아침이다. 화수분은 새 옷을 입고 갓을 쓰고 길 떠날 행장을 차리고 안으로 들어온다. 그것을 보니까, 지난밤에 아내에게서 들은 말이 생각난다. 시골 있는 형 거부가 일하다가 발을 다쳐서 일을 못하고 누워 있기 때문에, 가뜩이나 흉년인데다가 일을 못해서 모두 굶어 죽을 지경이니, 아범을 오라고 하니 가 보아야 하겠다는 말을 듣고 나는 '가 보아야겠군' 하니까, 아내는 '김장이나 해 주고 가야 할 터인데' 하기에 '글쎄, 그럼 그렇게 이르지' 한 일이 있었다. 아범은 뜰에서 허리를 한 번 굽히고 말한다.

"나리, 댕겨 오겠습니다. 제 형이 일하다가 도끼로 발을 찍어서 일을 못하고 누웠다니까 가 보아야겠습니다. 가서 추수나 해 주고는 곧 오겠습니다. 그저 나리 댁만 믿고 갑니다."

나는 어떻게 대답을 했으면 좋을지 몰라서,

"잘 댕겨 오게."

하였다.

아범은 다시 한 번 절을 하고,

"안녕히 계십시오."

하면서 돌아서 나갔다.

"저렇게 내버리고 가면 어떡합니까? 우리도 살기 어려운데 어떻게 불때 주고 먹이고 입히고 할 테요? 그렇게 곧 오겠소?"

이렇게 걱정하는 아내의 말을 듣고 나는 바삐 나가서 화수분을 불러서,

"곧 댕겨 오게, 겨울을 나서는 안 되네."

하였다.

"암, 곧 댕겨 옵지요."

화수분은 뒤를 돌아보고 이렇게 대답을 하고 달아난다.

5

화수분은 간 지 일주일이 되고 열흘이 되고 보름이 지나도 아니 온다.

어멈은 아범이 추수해서 쌀말이나 가지고 돌아오기를 밤낮 기다려도 종내 오지 아니하였다. 김장때가 다 지나고 입동이 지나고 정말 추운 겨울이 되었다. 하루 저녁은 바람이 몹시 불고 그 이튿날 새벽에는 하얀 눈이 펑펑 내려 쌓였다.

아침에 어멈이 들어와서 화수분의 동네 이름과 번지 쓴 종잇조각을 내어놓으면서 오지 않으면 제가 가겠다고 편지를 써 달라고 하기에 곧 써서 부쳐까지 주었다.

그 다음날부터는 며칠 동안 날이 풀려서 꽤 따뜻하였다. 그래도 화수분의 소식은 없다. 어멈은 본래 어린애가 딸려서 일을 잘못하는데다가 다릿병이 있어 다리를 잘 못 쓰고 더구나 며칠 전에 손가락을 다쳐서 일을 하지 못하는 것

을 퍽 미안하게 생각한다.

그리고 추운 겨울에 혼자 살아갈 길이 막연하여 종내 아범을 따라 시골로 가겠다고 결심을 한 모양이다.

"그만 아씨, 시골로 가겠습니다."

"몇 리나 되나?"

"몇 린지 사나이들은 일찍 떠나면 하루에 간다고 해두 저는 이틀에나 겨우 갈걸요."

"혼자 가겠나?"

"물어 가면 가기야 가지요."

아내와 이런 문답이 있은 다음날 아침 바람 몹시 불고 추운 날 아침에 어멈은 어린것을 업고 돌아볼 것도 없는 행랑방을 한번 돌아보면서 아창아창 떠나갔다.

그날 밤에도 추웠다. 우리는 문을 꼭꼭 닫고 문틀을 헝겊으로 막고 이불을 둘씩 덮고 꼭꼭 붙어서 일찍 잤다.

나는 자면서, 잘 갔나, 얼어죽지나 않았나, 하는 생각이 났다.

화수분도 가고 어멈도 하나 남은 어린것을 업고 간 뒤에는 대문간은 깨끗해지고 시꺼먼 행랑방 방문은 닫혀 있었다. 그리고 우리 집에는 다시 행랑사람도 안 들이고 식모도 아니 두었다. 그래서 몹시 추운 날, 아내는 손수 어린 것을 등에 지고 이웃집의 우물에 가서 배추와 무를 씻어서 김장을 대강 하였다. 아내는 혼자서 김장을 하면서 눈물을 흘리고 어멈 생각을 하였다.

6

김장을 다 마친 어떤 날, 추위가 풀려서 따뜻한 날 오후에 동대문 밖에 출가해 사는 동생 S가 오래간만에 놀러 왔다. S에게 비로소 화수분의 소식을 듣고 우리는 놀랐다. 그들은 본래 S의 시댁에서 천거해 보낸 것이다. 그 소식은 대강 이렇다.

화수분이 시골 간 후에 형 거부는 꼼짝 못하고 누워 있기 때문에 형 대신 겸 두 사람의 일을 하다가 몸이 지쳐 몸살이 나서 넘어졌다. 열이 몹시 나서 정신없이 앓으면서도 귀동이(서울서 강화 사람에게 준 큰계집애)를 부르고 늘 울었다.

"귀동아, 귀동아, 어델 갔니? 잘 있니……."

그러다가는 흐득흐득 느끼면서,

"그렇게 먹고 싶어하는 사탕 한 알도 못 사주고 연시 한 개 못 사주고……."

하고 소리를 내어 어이어이 운다.

그럴 때에 어멈의 편지가 왔다. 뒷집 기와집 진사댁 서방님이 읽어 주는 편지 사연을 듣고,

"아이구, 옥분아(작은계집애 이름), 옥분이 에미!"

하고 또 어이어이 운다. 울다가 펄떡 일어나서 서울서 넝마전 _{오래되고 헐어서 입지 못하게 된} _{옷가지 따위를 파는 가게.} 에서 사 입고 간 새 옷을 입고 갓을 썼다. 집안 사람들이 굳이 말리는 것을 뿌리치고 화수분은 서울을 향하여 어멈을 데리러 떠났다. 사립문

밖에를 나가 화수분은 나는 듯이 달아났다.

　화수분은 양평서 오정이 거의 되어서 떠나서, 해져 갈 즈음해서 백 리를 거의 와서 어떤 높은 고개를 올라섰다. 칼날 같은 바람이 뺨을 친다.

　그는 고개를 숙여 앞을 내려다보다가, 소나무 밑에 희끄무레한 사람의 모양을 보았다. 그것을 달려가 보았다. 가 본즉 그것은 옥분과 그의 어머니다. 나무 밑 눈 위에 나뭇가지를 깔고, 어린것 없는 헌 누더기를 쓰고 한 끝으로 어린것을 꼭 안아 가지고 웅크리고 떨고 있다. 화수분은 왁 달려들어 안았다. 어멈은 눈은 떴으나 말은 못한다. 화수분도 말을 못한다.

　어린것을 가운데 두고 그냥 꺼안고 밤을 지낸 모양이다.

　이튿날 아침에 나무장수가 지나다가 그 고개에 젊은 남녀의 꺼안은 시체와, 그 가운데 아직 막 자다 깬 어린애가 등에 따뜻한 햇볕을 받고 앉아서 시체를 툭툭 치고 있는 것을 발견하여 어린것만 소에 싣고 갔다.

이 작품의 배경은 1920년대의 서울과 시골이다. 서울서 행랑살이를 하는 두 아이의 아버지인 순박하고도 머리가 약간 둔한 30여 세의 남자, 화수분이 주인공이다. 화수분은 보통명사로서는 보물 그릇을 뜻한다. 써도 없어지지 않고 자꾸 불어나는 그런 전설적인 그릇을 말하는 것이다. 가난한 부모가 아들이 잘 살기를 바라는 마음에서 지어 준 이름이지만 정작 화수분은 이름과는 달리 가난에 시달려 서울서 행랑살이를 한다.

'나'는 어느 초겨울 추운 밤 행랑아범의 흐느끼는 소리를 듣는다. 그해 가을에 가난에 찌든 모습의 아범(화수분)이 아내와 어린 계집애 둘을 데리고 와 행랑채에 더부살이를 하고 있었다. 그런데 어느 날 아홉 살 난 큰애를 어멈이 어느 연줄로 강화로 보내 버렸다는 말을 듣고 아범은 구슬피 운다.

그러던 가운데 화수분은 발을 다쳤다는 형의 소식을 듣고 양평으로 간다. 어멈은 아범이 쌀말이라도 해 가지고 올 것을 기다렸으나, 추운 겨울이 되도록 돌아오지 않는다. 어멈은 어린것을 업고 남편에게로 떠난다. 그 후 어느 날, '나'는 출가한 여동생 S로부터 그들의 뒷얘기를 얻어듣는다.

화수분은 어멈의 편지를 받고 서울로 올라오는 길이었다. 화수분이 어떤 높은 고개에 이르렀을 때 희끄무레한 물체를 발견했는데, 그것은 어멈과 딸 옥분이었다. 어멈은 눈을 떴으나 말을 하지 못했다. 이튿날 아침, 나무장수가 지나가다가 껴안고 죽은 젊은 남녀의 시체와, 이제 막 자다 깬 어린애가 등에 따뜻한 햇볕을 받고 앉아서 시체를 툭툭 치고 있는 것을 발견한다. 나무장수는 시체는 놓아두고 어린것만 소에 싣고 떠나간다.

화수분은 일제의 수탈이 가속화된 시대에 궁핍한 환경 속에서 굶주리다 죽어간 어느 부부의 참혹한 생활고를 사실적으로 보여주는 작품입니다. 지식인인 '나'가 문간방에 세 들어 사는 행랑아범(화수분)과 그 가족의 비참한 삶을 냉정하고 객관적으로 보여주고 있지요. 그래서 이 소설은 자연주의적 사실주의 작품으로 평가받기도 합니다.

이 소설은 화수분 일가의 가난과 고통, 그리고 그로 인한 비극을 '나'가 화자가 되어 독자에게 보여주는 형식을 취하고 있습니다. 즉, 전체적으로는 1인칭 관찰자

더 알아두기

시점 point of view 소설의 요체는 이야기의 제시이기 때문에, 이야기 전달자(화자, narrator)가 있어야만 한다. 이 이야기 전달자가 작품 속의 내용을 바라보는 위치가 시점이다. 화자가 작품 안에서 소설의 내용을 바라보고 있다면 그것은 1인칭 시점이 되고, 화자가 작품 밖에서 소설의 내용을 바라보고 있다면 그것은 3인칭 시점이 된다. 그 시점들은 또한 몇 가지로 구분이 되어 나타나는데, 1인칭 시점에서 화자가 '나'이면서 주인공이 되는 경우는 '주인공 시점', 화자가 '나'이면서 사건에 대한 단순한 보고자인 경우에는 '관찰자 시점', 화자가 '나'이지만 주된 인물은 아닌 경우는 '참여자 시점'으로 나누고 있다. 3인칭 시점은 화자가 문맥에 직접 드러나지는 않지만 작품 내용에 대한 모든 것을 알고 있고 마음대로 그 정보를 사용하는 '전지적 시점'과, 화자의 개입을 최대한 막으면서 극적인 방식으로 서술하는 '관찰자 시점', 그리고 현대 소설에 와서 집중적으로 사용되는 시점으로서 등장 인물들의 의식을 중심으로 소설 속의 내용이 서술되는 '제한적 시점' 등이 있다.

전영택

사전적 어의로는 동정과 연민의 감정, 또는 애상감哀傷感, 비애감의 뜻을 가지는 그리스어 '파토스pathos'에서 왔다. 파토스가 특정한 시대·지역·집단을 지배하는 이념적 원칙이나 도덕적 규범을 지칭하는 에토스ethos와 대립하는 말이라는 사실을 볼 때, 이 말이 가지는 내포는 좀더 확연하게 드러난다 하겠다. 그러나 '정서적인 호소력'이라고 규정할 때, 이 말이 지니는 예술적·문화적 현상과의 관련성이 더욱 분명하게 밝혀진다. 어떤 문학작품이나 문학적 표현에 대해 독자가 '페이소스가 있다', '페이소스가 강렬하다'라고 반응하는 것은 그 문학작품이나 문학적 표현이 '정서적 호소력을 가지고 있다'는 사실을 확인하는 경우이다. 다만, 파토스 또는 페이소스를 유발하는 요소가 무엇인지는 한두 마디로 규정하기 어렵다.

시점이지만, 부분적으로는 '어멈'의 시선을 빌리기도 하고 시집간 누이 S의 시선을 빌려 전달하기도 합니다.

　이 소설은 기본적으로 비극적 정조情調를 바탕으로 하고 있어요. 그 정점은 역시 결말에 놓여 있는데, 남편을 찾아 나섰던 화수분의 아내가 한겨울 추운 들판에서 어린 딸을 안은 채 죽어가고 있을 때, 집으로 돌아가던 화수분이 그런 아내를 발견하게 되고, 결국 그들은 서로 껴안고 죽게 된다는 설정이 그렇습니다. 그러나 어린 딸만은 살아서 나무장수가 데려가지요. 즉, 이 작품이 화수분 일가의 비극을 다루고 있음에도 불구하고 그것이 절망으로 떨어지지 않는 것은 이러한 마지막 체온體溫 덕분입니다. 비참한 사람들의 삶에서 취재하되 그들의 따뜻한 인간미를 놓치지 않으려는 작가 정신, 이것은 인도주의임이 분명합니다.

　그러나 역시 이 작품은 비극이라고 할 수 있습니다. 그 어린것의 일생이 또 다

 더 알아두기

른 고난의 역정일 것임을 독자는 문득 예감하게 되기 때문입니다. 어떤 면에서 이
소설의 진정한 주인공은 가난인지도 모릅니다. 자식을 남에게 주어야 할 정도의 궁
핍한 삶, 또 그래서 남의 손에 넘어가는 자식(큰애)의 반응, 이 때문에 심한 갈등을
느끼는 화수분 내외……. 이 모든 정황이 소설의 주제와 구조를 이루는 요소이기
때문입니다.

하지만 그 가난이 직접적으로 묘사되지는 않습니다. 그들의 삶의 모습이 서술될

전영택

뿐이며, 그것도 '나'에 의해서 거리감을 두고 '관찰'되고 있습니다. 그리고 그 가난 때문에 화수분이 성격 파탄에 이른다거나 더 타락한 상황에 이르지도 않습니다. 그에게서 가난은 그의 모습이 초라하듯이 늘 숙명처럼 붙어 다니는 한 부분일 뿐이니까요.

그러므로 가난이 삶의 양상을 바꾸어 놓는다는 식의 환경 결정론적 해석은 이 작품에 적용하기 힘듭니다. 부분적으로 두 딸의 성격적 결함이 가난 때문임이 암시되기는 하지만, 그 딸이 이 작품의 주조음主調音이 되지는 못하고 철부지로서의 성격만을 부각시키므로, 환경에 의한 인간적 손상이라고 보기에는 어려움이 있는 것입니다.

① 화수분 내외 두 딸의 성격을 파악할 수 있는 대목들을 찾아보세요.

② 두 딸의 성격이 바르지 못한 까닭과 그렇게 설정된 이유에 대해 말해 보세요.

③ 이 작품에서 가장 두드러지게 부각된 일상 생활의 측면은 무엇입니까?

④ 화수분네의 가난이 개인의 무능이라기보다 사회의 구조적 모순에 기인한 것이라는 암시를 담은 문장을 찾아보세요.

⑤ 일제 식민 시대를 배경으로 가난한 일가의 비극적 삶을 그린 것을 정치적 의도로 해석할 수 있을까요?

구성	발단	지게꾼인 행랑아범 화수분의 네 식구는 먹고살기가 힘들다.
	전개	큰딸 애를 남에게 주고 화수분은 양평으로 가고, 아내는 기다리다 못해 남편을 찾아 나선다.
	위기	아내의 편지를 받고 서울로 향하는 화수분.
	절정	겨울 산의 고갯길에서 만나는 화수분과 아내.
	결말	나무장수가 젊은 남녀의 시체를 발견한다. 시체는 놓아두고 어린 것만 소에 싣고 떠난다.
핵심 정리	갈래	단편소설
	배경	일제 강점기의 추운 겨울. 도시와 시골.
	주제	가난 속에서 피어난 어버이의 고귀한 사랑.
	시점	1·2·4·5장—1인칭 관찰자 시점,
		3장—1인칭 주인공 시점,
		6장—어멈과 여동생의 시점을 빌린 전지적 작가 시점.
	구성	액자 구성
	문체	간결체(서사적 건조체)
작중인물의 성격	나	화수분네 가족에게 연민을 가지지만 적극적으로 도와주지는 못한다. 냉정하지는 않지만 대체로 덤덤한 관찰자로 일관한다.
	화수분	'나'의 집에 세들어 살고 있는 행랑아범. 한때는 부유했지만 결혼 후 줄곧 극심한 가난에 시달린다. 선한 인품에 우애가 돈독하고 부부애가 강하다.
	어멈	가난 속에서도 선하게 살아가는 화수분의 아내. 순박한 성격의 소유자다.
	귀동이 · 옥분이	화수분의 딸들. 못생긴데다 마음씨마저 고약한 고집불통의 아이들이다.

전영택

붉은 산

김동인 金東仁

"동해물과 백두산이……." 고즈넉이 부르는 여의 창가 소리에 뒤에 둘러섰던 다른 사람의 입에서도 숭엄한 코러스는 울리어 나왔다. "무궁화 삼천리 화려 강산……." 광막한 겨울의 만주벌 한편 구석에서는 밥버러지 익호의 죽음을 조상하는 숭엄한 노래가 차차 크게 엄숙하게 울리었다.

금동琴童 김동인은 1900년 평양에서 대지주였던 김대윤의 차남으로 태어났습니다. 그는 1914년 일본으로 건너가 메이지 학원에서 수학했으며, 1918년에는 카와바타 미술학교에 입학했습니다. 1919년 동경에서 주요한·전영택 등과 함께 한국 최초의 문예동인지 《창조》를 창간하고, 처녀작 「약한 자의 슬픔」을 발표했습니다.

　그는 「배따라기」·「감자」·「김연실전」 등 자연주의 경향의 작품과, 「광화사」·「광염 소나타」 등 유미주의·예술지상주의 경향을 보이는 작품들을 발표했으며, 드물게는 「붉은 산」 처럼 민족주의적 저항정신을 담은 작품들도 발표했습니다. 1924년 첫 창작집 『목숨』을 출판했고, 1925년에는 당시 유행하던 신경향파 내지 프로문학에 맞서, 예술지상주의를 표방하며 순수문학 운동을 벌였습니다. 1930년대 이후로는 역사소설 창작에 주력해 「운현궁의 봄」·「대수양」 등의 작품을 남겼으며, 이광수에 대한 평론 「춘원연구」를 상재함으로써, 본격적인 작가론을 쓰기도 했습니다. 그는 1946년 장편소설 『을지문덕』을 연재하다가 중단했으며, 가난과 불면증, 약물 중독 등으로 내내 고통받다가, 1951년 서울에서 병사했습니다.

자연주의와 탐미주의를 지향하는 우리 문단사의 대표 작가. 1919년 출판법 위반죄로 옥고를 겪을 무렵 (1900~1951)

붉은 산

김동인은 간결하고 현대적인 문체를 사용함으로써, 이광수의 소설들에 빈발하는 설교조의 문체를 극복하는 한편, 계몽주의를 뛰어넘어 근대적인 사실주의 소설로 나아가고자 했습니다.

다시 말해, 그는 이광수의 문학적 성과를 극복해야 할 하나의 과제로 인식했는데, 그의 이러한 태도는 소설의 모든 영역에 걸쳐 지극히 의식적이고 도전적으로 나타났습니다. 그는 춘원의 민족의식과 계몽주의 고취, 사회적 윤리와 도덕에 반발해, '미美'의 우월성을 강조하면서 순수문학을 지향했습니다. 《창조》의 창간은 이러한 그의 관심과 열정이 빚어낸 그릇이라 보면 되겠죠.

김동인의 작품 경향은 일반적으로 자연주의적 사실주의 혹은 유미주의라 할 수 있습니다. 자연주의적 경향의 작품으로 「배따라기」·「감자」·「발가락이 닮았다」 등이 있으며, 이 작품들에는 '유전·환경' 등이 인간의 운명에 커다란 영향을 미친다는 자연주의적 인식이 잘 반영되어 있습니다. 또한, 유미주의적 경향의 작품인 「광염소타나」·「광화사」 등에는 한

서울 성동구 홍익동 353번지에 있는, 김동인이 병석에서 최후를 맞은 자택

김동인

천재적 예술가의 광기와 난행을 예술의 이름으로 용서코자 하는 극단의 예술지상주의적 사고가 작동하고 있습니다.

김동인은 단편의 묘미를 체득해 단편소설의 기반을 확고히 했으며, 입체적인 인물 창조에도 성공함으로써 춘원의 소설에 나오는 인물들과는 다른 개성들을 작품 속에 불어넣었습니다.

그리고 앞서 살펴본 바와 같이, 자연주의 문학 수용, 탐미적 경향 추구, 문체의 세련화 등 여러 긍정적인 평가를 받고 있습니다. 그렇지만 그가 순수한 미적 가치 추구에만 몰입했을 뿐, 당시 시대 상황에는 눈감았다는 부정적인 평가도 뒤따르고 있음을 간과해선 안 되겠죠.

읽기 전에 생각하기

「붉은 산」은 김동인의 작품 중에서 민족 의식이 드러난 몇 안 되는 작품 중의 하나입니다. 이야기가 만주를 배경으로 하고 있다는 점, 그리고 주인공의 죽음이 개인적인 문제에 국한되지 않고 민족을 위한 희생으로 승화되어 있다는 점 등에서 김동인의 다른 작품과는 구별되는 특징을 보여주고 있지요.

어떤 의사의 수기

그것은 여余가 만주를 여행할 때 일이었다. 만주의 풍속도 좀 살필 겸 아직껏 문명의 세례를 받지 못한 그들의 새에 퍼져 있는 병病을 좀 조사할 겸해서 일 년의 기한을 예산하여 가지고 만주를 시시골골히 다 돌아온 적이 있었다. 그때에 ××촌이라 하는 조그만 촌에서 본 일을 여기에 적고자 한다.

*

××촌은 조선 사람 소작인만 사는 한 이십여 호 되는 작은 촌이었다. 사면을 들러보아도 한 개의 산도 볼 수가 없는 광막한 만주의 벌판 가운데 놓여 있는 이름도 없는 작은 촌이었다.

몽고 사람 종자從者를 하나 데리고 노새를 타고 만주의 촌촌을 돌아다니던 여가 그 ××촌에 이른 때는 가을도 다 가고 어느덧 광포한 북국의 겨울이 만주를 찾아온 때였다.

만주의 어느 곳이나 조선 사람이 없는 곳은 없지만 이러한 오지奧地에서 한 동리가 죄 조선 사람뿐으로 되어 있는 곳을 만나니 반가웠다. 더구나 그 동리는 비록 모두가 만주국인의 소작인이라 하나, 사람들이 비교적 온량하고 정직하여 장성한 이들은 그래도 모두 천자문 한 권쯤은 읽은 사람이었다. 살풍경한 만주, 그 가운데서 살풍경한 살림을 하는 만주국인이며 조선 사람의 동리를 근 일 년이나 돌아다니다가 비교적 평화스런 이런 동리를 만나면, 그것이 비록 외국인의 동리라 하여도 반갑겠거든 하물며 우리 같은 동족의 동리임에랴. 여는 그 동리에서 한 십여 일 이상을 일 없이 매일 호별戶別 방문을 하며 그들과 이야기로 날을 보내며 오래간만에 맛보는 평화적 기분을 향락하고 있었다.

'삵' 이라는 별명을 가지고 있는 '정익호' 라는 인물을 본 곳이 여기서이다.

*

익호라는 인물의 고향이 어디인지는 ××촌의 아무도 아는 사람이 없었다. 사투리로 보아서 경기 사투리인 듯하지만 빠른 말로 재재거리는 때에는 영남사투리가 보일 때도 있고, 싸움이라도 할 때는 서북사투리가 보일 때도 있었다. 그런지라 사투리로써 그의 고향을 짐작할 수가 없었다. 쉬운 일본말도 알고, 한문글자도 좀 알고, 중국말은 물론 꽤 하고, 쉬운 러시아 말도 할 줄 아는 점 등등 이곳저곳 숱하게 주워먹은 것이 짐작이 가지만, 그의 경력을 똑똑히 아는 사람은 없었다.

그는 여가 ××촌에 가기 일 년 전쯤 빈손으로 이웃이라도 오듯 후덕덕 ××촌에 나타났다 한다. 생김생김으로 보아도 얼굴이 쥐와 같고 날카로운 이빨이 있으며 눈에는 교활함과 독한 기운이 늘 나타나 있으며, 발룩한 코에는 코털이 밖으로까지 보이도록 길게 났고, 몸집은 작으나 민첩하게 되었고, 나이는 스물다섯에서 사십까지 임의로 볼 수가 있으며 그 몸이나 얼굴 생김이 어디로 보든 남에게 미움을 사고 근접지 못할 놈이라는 느낌을 갖게 한다.

그의 장기는 투전이 일쑤며, 싸움 잘하고, 트집 잘 잡고, 칼부림 잘하고, 색시에게 덤벼들기 잘하는 것이라 한다.

*

생김생김이 벌써 남에게 미움을 사게 되었고 거기다 하는 행동조차 변변치 못한 일만이라, ××촌에서도 아무도 그를 대척하는 사람이 없었다.

사람들은 모두 그를 피하였다. 집이 없는 그였으나 뉘 집에 잠이라도 자러 가면 그 집주인은 두말없이 다른 방으로 피하고 이부자리를 준비하여 주고 하였다. 그러면 그는 이튿날 해가 낮이 되도록 실컷 잔 뒤에 마치 제 집에서 일어나듯 느직이 일어나서 조반을 청하여 먹고는 한마디의 사례도 없이 나가 버린다.

그리고 만약 누구든 그의 이 청구에 응하지 않으면 그는 그것을 트집으로 싸움을 시작하고, 싸움을 하면 반드시 칼부림을 하였다.

동리의 처녀들이며 젊은 여인들은 익호가 이 동리에 들어온 뒤부터는 마음

놓고 나다니지를 못하였다. 철없이 나갔다가 봉변을 한 사람도 몇이 있었다.

'삵.'

이 별명은 누가 지었는지 모르지만 어느덧 ××촌에서는 익호를 익호라 부르지 않고 '삵'이라고 부르게 되었다.

"삵이 뉘 집에서 묵었나?"

"김 서방네 집에서."

"다른 봉변은 없었다나?"

"요행히 없었다데."

그들은 아침에 깨면 서로 인사 대신으로 '삵'의 거취를 알아보고 하였다.

'삵'은 이 동리에는 커다란 암종이었다. '삵' 때문에 아무리 농사에 사람이 부족한 때라도 젊고 튼튼한 몇 사람은 동리의 젊은 부녀를 지키기 위하여 동리 안에 머물러 있지 않을 수가 없었다. '삵' 때문에 부녀와 아이들은 아무리 더운 여름 저녁에라도 길에 나서서 마음놓고 바람을 쏘여 보지를 못하였다. '삵' 때문에 동리에서는 닭의 가리며 돼지우리를 지키기 위하여 밤을 새우지 않을 수가 없었다.

동리의 노인이며 젊은이들은 몇 번을 모여서 '삵'을 이 동리에서 내어쫓기를 의논하였다. 물론 합의는 되었다. 그러나 내어쫓는 데 선착수할 사람이 없었다.

"첨지가 선착수하면 뒤는 내 담당하마."

"뒤는 걱정 말고 형님 먼저 말해 보시오."

제각기 '삵'에게 먼저 달겨들기를 피하였다

이리하여 동리에서는 합의는 되었으나 '삵'은 그냥 태연히 이 동리에 묵어 있게 되었다.

"며늘년들이 조반이나 지었나?"

"손주놈들이 잠자리나 준비했나?"

마침 그 동리의 모두가 자기의 집안인 것같이 '삵'은 마음대로 이 집 저 집을 드나들었다.

××촌에서는 사람이라도 죽으면 반드시 조상 대신으로,

"'삵'이나 죽지 않고."

하는 한 마디의 말도 잊지 않고 하였다. 누가 병이라도 나면,

"에익! 이놈의 병 '삵'한테로 가거라."

고 하였다.

암종 ― 누구나 '삵'을 동정하거나 사랑하는 사람이 없었다.

*

'삵'도 남의 동정이나 사랑은 벌써 단념한 사람이었다. 누가 자기에게 아무런 대접을 하든 탓하지 않았다. 보이는 데서 보이는 푸대접을 하면 그 트집으로 반드시 칼부림까지 하는 그였었지만, 뒤에서 아무런 말을 할지라도, 그리고 그것이 '삵'의 귀에까지 갈지라도 탄하지 않았다.

"흥……."

이 한마디는 그의 가장 커다란 처세 철학이었다.

흔히 곁동리 만주국인들의 투전판에 가서 투전을 하였다. 때때로 두들겨맞고 피투성이가 되어 돌아오는 일도 있었다. 그러나 그는 그 하소연을 하는 일

이 없었다. 한다 할지라도 들을 사람도 없거니와, 아무리 무섭게 두들겨 맞은 뒤라도 하루만 샘물에 상처를 씻고 절룩절룩한 뒤에는 또 이튿날은 천연히 나다녔다.

*

여余가 ××촌을 떠나기 전날이었다.

송 첨지란 노인이 그해 소출을 나귀에 실어 가지고 만주국인 지주가 있는 촌으로 갔다. 그러나 돌아올 때는 송장이 되었다. 소출이 좋지 못하다고 두들겨 맞아서 부러져 꺾어진 송 첨지는 나귀 등에 몸이 결박되어서 겨우 ××촌으로 돌아왔다. 그리고 놀란 친척들이 나귀에서 몸을 내릴 때에 절명되었다.

××촌에서는 왁자하였다.

"원수를 갚자!"

명 아닌 목숨을 끊은 송 첨지를 위하여, 동리의 젊은이며 늙은이는 모두 흥분되었다. 제각기 이제라도 들고 일어설 듯하였다.

그러나 그뿐이었다. 누구든 앞장을 서려는 사람이 없었다. 만약 이때에 누구든 앞장을 서는 사람만 있었다면 그들은 곧 그 지주에게로 달려갔을지 모른다. 그러나 제가 앞장을 서겠노라고 나서는 사람은 없었다. 제각기 곁사람을 돌아보았다.

발을 굴렀다. 부르짖었다. 학대받는 인종의 고통을 호소하며 울었다. 그러나 그뿐이었다. 남의 일로 지주에게 반항하여 제 밥자리까지 떼이기를 꺼림인지 어쩐지는 여로는 모를 배로되 용감히 앞서서 나가는 사람은 없었다.

의사라는 여의 직업상 송 첨지의 시체를 검분을 한 뒤에 돌아오는 길에 여는 '삵'을 만났다.

키가 작은 '삵'을 여는 내려다보았다. '삵'은 여를 쳐다보았다.

"가련한 인생아, 인종의 거머리야. 가치 없는 인생아. 밥버러지야. 기생충아!"

여는 '삵'에게 말하였다.

"송 첨지가 죽은 줄 아나?"

여의 말에 아직껏 여를 쳐다보고 있던 '삵'의 얼굴이 아래로 떨어졌다. 그리고 여가 발을 떼려는 순간 얼핏 '삵'의 얼굴에 나타난 비장한 표정을 여는 넘길 수가 없었다.

*

고향을 떠난 만 리 밖에서 학대받는 인종의 가엾음을 생각하고 그 밤은 여도 잠을 못 이루었다.

그 억분함을 호소할 곳도 못 가진 우리의 처지를 생각하고 여도 눈물을 금치를 못하였다.

이튿날 아침이었다.

여를 깨우러 달려오는 사람의 소리에 여는 반사적으로 일어났다.

'삵'이 동구洞口 밖에서 피투성이가 되어 죽어 있다는 것이었다.

여는 '삵'이라는 말에 눈살을 찌푸렸다. 그러나 의사라는 직업상, 곧 가방을 수습하여 가지고 '삵'이 넘어진 데까지 달려갔다. 송 첨지의 장례 때문에 모였던 사람 몇은 여의 뒤로 따라왔다.

여는 보았다. '삵'의 허리가 기역자로 뒤로 부러져서 밭고랑 위에 넘어져 있는 것을. 여는 달려가 보았다. 아직 약간의 온기는 있었다.

"익호! 익호!"

그러나 그는 정신을 못 차렸다. 여는 응급 수단을 하였다. 그의 사지는 무섭게 경련되었다.

이윽고 그가 눈을 번쩍 떴다.

"익호! 정신 드나?"

그는 여의 얼굴을 보았다. 끝이 없이 한참을 쳐다보았다.

그의 동자가 움직이었다. 겨우 의의意義를 깨달은 모양이었다.

"선생님, 저는 갔었습니다."

"어디를?"

"그놈, 지주놈의 집에."

무얼? 여는 눈물 나오려는 눈을 힘있게 닫았다. 그리고 덥석 그의 벌써 식어 가는 손을 잡았다. 잠시의 침묵이 계속되었다. 그의 사지에서는 무서운 경련이 끊임없이 일었다. 그것은 죽음의 경련이었다.

듣기 힘든 작은 그의 소리가 또 그의 입에서 나왔다.

"선생님?"

"왜?"

"보구 싶어요. 전 보구 시……."

"뭐이?"

그는 입을 움직이었다. 그러나 말이 안 나왔다. 기운이 부족한 모양이었다. 잠시 뒤 그는 또다시 입을 움직이었다. 무슨 소리가 그의 입에서 나왔다.

"무얼?"

"보구 싶어요. 붉은 산이…… 그리구 흰옷이!"

아아, 죽음에 임하여 그는 고국과 동포가 생각난 것이었다. 여는 힘있게 감았던 눈을 고즈넉이 떴다. 그때의 '삵'의 눈도 번쩍 띄었다. 그는 손을 들려 하였다. 그러나 이미 부러진 그의 손은 들리지 않았다. 그는 머리를 돌이키려 하였다. 그러나 그 힘이 없었다.

그의 마지막 힘을 혀끝에 모아 가지고 입을 열었다.

"선생님."

"왜?"

"저것…… 저것……."

"무얼?"

"저기 붉은 산이, 그리고 흰옷이…… 선생님 저게 뭐예요."

여는 돌아보았다. 그러나 거기는 황막한 만주의 벌판이 전개되어 있을 뿐이다.

"선생님 창가를 불러 주세요. 마지막 소원…… 창가를 해 주세요. 동해물과 백두산이 마르고 닳도록……."

여는 머리를 끄덕이고 눈을 감았다. 그리고 입을 열었다. 여의 입에서는 창가가 흘러나왔다.

여는 고즈넉이 불렀다.

"동해물과 백두산이……."

고즈넉이 부르는 여의 창가 소리에 뒤에 둘러섰던 다른 사람의 입에서도 숭엄한 코러스는 울리어 나왔다.

"무궁화 삼천리 화려 강산……."

광막한 겨울의 만주벌 한편 구석에서는 밥버러지 익호의 죽음을 조상하는 숭엄한 노래가 차차 크게 엄숙하게 울리었다. 그 가운데서 익호의 몸은 점점 식었다.

'여(余, 나)'는 의학 연구를 위해 만주를 순회하던 중, 가난한 한국 소작인들이 모여 사는 동네에서 '삵'이라는 별명을 가진 '정익호'를 만난다. 그는 투전과 싸움으로 이름난 동네의 골칫덩이요 망나니였는데, 원래 이 마을 사람도 아니었고 어느 날 느닷없이 나타나서는 온갖 행패를 부리며 살아가는 불한당이었다. 동네 사람들은 그에게 아무런 반항도 못하고 무서워하며 피할 뿐이었다. 어느덧 사람들은 그를 익호라는 이름 대신 '삵'이라 부르게 되었고, 이 동네에서 사람이라도 죽으면 '삵이나 죽지 않고' 하고 말할 정도로 그를 미워했다.

그런데 '여'가 이곳을 떠나기 전날, 송 첨지라는 노인이 소출을 적게 냈다는 이유로 만주국인 지주에게 매를 맞아 죽는 사건이 발생한다. 이에 동네 사람들은 분개하며 치를 떨지만, 어느 누구도 감히 지주에게 맞서지 못했다. 그런데 이튿날 아침 그들은 동구 밖에 피투성이가 된 채 쓰러져 있는 '삵'을 발견하게 된다. 송 첨지의 억울한 죽음에 분개한 '삵'이 혼자서 지주의 집을 찾아가 싸움 끝에 이런 봉변을 당하게 된 것이다. '삵'은 임종 직전에 '나'에게 "붉은 산과 흰옷이 보고 싶다"고 말하고, 이 말과 함께 동네 사람들이 들려주는 애국가를 들으며 눈을 감는다.

 더 알아두기

삼천리 취미 중심의 교양 잡지. 1929년 6월 창간해, 1942년 7월 폐간. 내용이 빈약했고 무엇보다 친일적 성격이 강했다. 초기에는 민족적 입장을 취했으나, 1937년 이후 친일파 민족 반역자를 등장시켜 반민족적 잡지로 전락했으며, 끝내는 친일 잡지인 《대동아》로 개명했다.

김동인

작품 해설

'어떤 의사의 수기'라는 부제를 달고 있는 이 작품은 1932년 《삼천리》에 발표된 단편소설입니다. 낯선 이국 땅에서 갖은 학대와 설움을 받으며 살아가는 나라 잃은 동족의 삶을 그리고 있는 이 작품은 독자들에게 민족주의 정신을 불어넣고자 한다는 점에서 분명 김동인 문학 세계에서 독특한 의미를 가지고 있다고 할 수 있겠지요.

이야기를 서술하고 있는 작중 화자는 '여(余)'입니다. '여'는 이름도 아니고 다른 어려운 뜻을 지닌 말도 아니에요. 한자를 우리말로 풀어 보면, 말 그대로 '나'라는 뜻이지요. 이 소설의 주된 내용은 직업이 의사인 '여'가 의학 연구차 만주 여행을 하던 중 알게 된 '삵'이라는 사람에 관해 쓴 글이랍니다. 그래서 부제가 '어떤 의사의 수기'로 되어 있죠.

이야기는 '여'가 끌어가고 있지만, 이야기의 주인공은 '삵'이라는 인물이죠. 즉, '여'는 단지 '삵'이라는 인물을 관찰하면서 그에 대한 이야기를 하고 있기 때문에, '1인칭 관찰자'의 역할을 하고 있는 것이죠. '여'는 만주 여행 중, 조선 사람들만 사는 어느 작은 동네에서 '삵'이라는 별명을 가진 '정익호'라는 사람을 알게 됩니다. 살쾡이와 같은 말인 '삵'은 어떤 사람의 별명치고는 그리 정답다거나 좋은 느낌을 주지 않네요.

그럼 왜 동네 사람들은 그에게 말만 들어도 꺼려지는 별명을 붙였을까요? 그는 '여'가 이곳에 오기 1년 전쯤에 느닷없이 나타나서 이 동네를 공포 속으로 몰아넣은 못된 망나니였어요. 그래서 이 동네 사람들은 모두 그를 두려워하며 피하고 살았답니다. 자, 다음의 인용문을 보세요.

민족의 생활 · 전통 · 문화를 보전해 국민 국가를 형성하고,
국가 성립 후에는 그 독립성 · 통일성을 유지 · 발전시킬 것을 추구하는 사상 · 원리 ·
정책 및 운동을 말한다.

생김생김으로 보아도 얼굴이 쥐와 같고 날카로운 이빨이 있으며 눈에는 교활함과
독한 기운이 늘 나타나 있으며, 발룩한 코에는 코털이 밖으로까지 보이도록 길게 났
고, 몸집은 작으나 민첩하게 생겼고, 나이는 스물다섯에서 사십까지 임의로 볼 수
있으며, 그 몸이나 얼굴 생김이 어디로 보든 남에게 미움을 사고 근접지 못할 놈이
라는 느낌을 갖게 한다.
그의 장기는 투전이 일쑤며, 싸움 잘하고, 트집 잘 잡고, 칼부림 잘하고, 색시에게
덤벼들기 잘하는 것이라 한다.

정말 외모뿐만 아니라 하는 행동도 섬뜩하고 무시무시한 불한당이죠. 그의 성
격이나 외모가 '보여주기(showing)' 방식으로 묘사되고 있어요. 누구도 못 말릴 정
도로 포악한 그는 떠돌이로 이 동네에 들어왔으면서도, 동네 사람들을 못살게 괴롭
히고 행패를 부리고 다녔죠. 한마디로 '삵'이라는 별명은 그라는 인물의 특징을 아
주 잘 보여주고 있어요. '삵'에게 온갖 괴롭힘을 당하던 동네 사람들은 그를 동네에
서 내쫓자는 데는 모두 의견을 같이했지만, 어느 누구도 그 일에 감히 앞장서지 못
했답니다. 대신 그를 피해 다니며 미워하는 게 전부였죠. 그는 이처럼 동네에서 암

김동인

과 같은 존재였지요.

그런데 여솟가 이곳을 떠나기 전날, 송 첨지라는 노인이 만주인 지주에게 그 해 소출을 가지고 갔다가 죽어서 돌아온 사건이 벌어졌어요. 만주인 지주가 소출이 적다는 이유로 노인에게 몰매를 쳐서 죽게 한 거였어요. 이 사건으로 동네 사람들은 모두 분개했지만, 분통만 터뜨릴 뿐 아무도 만주인 지주에게 용감히 저항하러 나서는 사람은 없었답니다. 그들은 불의에 항거할 줄 모르고 누군가가 먼저 이끌어 주기만을 바라는 수동적인 인물들이었죠. 소극적인 자세를 보여주는 이들의 모습은 우리가 살아가면서 만나는 많은 사람들의 평범한 모습일 겁니다.

의사로서 송 첨지의 시체를 검시하고 돌아오던 길에 '여'는 '삵'을 만나서 송 첨지가 죽은 사실을 말했는데, 뜻밖에도 그의 슬픈 표정을 보게 되지요. 그런데 이튿날 아침 '삵'이 다 죽어가는 모습으로 동네 사람들에게 발견되었어요. 알고 보니까, 그는 송 첨지를 죽게 한 만주인 지주에게 항의하러 갔다가 결국 이렇게 죽음을 맞게 된 것이죠. 낯선 이국 땅에서 동족을 괴롭히고 못살게 굴며 살던 그가 뜻밖에도 송 첨지의 원수를 갚으러 만주인 지주를 찾아갔던 거예요. 동족의 억울함을 목격한 그의 가슴속에도 뜨거운 조국애가 끓어올랐던 겁니다. 송 첨지의 억울한 죽음은 개인의 문제가 아니라, 나라 잃은 우리나라 동포들이 이국 땅에서 겪는 설움과 모진 박해로 볼 수 있겠지요.

자, 여기서 '삵'의 모습을 한번 보세요. 그가 이제껏 보여준 모습과는 아주 많이 다르죠. 올바른 일을 하다가 죽는 영웅의 모습이 떠오르기도 하고요. 따라서 '삵'이라는 인물은 이야기가 전개되는 가운데 성격이 바뀌는 동적 인물이라 할 수 있겠죠. 평소 동족의 미움을 받던 사람이었기 때문에, 그의 이런 행동이 더욱 숙연한 감동을 주는 것입니다. '삵'이라는 인물은 곧, 주권도 국토도 빼앗긴 일제 시대 우리 민족의 상징이라고 할 수 있겠죠.

따라서 '삵'이라는 인물은 제아무리 못난 인간에게도 조국은 소중하며, 못나고 가난하고 학대받는 사람일수록 조국의 품을 더 필요로 한다는 작가의 의도에 따라 설정되었다고 보면 됩니다. '삵'은 죽어가는 순간에 "보구 싶어요. 붉은 산이…… 그리구 흰옷이!"라며 절규하고, '여'에게 애국가를 불러 달라고 합니다. 그리고 '여'와 동네 사람들이 부르는 애국가를 들으며 숨을 거두지요.

그러면 여기서 '붉은 산'이란 무엇을 가리킬까요? 그것은 우리나라의 민둥산을 상징하는 말이에요. 그 당시 일제가 식민지였던 우리나라에서 울창한 나무들을 남김 없이 베어 가져갔기 때문에 산은 말 그대로 붉은 황토만 남은 민둥산이 되고 말았지요. 그가 죽어 가면서 붉은 산과 흰옷을 보고 싶다고 한 것은 그 순간에 고국과 동포가 간절히 생각났기 때문이겠죠.

이처럼 '삵'이라는 불한당 같은 인물의 성격이 작품의 후반부에서 크게 바뀌고 있는데, 이 작품의 주제 의식도 후반부에 성공적으로 드러나고 있습니다. 마지막 순간에 조국의 산천을 그리워하고 애국가를 불러 달라면서 눈을 감는 결말 부분은 이 작품이 어떤 의도에서 씌어진 것인가를 뚜렷하게 보여주고 있어요. '삵'의 삶을 통해서 작가가 이야기하고 있는 것은 동족애와 조국에 대한 뜨거운 사랑입니다. '붉은 산', '흰옷', '애국가' 등은 작가의 이 같은 의도가 명백하게 드러난 말들이 되겠지요.

이 작품은 작가의 민족 의식이 잘 드러난 몇 안 되는 작품 중의 하나입니다. 작가의 민족 의식이 소박하면서도 간결한 문장과 짜임새 있는 구성으로 잘 그려지고

김동인

있죠. 정든 고향을 떠나 먼 이국 땅으로 쫓겨가야 하는 깊은 좌절과 상실감이 이 작품의 밑바닥에 짙게 깔려 있어요. 그리고 이런 상황에서 겪게 되는 뼈저린 비애와 분노도 담겨 있지요. 이런 점에서 '삵'이 만주인 지주에게 항의하러 찾아간 행동은 억눌렸던 민족의 복수 감정을 얼마큼은 해소시켜 주기까지 합니다.

그럼 '삵'의 마음이 이렇게 움직이게 된 것은 왜일까요? 앞서도 얘기했듯이 '삵'은 송 첨지의 죽음에 대한 소식을 듣고는, 지금까지 '밥버러지 기생충' 생활만을 해온 자신의 잘못을 뉘우치면서 동시에 같은 민족으로서의 울분을 느꼈던 것이지요. 따라서 '삵'의 용감한 행동과 죽음에서 우리는 민족애와 함께 비애를 느낄 수 있습니다. 그런 점에서 이 작품은 작가가 조국애와 민족 의식을 나름대로 극대화시

더 알아두기

보여주기와 말하기 showing & telling 소설이 독자에게 서사적 정보를 제공하는 방식은 보여주기와 말하기로 제한된다. 말하기는 작중 인물의 성격과 외모를 작가가 직접적으로 설명하는 방식이다. 예를 들어, "놀부는 심술이 고약하다"라든지, "춘향은 절세미인이다"와 같이 작가의 가치 판단이 대단한 권위를 인정받으면서 작중 인물의 모든 것을 지배하는 경우를 가리킨다. 이때 독자는 일방적으로 작가의 서술에 의존할 수밖에 없게 된다. 반면에, 보여주기는 작가가 자신의 주관을 가급적 배제하면서, 화가가 그림을 그리듯 혹은 배우가 무대 위에서 연기를 보여주듯 서술하는 방식이다. 따라서 독자는 작가가 묘사하고 있는 사건의 추이나 인물의 행동에 따라 스스로 판단할 수 있게 된다. 예컨대, "놀부는 불 난 집에 부채질하고, 애 밴 여자 배 차고, 똥 누는 아이 주저앉히고, 호박에 말뚝 박았다"고 서술하면 독자는 그의 성격이 매우 불량스럽고 심술궂다고 판단하게 되는 것이다.

켜 보여주고 있다 하겠지요.

그리고 작가가 선택한 시점의 문제도 좋은 작품을 만드는 데 도움이 되었다고 볼 수 있어요. 작가는 주인공 '삵'의 삶을 '여'의 눈으로 관찰하는 방식을 취하고 있습니다. 이런 식으로 이야기를 전개해 나감으로써, 사실주의적인 기교를 보여주었다는 점에서도 이 작품을 높이 평가할 수 있답니다. 내용 또한 일제 때 만주로 쫓겨간 우리 민족의 비참한 실상을 자세히 그려내 사실주의적 경향을 나타냈지요. 더불어 이 소설은 순수문학을 지향하는 작가의 문학적 태도와, 작가 특유의 직선적이고 간결한 서술 문체, 그리고 잘 짜여진 구성이 돋보이는 작품이라 할 수 있습니다.

이제 이 작품의 한계점으로 생각해 볼 수 있는 요소들을 한번 짚어 볼까요? 먼저 '삵'의 삶을 이야기하고 있는 '여'라는 인물에 대해 생각해 보죠. 의사인 '여'는 이국 땅에서 우리 동포가 겪는 어려움과 울분을 정확하게 파악할 수 있는 능력을 가진 사람이라고 할 수 있죠. 작가는 '삵'의 죽음을 통해 동포애와 조국의 소중함, 조국에 대한 뜨거운 사랑을 말하지만, 또 한편으로 작중 화자인 '여'를 통해 이민족으로부터 받는 학대에 대한 울분을 말하고 있습니다.

그런데도 '여'는 이 동네 사람들에게 일어나는 일들을 작품의 처음부터 끝까지 관찰자의 입장에서만 바라보고 있습니다. 물론 이야기 중간중간에 우리 동포들이 이민족에게 당하는 횡포에 대해 분노를 느끼지만, 그것을 적극적인 행동으로 옮겨 가지는 않지요. 바로 이 점이 민족주의적인 성격을 가지고 있다고 평가받는 이 작품의 한계로 지적되기도 한답니다.

또 하나는 '삵'의 변화된 성격에 대한 부분입니다. '삵'이 송 첨지의 억울한 죽음을 만주인 지주에게 항의하러 갔다가 죽게 된 사건을 보면서, 우리는 '삵'의 행동

김동인

에 감동을 받게 되죠. 그리고 이때까지 '삵'에 대해 나쁘게 생각해 왔던 부분들을 잊고, 그의 행동을 영웅적인 것으로까지 크게 평가하기도 합니다.

그런데 항상 남에게 피해만 입혀 왔던 인간이 마지막 순간에 훌륭한 행동을 했다 해서 민족 지사와 같은 대접을 받는 것은 과연 긍정적인 현상일까요? 이러한 상황은 지나치게 억지스러운 느낌을 줄 수 있습니다. 그리고 이 작품이 동포애와 조국애, 민족애를 주된 내용으로 다루고 있음에도 불구하고, 송 첨지의 죽음이나 '삵'의 죽음은 민족간의 대립에서 오는 문제를 크게 보여주지는 않습니다. 다시 말해, 만주족과의 대립을 민족 전체의 문제로 드러내어 말하지 못하고, 한 개인의 영웅적인 모습만 강조하는 쪽으로 치우쳤다는 것이죠. 그래서 문제의 본질에서 비껴 났다는 인상을 지울 수가 없답니다. 이 점 또한 우리가 다시 한 번 깊이 생각해 볼 문제일 것 같습니다.

1 작품의 배경에서 만주를 택한 것은 어떠한 이유에서일까요?

2 '삵'과 '여우'는 작품에서 어떠한 위치를 차지하고 있습니까?

3 '붉은 산'이 상징하는 의미는 무엇일까요?

4 주인공 '삵'의 인물 성격에 대해 생각해 봅시다.

5 등장 인물들간의 갈등 관계에 대해 이야기해 봅시다.

<table>
<tr><td rowspan="6">구성</td><td>도입</td><td>'여余'가 만주 ××촌에서 겪은 일을 적음.</td></tr>
<tr><td>발단</td><td>정익호(삵)가 ××촌에 나타남.</td></tr>
<tr><td>전개</td><td>동네 사람들이 '삵'을 싫어해 내쫓고자 하나, 어찌하지 못함.</td></tr>
<tr><td>위기</td><td>지주에게 갔던 송 첨지가 죽어서 돌아옴.</td></tr>
<tr><td>절정</td><td>지주에게 항변하러 갔던 '삵'이 피투성이가 되어 돌아옴.</td></tr>
<tr><td>결말</td><td>동네 사람들이 애국가를 부르는 가운데 '삵'이 죽어감.</td></tr>
</table>

핵심 정리

갈래	단편소설, 순수소설
배경	시간적—일제시대 / 공간적—만주의 조선인 촌.
주제	일제 치하 만주에서 고통받는 우리 민족의 생활상과 한 떠돌이 인간의 민족애와 조국애.
시점	1인칭 관찰자 시점
구성	액자식 역행 구성
문체	서사적 우유체

작중인물의 성격

삵	본명은 '정익호'이지만 동네 사람들에게는 오히려 '삵'이라는 별명으로 불리는 인물. 이야기의 초반부에서는 동족을 못살게 구는 아주 부정적인 인물로 그려짐. 그런데 후반부에서 송 첨지가 만주인 지주에게 죽는 사건으로 인해 성격적인 변화를 보이는 동적 인물. 그는 동족을 위해 만주인 지주에게 찾아가 항거하다가 죽게 됨(매우 교활하고 패륜아적인 떠돌이, 마지막에 감동적인 민족애를 보여줌).
송 첨지	소작인으로, 그 해의 소출을 가지고 만주인 지주 집에 갔다가 죽임을 당한 인물. 그의 억울한 죽음이 이 동네의 불한당이던 '삵'의 성격에 큰 전환을 가져다 주는 계기로 작용함.
여余	이야기의 화자로, 의사라는 직업을 가지고 있음. 만주를 여행하면서 이국 땅에서 살아가는 동족의 비참한 생활상을 관찰하고 보고하는 인물. 조국을 잃은 실향민들의 비애와 분노에 대한 작가의 심정이 '여'라는 1인칭 관찰자를 통해 말해지고 있음.

김동인

문단의 뒷 이야기

횡보의 술 사랑

김동인이 아주 높이 평가했던 작가 염상섭의 호는 횡보랍니다. 술에 취해 걸음걸이가 비뚤고 횡보로 걷는다 하여 친구들이 붙여 준 것이죠. 그는 살아생전 자신의 엄청난 집필량(장편 28편, 단편 1백50편, 평론 1백1편, 수필 30편)만큼이나 주량 또한 엄청났다는군요.

자기 집 한 칸도 마련하지 못했던 그는 외상 술집을 확보하는 데는 타의 추종을 불허했다고 합니다. 집이 없으니 당연히 이사를 밥먹듯이 해야 했고, 이사 후 2, 3일이면 어김없이 동네 어귀에 외상집을 마련해 두었다는군요.

그의 술 사랑은 여기서 그치지 않아, 직장암으로 숨을 거두기 직전까지도 부인이 정종을 숟가락으로 떠서 입안에 넣어 주었다고 합니다. 마지막 가는 자리에서도 술내를 풍기며 간 것이죠. 어때요, 이만하면 주당酒黨을 넘어서 주신酒神이라고 할 만하죠?

무명

이광수 李光洙

입감한 지 사흘째 되는 날, 나는 병감으로 보냄이

되었다. 병감이라야 따로 떨어진 건물이 아니고,

감방 한편 끝에 있는 방들이었다.

내가 들어간 곳은 일방이라는 방으로, 서쪽 맨 끝

방이었다.

춘원春園 이광수는 1892년 평안북도 정주에서 태어나 와세다 대학 철학과에서 수학했습니다. 시인이자 소설가요, 문학평론가이자 사상가였던 그는 한국 근대문학의 선구자로 평가받고 있지요.

이광수는 1910년 《소년》에 단편 「어린 희생」을 발표하면서 본격적인 창작 활동을 시작했으며, 1917년 《매일신보》에 장편 『무정無情』을 연재해 필명을 날렸습니다. 이후 1919년에는 '2·8독립선언서'를 기초하고 상하이로 탈출해, 임시정부 기관지인 《독립신문》의 주간으로 활동했습니다.

이광수는 초기에 계몽주의적·이상주의적 민족주의를 바탕으로 한 작품을 많이 발표해서 대단한 호응을 얻었으나, 1922년 「민족개조론」을 발표하면서, 민족적 불행의 원인을 정치적 상황을 배제한 채 민족의 도덕적 약점 탓으로만 돌려 큰 비판을 받았습니다.

1939년 조선문인협회 회장으로 선출된 그는 '복지황군위문'에 협력하는 등 친일 행적을 하기도 했습니다. 1950년 6·25전쟁 중 납북되어 북한에서 병사했습니다. 대표작으로는 『무정』·『개척자』·『단종애사』·『마의태자』·『이순신』·『흙』·『사랑』·「무명」 등이 있습니다.

한국 근대문학의 선구자로 평가받는 춘원 이광수. 작품 『원효대사』를 발표할 무렵 효자동 자택에서, 1941년 겨울
(1892~1950)

춘원 이광수는 소설뿐만 아니라 다양한 형식의 글들을 통해서 민족 운동과 사회 운동을 전개했던 인물입니다. 그에게는 소설도 운동을 실천하기 위한 하나의 수단으로 이해되었죠. 그래서 그의 소설에는 이야기 자체가 갖는 재미나 예술성보다는, 당시 사회의 제도와 관습들을 고쳐 나가야 한다는 공리적인 사상이 더욱 두드러지게 나타나 있습니다. 그는 소설을 통해 독자들을 근대적인 생활인으로 계몽하려는 생각을 가지고 있었지요.

한국 근대문학사에서 선구적인 작가로 평가받고 있는 그의 대표적인 작품으로 『무정』이 있습니다. 1917년에 발표한 이 작품은 춘원이 쓴 최초의 장편소설이라는 점에서 커다란 의미를 갖지만, 한국 근대문학사상 최초로 근대문학의 면모를 보여주는 장편소설이라는 점에서도 아주 중요하게 평가된답니다. 그는 인간의 개성과 자유를 계몽하기 위해 『무정』에서는 신교육 문제를, 『개척자』에서는 과학 사상을, 『흙』에서는 농민 계몽 사상을 고취하면서 독자들에게 민족주의 사상을 불어넣었습니다.

하지만 그와 그의 작품에 대한 평

춘원 이광수가 은거했던 집

이광수

가가 이렇게 좋은 쪽만 있는 것은 아니랍니다. 왜냐하면, 그는 민족 운동도 열심히 했지만, 일제의 식민정책이 극도로 가혹해졌을 때, 결정적으로 친일 행위를 했기 때문입니다. 그래서 그의 문학이 강하게 비판되기도 한답니다. 그가 저질렀던 친일 행위는 단지 춘원 개인에게 남게 된 치명적인 오점일 뿐만 아니라, 한때 나라를 송두리째 이웃나라에 빼앗겼던 우리 민족 모두의 뼈아픈 상처이기도 하지요.

읽기 전에 생각하기

1939년에 발표된 「무명」은 이광수 자신의 옥중 체험이 녹아든 작품이에요. 그는 이 작품을 쓰고 나서 "나는 비로소 소설다운 소설을 썼다"고 말할 정도로 이 작품에 큰 의미를 두었답니다. 한편, 1930년대에 우리 문단에서는 소설의 분량이 길어지는 장편화長篇化 경향이 보이는데요, 이 작품은 바로 이러한 추세와 관련해 등장하게 된 것이죠. 그래서 분량상으로 보면 단편소설이라 하지만 거의 중편소설에 가까워요. 그리고 기독교 사상을 깔고 있던 그의 작품에 불교적 색채가 진하게 보이고 있답니다. 작가의 사상이 불교적 사상으로 바뀌는 모습을 보이고 있다는 점이 이제까지 발표되었던 다른 작품들과 차이가 있지요.

입감한 지 사흘째 되는 날, 나는 병감으로 보냄이 되었다. 병감이라야 따로 떨어진 건물이 아니고, 감방 한편 끝에 있는 방들이었다. 내가 들어간 곳은 일방이라는 방으로, 서쪽 맨 끝방이었다. 나를 데리고 온 간수가 문을 잠그고 간 뒤에 얼굴 희고, 눈 맑스레한 간병부가 날더러,

"앉으시거나, 누시거나 자유예요. 가만가만히 말씀도 해도 괜찮아요. 말소리가 크면 간수한테 걱정 들어요."

하고 이르고는 내 번호를 따라서 자리를 정해 주고 가 버렸다. 나는 간병부에게 고개를 숙여 고맙다는 뜻을 표하고 나보다 먼저 들어와 있는 두 사람을 향하여 고개를 숙여서 인사를 하였다.

이때에 바로 내 곁에 있는 사람이 옛날 조선식으로 내 팔목을 잡으며,

"아이고 진상이시오. 난 윤○○이예요."

하고 곁방어까지 들릴 만한 큰소리로 외쳤다.

　나도 그를 알아보았다. 그는 C경찰서 유치장에서 십여 일이나 나와 함께 있다가 나보다 먼저 송국된 사람이다. 그는 빼빼 마르고 목소리만 크고 말끝마다 ○대가리라는 말을 쓰기 때문에 같은 방 사람들에게 ○대가리라는 별명을 듣고 놀림감이 되던 사람이다. 나는 이러한 기억이 날 때에 터지려는 웃음을 억제하기가 매우 어려웠다. 윤씨는 옛날 조선 선비들이 가지던 자세와 태도로 대단히 점잖게 내가 입감된 것을 걱정하고 또 곁에 있는 '민'이라는, 껍질과 뼈만 남은 노인에게 여러 가지 칭찬하는 말로 나를 소개하고 난 뒤에 퍼렁 미결수 옷 앞자락을 벌려서 배와 다리를 온통 내어놓고 손가락으로 발등과 정강이도 찔러 보고 두 손으로 뱃가죽을 잡아당겨 보면서,

　"이거 보세요. 이렇게 전신이 부었어요. 근일에 좀 내린 것이 이 꼴이오. 일동 팔방에 있을 때에는 이보다도 더 했는디."

　전라도 사투리로 제 병 증세를 기다랗게 설명하였다.

　그는 마치 자기가 의사보다 더 잘 자기의 병 증세를 아는 것같이, 그리고 의사는 도저히 자기의 병을 모르므로 자기는 죽어 나갈 수밖에 없노라고 자탄하였다.

　윤씨 자신의 진단과 처방에 의하건대, 몸이 부은 것은 죽을 먹기 때문이요, 열이 나고 기침이 나고 설사가 나는 것은 원통한 죄명을 썼기 때문에 일어나는 화기라고 단언하고, 이 병을 고치자면 옥에서 나가서 고기와 술을 잘먹는 수밖에 없다고 중언부언한 뒤에, 자기를 죽이는 것은 그의 공범들과 의사 때문이라고 눈을 흘기면서 소리를 질렀다.

윤씨의 죄라는 것은 현모玄某, 임모林某 하는 자들이 공모하고 김모金某의 토지를 김모 모르게 어떤 대금업자에게 저당하고 삼만여 원의 돈을 얻어 쓴 것이라는데, 윤은 이 공문서 사문서 위조에 쓰는 도장을 파준 것이라고 한다. 그는,

"현가 놈은 내가 모르고, 임가 놈으로 말하면 나와 절친한 친고닝게, 우리는 친고 위해서는 사생을 가리지 않는 성품이닝게, 정말 우리는 친고 위해서는 목숨을 아니 애끼는 사람이닝게, 도장을 파주었지라오. 그래서 진상도 아시다시피 내가 돈을 한푼이나 먹었능기오? 현가 놈, 임가 놈 저희들끼리 수만원 돈을 다 처먹고, 윤○○이 무슨 죄란 말이야?"
하고 뽐내었다.

그러나 윤의 이 말은 내게 하는 말이 아니요, 여태라지 한방에 있던 '민' 더러 들으라는 말인 줄 나는 알았다. 왜 그런고 하면 경찰서 유치장에 있을 때에도 첫날은 지금 이 말과 같이 뽐내더니마는 형사실에 들어가서 두어 시간 겪을 것을 겪고 두 어깨가 축 늘어져서 나오던 날 저녁에 그는 이 일이 성사되는 날에는 육천 원 보수를 받기로 언약이 있었던 것이며, 정작 성사된 뒤에는 현가와 임가는 윤이 새긴 도장은 잘 되지를 아니하여서 쓰질 못하고, 서울서 다시 도장을 새겨서 썼노라고 하며 돈 삼십 원을 주고 하룻밤 술을 먹이고 창기집에 재워 주고 하였다는 말을, 이를 갈면서 고백하였다. 생각건대는 병감에 같이 있는 민씨에게는 자기가 무죄하다는 말밖에 아니하였던 것이, 불의에 내가 들어오매 그 뒷수습을 하느라고 예방선으로 이런 소리를 하는 것이라고 나는 생각하고 또 한번 웃음을 억제하였다.

껍질과 뼈만 남은 민씨는 밤낮 되풀이하던 소리라는 듯이 윤이 열심으로 떠드는 말을 일부러 안 듣는 양을 보이며 해골과 같은 제 손가락을 들여다보고 앉았다가 끙하고 일어나서 똥통으로 올라간다.

"또, 똥질이야."

하고 윤은 소리를 꽥 지른다.

"저는 누구만 못한가?"

하고 민은 끙끙 안간힘을 쓴다.

똥통은 바로 민의 머리맡에 놓여 있는데 볼 때마다 칠 아니한 관을 연상케 하였다. 그 위에 해골이 다 된 민이 올라앉아서 끙끙대는 것이 퍽이나 비참하게 보였다. 윤은 그 가늘고 날카로운 눈으로 민의 앙상한 목덜미를 흘겨보며,

"진상요. 글쎄 저것이 타작을 한 팔십 석이나 받는다는디, 또 장남한 자식이 있다는디, 또 열아홉 살 된 여편네가 있다나요. 그런데두 저렇게 제 애비, 제 서방이 다 죽게 되어두, 어리친 강아지새끼 하나 면회도 아니 온단 말씀이지라오. 옷 한 가지, 벤또 한 그릇 차입하는 일도 없고 나는 집이나 멀지. 인제 보아. 내가 편지를 했으닝게. 그래도 내 당숙이 돈 삼십 원 하나는 보내줄 게요. 내 당숙이 면장이오. 그런디 저것은 집이 시흥이라는디 그래, 계집년 자식새끼 얼씬도 안 해야 옳담? 흥, 그래도 성이 민가라고 양반 자랑은 허지. 민가문 다 양반이어? 서방도 모르고 애비도 모르는 것이 무슨 빌어먹다 죽을 양반이어?"

윤이 이런 악담을 하여도 민은 들은 체 못 들은 체 이제는 끙끙 소리도 아니하고 멀거니 앉아 있는 것이 마치 똥통에서 내려오기를 잊어버린 것 같았다.

민의 대답 없는 것이 더 화가 나는 듯이 윤은 벌떡 일어나더니 똥통 곁으로 가서 손가락으로 민의 옆구리를 꾹 찌르며,

"글쎄, 내가 무어랬어? 요대로 있다가는 죽고 만다닝게. 먹은 게 있어야 똥이 나오지. 그까짓 쌀뜨물 같은 미음 한 모금씩 얻어먹는 것이 오줌이나 될 것이 있어? 어서 내 말대로 집에다 기별을 해서, 돈을 갖다가 우유도 사 먹고 달걀도 사 먹고 그래요. 돈은 다 두었다가 무엇 하자닝게여? 애비가 죽어가도 면회도 아니 오는 자식 녀석에게 물려줄 양으로? 흥, 흥 옳지, 열아홉 살 먹은 계집이 젊은 서방 얻어서 재미있게 살라고?"

하고 민의 비위를 박박 긁는다.

민도 더 참을 수 없든지,

"글쎄, 웬 걱정이야? 나는 자네 악담과 그 독살스러운 눈깔딱지만 안 보게 되었으면 좀 살겠네. 말을 해도 할 말이 다 있지, 남의 아내를 왜 거들어? 그러니까 시골 상것이란 헐 수 없단 말이지."

이런 말을 하면서도 그렇게 성낸 모양조차 보이지 아니한다. 그 움펑눈이 독기를 띠면서도 또한 침착한 천품을 보이는 것이었다.

그 후에도 날마다 몇 차례씩 윤은 민에게 같은 소리로 그를 박박 긁었다. 민은 그 소리가 듣기 싫으면 눈을 감고 자는 체를 하거나, 그렇지 아니하면 유리창으로 내다보이는 여름 하늘의 구름이 나는 것을 언제까지나 바라보고 있었다. 이렇게 민이 침착하면 침착할수록 윤은 더욱 기를 내어서 악담을 퍼부었다.

그리고 그 끝에는 반드시 열아홉 살 된 민의 아내를 거들었다. 이것이 윤이

민의 기를 올리려 하는 최후 수단이었으니 민은 아내의 말만 나면 양미간을 찡그리며 한두 마디 불쾌한 소리를 던졌다.

윤이 아무리 민을 긁어도 민이 못 들은 체하고 도무지 반항이 없으면 윤은 나를 향하여 민의 험구를 하는 것이 버릇이었다. 도무지 민이 의사가 이르는 말을 아니 듣는다는 말, 먹으라는 약도 아니 먹는다는 둥, 천하에 깍쟁이라는 둥, 민의 코끝이 빨간 것이 죽을 때가 가까워서 회가 동하는 것이라는 둥, 민의 아내에게는 벌써 어떤 젊은 놈팡이가 붙었으리라는 둥, 한량없이 이런 소리를 하였다. 그러다가 제가 졸리거나 밥이 들어오거나 해야 말을 끊었다. 마치 윤은 먹고, 민을 못 견디게 굴고, 똥질하고, 자고, 이 네 가지만을 위해서 살아가는 사람인 것 같았다. 또 한 가지 있다면 그것은 자기의 병 타령과 공범에 대한 원망이었다. 어찌했으나 윤의 입은 잠시도 다물고 있을 새는 없었고, 쨍쨍하는 그 목소리는 가끔 간수의 꾸지람을 받으면서도 간수가 돌아선 뒤에는 곧 그 쨍쨍거리는 목소리로 간수에게 또 욕을 퍼부었다.

나는 윤 때문에 도무지 맘이 편안하기가 어려웠다. 윤의 말은 마디마디 이상하게 사람의 신경을 자극하였다. 민에게 하는 악담이라든지, 밥을 대할 때에 나오는 형무소에 대한 악담, 의사, 간병부, 간수, 자기 공범, 무릇 그의 입에 오르는 사람은 모조리 악담을 받는데, 말들이 칼끝같이, 바늘 끝같이 나의 약한 신경을 찔렀다. 내가 가장 원하는 것은 마음에 아무 생각도 없이 가만히 누워 있는 것인데, 윤은 내게 이러한 기회를 허락지 아니하였다. 그가 재재거리는 말이 끝이 나서 '인제 살아났다' 하고 눈을 좀 감으면 윤은 코를 골기 시작하였다. 그는 두 다리를 벌리고, 배를 내어놓고, 베개를 목에다 걸고, 눈을 반쯤 뜨고 그리고는 코를 골고, 입으로 불고, 이따금 격격 숨이 막히는 소리를 하고 그렇지 아니하면 백일해 기침과 같은 기침을 하고 차라리 그 잔소리를 듣던 것이 나은 것 같았다. 그럴 때면 흔히 민이,

"어떻게 생긴 자식인지 깨어서도 사람을 못 견디게 굴고, 잠이 들어도 사람을 못 견디게 굴어."

하고 중얼거릴 때에는 나도 픽 웃지 않을 수가 없었다.

"저 배 가리워. 십오 호, 저 배 가리워. 사타구니 가리우고, 웬 낮잠을 저렇게 자? 낮잠을 저렇게 자니까 밤에는 똥통만 타고 앉아서 다른 사람을 못 견디게 굴지."

하고 순회하는 간수가 소리를 지르면 윤은,

"자기는 누가 자거디오?"

하고 배와 사타구니를 쓸며,

"이렇게 화기가 떠서, 열기가 떠서, 더워서 그러오!"

그리고는 옷자락을 잠깐 여미었다가 간수가 가 버리면 윤은 간수 섰던 자리를 그 독한 눈으로 흘겨보며,

"왜 나를 그렇게 못 먹어 해?"

하고는 다시 옷자락을 열어 젖힌다.

민이 의분심에 못 이기는 듯이,

"왜, 간수 말이 옳지. 배때기를 내놓고 자빠져 자니까 밤낮 똥질을 하지. 자네 비위에는 옳은 말도 다 악담으로 듣기나 봐. 또 그게 무에야, 밤낮 사타구니를 내놓고 자빠졌으니?"

그래도 윤은 내게 대해서는 끔찍이 친절하였다. 내가 몸을 움직이지 못하는 병인 것을 안다고 하여서, 그는 내가 할 일을 많이 대신해 주었다.

"무슨 일이 있으면 내게 말씀하시란게요. 왜 일어나시능기오?"

하고 내가 움직일 때에는 번번이 나를 아끼는 말을 하여 주었다. 내가 사식 차입 _{미결수에게 음식을 들여보내는 것을 일컫는 말로, 반대말은 관식.} 이 들어오기 전, 윤은 제가 먹는 죽과 내 밥과 바꾸어 먹기를 주장하였다. 그는,

"글쎄 이 좁쌀 절반, 콩 절반, 이것을 진상이 잡수신다는 것이 말이 되능기오?"

하고 굳이 내 밥을 빼앗고, 제 죽을 내 앞에 밀어 놓았다. 나는 그 뜻이 고마웠으나, 첫째로는 법을 어기는 것이 내 뜻에 맞지 아니하고, 둘째로는 의사가 죽을 먹으라고 명령한 환자에게 밥을 먹이는 것이 죄스러워 끝내 사양하였다. 윤과 내가 이렇게 서로 다투는 것을 보고 민은 미음 양재기를 앞에 놓고, 입맛이 없어서 입에 대일 생각도 아니하면서,

"글쎄 이 사람아. 그 쥐똥 냄새 나는 멀건 죽 국물이 무엇이 그리 좋은 게라고 진상에게 권하나? 진상, 어서 그 진지를 잡수시오. 그래도 콩밥 한 덩이가 죽보다는 낫지요."

하면 윤은 민을 흘겨보며,

"어서 저 먹을 거나 처먹어. 그래두 먹어야 사는 게여."

하고 억지로 내 조밥을 빼앗아 먹기를 시작한다. 나는 양심에 법을 어긴다는 가책을 받으면서도 윤의 정성을 물리치는 것이 미안해서 죽 국물을 한 모금만 마시고 속이 불편하다는 평계로 자리에 와서 누워버린다.

윤은 내 밥과 제 죽을 다 먹어버리는 모양이다. 민도 미음을 두어 모금 마시고는 자리에 돌아와 눕건마는 윤은 밥덩이를 들고 창 밑에 서서 연해 간수가 오는가 아니 오는가를 바라보면서 입소리 요란하게 밥과 국을 먹고 있다.

민은 입맛을 쩍쩍 다시며,

"그저 좋은 배갈에 육회를 한 그릇 먹었으면 살 것 같은데."

하고 잠깐 쉬었다가, 또 한번,

"좋은 배갈을 한 잔 먹었으면 요 속에 맺힌 것이 횈 풀려 버릴 것 같은데."

하고 중얼거린다.

밥과 죽을 다 먹고 나서 물을 벌꺽벌꺽 들이키던 윤은,

"흥, 게다가 또 육회여? 멀건 미음두 안 내리는 배때기에 육회를 먹어? 금방 뒤어지게. 그렇지 않아도 코끝이 빨간데 벌써 회가 동했어. 그렇게 되구 안 죽는 법이 있나?"

하며 밥그릇을 부시고 있다. 콧물이 흐르면 윤은 손등으로도 씻지 아니하고 세 손가락을 모아서 마치 버려지나 떼어버리는 것같이 콧물을 집어서 아무 데나 횈 뿌리고 그 손으로 밥그릇을 부신다. 그러다가 기침이 나기 시작하면 고개를 돌리려 하지도 아니하고 개수통에, 밥그릇에, 더 가까이 고개를 숙여가며 기침을 한다. 그래도 우리 세 사람 중에는 자기가 그 중 몸이 성하다고 해서 밥을 받아들이는 것이나, 밥그릇을 부시는 것이나 다 제가 맡아서 하였고, 또 자기는 이러한 일에 대해서 썩 잘하는 줄로 믿고 있는 모양이었다. 더구나 아침이 끝나고 '벵끼 준비' 하는 구령이 나서 똥통을 들어 낼 때면 사실상 우리 셋 중에는 윤밖에 그 일을 할 사람이 없었다. 그는 끙끙거리고 똥통을 들어

낼 때마다 민을 원망하였다. 민이 밤낮 똥질을 하기 때문에 이렇게 똥통이 무겁다는 불평이다. 그러면 민은,

"글쎄 이 사람아, 내가, 하루에 미음 한 공기도 다 못 먹는 사람이 오줌똥을 누기로 얼마나 누겠나? 자네야말로 죽두 두 그릇, 국두 두 그릇, 냉수도 두 주전자씩이나 처먹고는 밤새도록 똥통을 타고 앉아서 남 잠도 못 자게 하지."

하는 민의 말은 내가 보기에도 옳았다. 더구나 내게 사식 차입이 들어온 뒤로부터는 윤은 번번이 내가 먹다가 남긴 밥과 반찬을 다 먹어 버리기 때문에 그의 소화 불량은 더욱 심하게 되었다. 과식을 하기 때문에 조갈증이 나서 수 없이 물을 퍼먹고, 그리고는 하루에, 많은 날은 스무 차례나 똥질을 하였다. 그러면서도 자기 말은,

"똥이 나왈 주어야지. 꼬챙이로 파내기나 하면 나올까? 허기야 먹는 것이 있어야 똥이 나오지."

이렇게 하루에도 몇 차례씩 혹은 민을 보고 혹은 나를 보고 자탄하였다.

윤의 병은 점점 악화하였다. 그것은 확실히 과식하는 것이 한 원인이 되는 것이 분명하였다.

나는 내가 사식 차입을 먹기 때문에 윤의 병이 더해 가는 것을 퍽 괴롭게 생각하여서, 이제부터는 내가 먹고 남은 것을 윤에게 주지 아니하리라고 결심하고 나 먹을 것을 다 먹고 나서는 윤의 손이 오기 전에 벤또 그릇을 창틀 위에 갖다 놓았다. 그리고 나는 부드러운 말로 윤을 향하여,

"그렇게 잡수시다가는 큰일나십니다. 내가 어저께는 세어 보니까 스물네 번이나 설사를 하십디다. 또 그 위에 열이 오르는 것도 너무 잡수시기 때문인

가 하는데요."

하고 간절히 말하였으나 그는 듣지 아니하고 창틀에 놓은 벤또를 집어다가 먹었다.

나는 중대한 결심을 하지 아니할 수 없었다. 그것은 내가 사식을 끊어 버리는 것이었다. 그래서 나는 저녁 한 때만 사식을 먹고 아침과 점심은 관식을 먹기로 하였다. 나는 아무쪼록 영양분을 섭취하지 아니하면 아니 될 병자이기 때문에 이것은 적지 아니한 고통이었으나 나로 해서 곁에 사람이 법을 범하고, 병이 덧치게 하는 것은 차마 못할 일이었다. 민도 내가 사식을 끊은 까닭을 알고 두어 번 윤의 주책없음을 책망하였으나, 윤은 도리어 내가 사식을 끊은 것이 저를 미워하여서나 하는 것같이 나를 원망하였다. 더구나 윤의 아들에게서 현금 삼 원 차입이 와서 우유니 사식을 사먹게 되고 지리가미도 사서 쓰게 된 뒤로부터는 내게 대한 태도가 심히 냉랭하게 되었다. 예전에는 내가 충고하는 말이면 '선생님 말씀이 옳아요' 하고 순순히 듣던 것이 이제는 나를 향해서도 눈을 흘기게 되었다.

윤은 아들이 보낸 삼 원 중에서 수건과 비누와 지리가미를 샀다.

"붓빙 고오규(물건 사라)."

하는 날은 한 주일에 한 번밖에 없었고, 물건을 주문한 후에 그 물건이 올 때까지는 한 주일 내지 십여 일이 걸렸다. 윤은 자기가 주문한 물건이 오는 것이 늦다고 하여 날마다 하루에도 몇 차례씩 형무소 당국의 태만함을 책망하였다. 그러다가 물건이 들어온 날 윤은 수건과 비누와 지리가미를 받아서 이리 뒤적 저리 뒤적하면서,

"글쎄 이걸 수건이라고 가져와? 망할 자식들 같으니. 걸레감도 못 되는 걸. 비누는 또 이게 무어여, 워디 향내 하나 나나?"
하고 큰 소리로 불평을 하였다.

민이, 아니꼬위 못 견디는 듯이 입맛을 몇 번 다시더니,

"글쎄 이 사람아. 자네네 집에서 언제 그런 수건과 비누를 써 보았단 말인가? 그 돈 삼 원 가지고 밥술이나 사먹을 게지, 비누 수건은 왜 사? 자네나 내나 그 상판때기에 비누는 발라서 무엇하자는 게구, 또 여기서 주는 수건이면 고만이지 타월 수건을 해서 무엇하자는 게야? 자네가 그 따위로 소견머리 없이 살림을 하니까 평생에 가난 껍질을 못 벗어 놓지."
이렇게 책망하였다.

윤은 그날부터 세수할 때에만은 제 비누를 썼다. 그러나 수건을 빨라든지 발을 씻을 때에는 웬일인지 여전히 내 비누를 쓰고 있었다.

윤은 수건 거는 줄에 제 타월 수건이 걸리고, 비누와 잇솔과 치마분이 있고, 이불 밑에 지리가미가 있고, 조석으로 차입 밥과 우유가 들어오는 동안 심히 호기가 있었다. 그는 부채도 하나 샀다. 그 부채가 내 부채 양으로 합죽선이 아닌 것을 하루에도 몇 번씩 원망하였으나 그는 허리를 쭉 뻗고 고개를 제치고 부채를 딱딱거리며 도사리고 앉아서, 그가 좋아하는 양반상놈 타령이며, 공범 원망이며, 형무소 공격이며, 민에 대한 책망이며 이런 것을 가장 점잖게 하였다.

윤은 이삼 원어치 차입 때문에 자기의 지위가 대단히 높아지는 것을 느끼는 모양이었다. 간수를 보고도 이제는 겁낼 필요가 없이, '나도 차입을 먹노

라' 고 호기를 부렸다.

　윤이 차입을 먹게 됨에 나도 십여 일 끊었던 사식 차입을 받게 되었다. 윤과 나와 두 사람만은 노긋노긋한 흰밥에 생선이며 고기를 먹으면 민 혼자만이 미음 국물을 마시고 앉았는 것이 차마 볼 수 없었다. 민은 미음 국물을 앞에 놓고는 연해 나와 내 밥그릇을 바라보는 것 같고 또 침을 껄떡껄떡 삼키는 모양이 보였다. 노긋노긋한 흰 밥, 이것이 이 세상에서 가장 귀하고 고마운 것일 줄은 감옥에 들어와 본 사람이라야 알 것이다.

　밥의 하얀 빛, 그 향기, 젓갈로 집고 입에 넣어 씹을 때의 그 촉각. 그 맛. 이것은 천지간에 있는 모든 물건 가운데 가장 귀한 것이라고 느끼지 아니 할 수 없었다. 쌀밥, 이러한 말까지도 신기한 거룩한 음향을 가진 것같이 느껴졌다. 이렇게 밥의 고마움을 느낄 때에 합장하고 하늘을 우러러, '모든 중생으로 하여금 밥의 즐거움을 골고루 받게 하소서!' 하고 빌지 아니할 사람이 있을까? 이 때에 나는 형무소의 법도 잊어버리고, 민의 병도 잊어버리고 지리가미에 한 숟갈쯤 되는 밥 덩어리를 덜어서,

　"꼭꼭 씹어 잡수세요"

하고 민에게 주었다. 민은 그것을 받아서 입에 넣었다. 그의 몸에는 경련이 일어나는 것 같고 그의 눈에는 눈물이 글썽글썽하는 것 같음은 내 마음 탓일까?

　민은 종이에 붙은 밥 알갱이를 하나 안 남기고 다 뜯어서 먹고,

　"참 꿀같이 달게 먹었습니다. 어쩌면 그렇게도 맛이 있을까? 지금 죽어도 한이 없을 것 같습니다."

하고 더 먹고 싶어하는 모양 같으나 나는 더 주지 아니하고 그릇에 밥을 좀 편

겨서 내어놓았다. 윤은 제 것을 다 먹고 나서 내가 편긴 것까지 마저 휘몰아 넣었다.

윤의 삼 원어치 차입은 일 주일이 못해서 끊어지고 말았다. 윤의 당숙 되는 면장에게서 오리라고 윤이 장담하던 삼십 원은 오지 아니하였다.

윤이 노상 말하기를 자기가 옥에서 죽으면 자기 당숙이 아니 올 수 없고 오면은 자기의 장례를 아니 지낼 수 없으니 그러면 적어도 삼십 원은 들 것이라 죽은 뒤에 삼십 원을 쓰는 것보다 살아서 삼십 원을 보내어 먹고 싶은 것을 먹으면, 자기가 죽지 아니할 터이니 당숙이 면장의 신분으로 형무소까지 올 필요도 없고, 또 설사 자기가 옥에서 죽더라도 이왕 장례비 삼십 원을 받아먹었으니 친족에게 폐를 끼치지 아니하고 형무소에서 화장을 할 터인즉, 지금 삼십 원을 청구하는 것이 부당한 일이 아니라고, 이렇게 면장 당숙에게 편지를 하였으므로 반드시 삼십 원은 오리라는 것이었다.

나도 윤의 당숙 되는 면장이 윤의 이론을 믿어서 돈 삼십 원을 보내어 주기를 진실로 바랐다. 더구나 윤의 사식 차입이 끊어짐으로부터 내가 먹다가 남긴 밥을 윤과 민이 다투게 되매 그러하였다. 내가 민에게 밥 한 숟갈 준 것이 빌미가 됨인지, 민은 끼니때마다 밥 한 숟가락을 내게 청하였고, 그럴 때마다 윤은 민에게 욕설을 퍼붓고 심하면 밥그릇을 둘러엎었다. 한번은 윤과 민과 사이에 큰 싸움이 일어나서 차마 입에 담지 못할 욕설을 서로 주고받고 하였다. 그때에 마침 간수가 지나가다가 두 사람이 싸우는 소리를 듣고 윤을 나무랐다. 간수가 간 뒤에 윤은 자기가 간수에게 꾸지람들은 것이 민 때문이라고 하여 더욱 민을 못 견디게 굴었다. 그 방법은 여전히 며칠 안 있으면 죽으리라는 둥, 열아홉 살 된 민의 아내가 벌써 어떤 젊은 놈하고 붙었으리라는 둥, 민의 아들들은 개 돼지만도 못한 놈들이라 둥, 악담이었다.

나는 다시 사식을 중지하여 달라고 간수에게 청하였다.

그러나 내가 사식을 중지하는 것으로 두 사람의 감정을 완화할 수는 없었다. 별로 말이 없던 민도 내가 사식을 중지한 뒤로부터는 윤에게 지지 않게 악담을 하였다.

"요놈, 요 좀도적놈. 그래, 백주에 남의 땅을 빼앗아 먹겠다고 재판소 도장을 위조를 해? 고 도장 파던 손목쟁이가 썩어 문드러지지 않을 줄 알구."

이렇게 민이 윤을 공격하면 윤은,

"남의 집에 불 논 놈은 어떻고? 그 사람이 밉거든 차라리 칼을 가지고 가서 그 사람만 찔러 죽일 게지, 그래, 그 집 식구는 다 태워 죽이고 저는 죄를 면하잔 말이지? 너 같은 놈은 자식새끼까지 다 잡아먹어야 해! 네 자식 녀석들이 살아 남으면 또 남의 집에 불을 놓겠거든."

이렇게 대꾸를 하였다.

하루는 간수가 우리 방문을 열어 젖히고,

"구십구 호!"

하고 불렀다. 구십구 호를 십오 호로 잘못 들었는지, 윤이 벌떡 일어나며,

"네, 내게 편지 왔능기오?"

하였다. 윤은 당숙 면장의 편지를 간절히 기다리는 마음에 구십구 호를 십오 호로 잘못 들은 모양이다.

"네가 구십구 호냐?"

하고 간수는 소리를 질렀다.

　정작 구십구 호인 민은 나를 부를 자가 천지에 어디 있으랴 하는 듯이 흰 구름을 바라보고 누워 있었다.

　"구십구 호 귀 먹었나?"

하는 소리와,

　"이건 눈 뜨고 꿈을 꾸고 있는 셈인가? 단또상이 부르시는 소리도 못 들어?"

하고 윤이 옆구리를 찌르는 바람에 민은 비로소 누운 대로 고개를 제쳐서 문을 열고 섰는 간수를 바라보았다.

　"구십구 호, 네 물건 다 가지고 이리 나와!"

　그제야 민은 정신이 드는 듯이 일어나 앉으며,

　"우리 집으로 내보내 주세요?"

하고, 그 해골 같은 얼굴에 숨길 수 없는 기쁜 빛이 드러난다.

　"어서 나오라면 나와. 나와 보면 알지."

　"우리 집에서 면회하러 왔어요."

하고 민의 얼굴에 나타났던 기쁨은 반 이상이나 스러져 버린다.

　간수 뒤에 있던 키 큰 간병부가,

　"전방이예요, 전방. 어서 그 약병이랑 다 들고 나와요."

하는 말에 민은 약병과 수건과 제가 베고 있던 베개를 들고 지척거리고 문을 향하여 나간다. 민은 전방이라는 뜻을 알아들었는지 분명치 아니하였다. 간병부가,

"베개는 두고 나와요. 요 윗방으로 가는 게야요."

하는 말에 비로소 민은 자기가 어디로 끌려가는지 알아차린 모양이어서 힘없이 베개를 내어던지고 잠깐 기쁨으로 빛나던 얼굴이 다시 해골같이 되어서 나가 버리고 말았다. 다음 방인 이방에 문 열리는 소리가 나고 또 문이 닫히고 짤깍 하고 쇠 잠그는 소리가 들렸다. 나는 민이 처음 보는 사람들 틈에 어리둥절하여 누울 자리를 찾는 모양을 눈앞에 그려보았다.

"에잇, 고 자식 잘 나간다. 젠장, 더러워서 견딜 수가 있나? 목욕이란 한 번도 안 했으닝게. 아침에 세수하고 양치질하는 것 보셨능기오? 어떻게 생긴 자식인지 새 옷을 갈아입으래도 싫다는고만."

하고 일변 민이 내어버리고 간 베개를 자기 베개 밑에 넣으며 떠나간 민의 험구를 계속한다.

"민가가 왜 불을 놓았는지 진상 아시능기오? 성이 민가기 때문에 그랬던지, 서울 민○○ 대감네 마름 노릇을 수십 년 했지라오. 진상도 보시는 바와 같이 자식이 저렇게 독종으로 깍쟁이로 생겼으닝게 그 밑에 작인들이 배겨날 게요? 팔십 석이나 타작을 한다는 것도 작인들의 등을 처먹은 게지 무엇잉게라오? 그래 작인들이 원망이 생겨서 지주 집에 등장^{관청에 연명으로 하소연하는 일} 을 갔더라나요. 그래서 작년에 마름을 떼였단 말이오. 그리고 김 무엇인가 한 사람이 마름이 났는데요, 민가 녀석은 제 마름을 뗀 것이 새로 마름이 된 김가 때문이라고 해서 금년 음력 설날에 어디서 만났더라나. 만나서 욕지거리를 하고 한바탕 싸우고, 그리고는 요 빙충맞은 것이 분해서 그날 밤중에 김가 집에 불을 놨단 말야. 마침 설날 밤이라, 밤이 깊도록 동리 사람들이 놀러 다니다가 불이야! 소리를 쳐서 얼른 잡았기에 망정이지 하마터면 김가네 집 식구가 죄다 타 죽을 뻔하지 않았능기오?"

라고 방화죄가 어떻게 흉악한 죄인 것을 한바탕 연설을 할 즈음에 간병부가 오는 것을 보고 말을 뚝 끊는다. 그것은 간병부도 방화범인 까닭이었다.

간병부가 다녀간 뒤에 윤은 계속하여 그 간병부들의 방화한 죄상을 또 한바탕 설명하고 나서,

"모두 흉악한 놈들이지요 남의 집에 불을 놓다니! 그런 놈들은 씨알 머리도 없이 없애 버려야 하능기라오."

하고 심히 세상을 개탄하는 듯이 길게 한숨을 쉰다.

일방에 윤과 나와 단둘이 있게 되어서부터는 큰소리가 날 필요가 없었다. 밤이면 우리 방에 들어와 자는 간병부가 윤을 윤 서방이라고 부른다고 해서 윤이 대단히 불평하였으나 간병부의 감정을 상하는 것이 이롭지 못한 줄을 잘 아는 윤은 간병부와 정면 충돌을 하는 일은 별로 없고 다만 낮에 나하고만 있을 때에,

"서울말로는 무슨 서방이라고 부르는 말이 높은 말잉기오? 우리 전라도서는 나이 많은 사람 보고 무슨 서방이라고 하면 머슴이나 하인이나 부르는 소리랑기오."

하고 곁눈으로 나를 바라본다. 나는 그가 묻는 뜻을 알았으므로 대답하기가 심히 거북살스러워서 잠깐 주저하다가,

"글쎄 서방님이라고 하는 것만 못하겠지요."

하고 웃었다. 윤은 그제야 자신을 얻은 듯이,

"그야 우리 전라도에서도 서방님이라고 하면사 대접하는 말이지요. 글쎄, 진상도 보시다시피 저 간병부 놈이 언필칭 날더러 윤 서방, 윤 서방 하니 그래, 그놈의 자식은 제 애비나 아재비더러도 무슨 서방 무슨 서방 할 텐가? 나이로 따져도 내가 제 애비 뻘은 되렷다. 어 고약한 놈 같으니."

하고 그 앞에 책망 받을 사람이 섰기나 한 것처럼 뽐낸다.

윤씨는 윤 서방이라는 말이 대단히 분한 모양이어서 어떤 날 저녁엔 간병부가 들어올 때에도 눈만 흘겨보고 잘 다녀왔느냐 하는 늘 하던 인사도 아니하는 적도 있었다. 그러다가 하루 저녁에는 또 '윤 서방'이라고 간병부가 부른 것을 기화로 마침내 정면 충돌이 일어나고 말았다. 윤이,

"댁은 나를 무어로 보고 윤 서방이라고 부르오?"

하는 정식 항의에 간병부가 뜻밖인 듯이 눈을 크게 뜨고 한참이나 윤을 바라보고 앉았더니, 허허 하고 경멸하는 웃음을 웃으면서,

"그럼 댁더러 무어라고 부르라는 말이오? 댁의 직업이 도장쟁이니, 도장쟁이라고 부르라는 말이오? 죄명이 사기니 사기쟁이라고 부르라는 말이오? 밤낮 똥질만하니 윤똥질이라고 부르라는 말이오? 옳지 윤 선생이라고 불러주까? 왜 되지 못하게 이 모양이야? 윤 서방이라고 불러주면 고마운 줄이나 알지. 낫살을 먹었으면 몇 살이나 더 먹었길래 팬스리 그러다가는 윤가놈이라고 부를 걸."

하고 주먹으로 삿대질을 한다.

윤은 처음에 있던 호기도 다 없어지고 그만 수그러지고 말았다. 간병부는 민 영감 모양으로 만만치 않은 것도 있거니와 간병부하고 싸웠댓자 결국은 약

한 봉지 얻어먹기도 어려운 줄을 깨달은 것이었다.

윤은 침묵하고 있건마는 간병부는 누워 잘 때에까지도 공격을 중지하지 아니하였다.

이튿날 아침, 진찰도 다 끝나고 난 뒤에 우리 방에 있는 키 큰 간병부는 다음 방에 있는 간병부를 데리고 와서,

"흥, 저 양반이, 내가 윤 서방이라고 부른다고 아주 대노하셨다나."

하며 턱으로 윤을 가리키는 것을 보고 키 작은 간병부가,

"여보! 윤 서방 어디 고개 좀 이리 돌리오. 그럼 무어라고 부르리까, 윤 동지라고 부를까, 윤 선달이 어떨꼬? 막 싸구려 판이니 어디 그 중에서 맘에 드는 것을 고르시유."

하고 놀려먹는다.

윤은 눈을 깜박깜박하고 도무지 아무 대답이 없었다.

본래 간병부에게 호감을 못 주던 윤은 윤 서방 사건이 있은 뒤부터 더욱 미움을 받았다. 심심하면 두 간병부가 와서 여러 가지 별명을 부르면서 윤을 놀려먹었고, 간병부들이 간 뒤에는 윤은 나를 향하여,

"두 놈이 옥 속에서 썩어져라."

하고 악담을 퍼부었다.

이렇게 윤이 불쾌한 그날그날을 보낼 때에 더욱 불쾌한 일 하나가 생겼다. 그것은 정이라는 역시 사기범으로 일동 팔방에서 윤하고 같이 있던 사람이 설사병으로 우리 감방에 들어온 것이었다. 나는 윤에게서 정씨의 말을 여러 번 들었다. 설사를 하면서도 우유니 달걀이니 하고 막 처먹는다는 둥, 한다는 소

리가 모두 거짓말뿐이라는 둥, 자기가 아무리 타일러도 말을 듣지 않는 꽉 막힌 놈이라는 둥, 이러한 비평을 하는 것을 여러 번 들었다. 하루는 윤하고 나하고 운동을 나갔다가 들어와 보니 웬 키가 커다랗고 얼굴이 허연 사람이 똥통을 타고 앉아서 싱글벙글 웃고 있었다. 윤은 대단히 못마땅한 듯이 나를 돌아보고 입을 삐쭉하고 나서 자리에 앉아서 부채를 딱딱거리면서,

"데 이상 입때까지 설사가 안 막혔능기오? 사람이란 친구가 충고하는 옳은 말은 들어야 하는 법이어. 일동 팔방에 있을 때에 내가 그만큼이나 음식을 삼가라고 말 안했거디? 그런데 내가 병감에 온 지가 벌써 석 달이나 되는디 아직도 설사여?"

하고 똥통에 올라앉은 사람을 흘겨본다. 윤의 이 말에 나는 그가 윤이 늘 말하던 정씨인 줄을 알았다.

똥통에서 내려온 정씨는 윤의 말을 탓하지 않는, 지어서 하는 듯한 태도로,

"윤상, 우리 이거 얼마만이오? 그래 아직도 예심 중이시오?"

하고 얼굴 전체가 다 웃음이 되는 듯이 싱글벙글하며 윤의 손을 잡는다. 그리고 나서는 내게 앉은절을 하며,

"제 성명은 정홍태올시다. 얼마나 고생이 되십니까?"

하고 대단히 구변이 좋았다. 나는 그의 말의 발음으로 보아 그가 평안도 사람으로 서울말을 배운 사람인 줄을 알았다. 그러나 저녁에 인천 사는 간병부와 인사할 때에는 자기도 고향이 인천이라 하였고, 다음에 강원도 철원 사는 간병부와 인사를 할 때에는 자기 고향이 철원이라 하였고, 또 그 다음 평양 사람 죄수가 들어와서 인사하게 된 때에는 자기 고향은 평양이라고 하였다. 그 때

에 곁에 있던 윤이 정을 흘겨보며,

"왜 또 해주도 고향이라고 아니했소? 대체 고향이 몇이나 되능기오?"

이렇게 오금을 박은 일이 있었다. 정은 한두 달 살아본 데면 그 지방 사람을 만날 때마다 고향이라고 하는 모양이었다.

정은 우리 방에 오는 길로,

"이거 방이 더러워 쓰겠느냐?"

고 벗어붙이고 마룻바닥이며 식기며를 걸레질을 하고 또 자리 밑을 떠들어 보고는,

"이거 대체 소제라고는 안 하고 사셨군? 이거 더러워 쓸 수가 있나?"

하고 방을 소제하기를 주장하였다.

"그 너무 혼자 깨끗한 체하지 마시오. 어디 그 수선에 정신 차리겠능기오?"

하고 윤은 돗자리 떨어내는 것을 반대하였다. 여기서부터 윤과 정의 의견 충돌이 시작되었다.

저녁밥 먹을 때가 되어 정이 일어나 물을 받는 것까지는 참았으나, 밥과 국을 받으려고 할 때에는 윤이 벌떡 일어나 정을 떼밀치고 기어이 제가 받고야 말았다. 창 옆에서 음식을 받아들이는 것은 감방 안에서는 큰 권리로 여기는 것이었다.

정은 윤에게 떼밀치어 머쓱해 물러서면서,

"그렇게 사람을 떼밀 거야 무엇이오? 그러니깐으루 간 데마다 인심을 잃지. 나 같은 사람과는 아무렇게 해도 관계치 않소마는 다른 사람 보고는 그리 마시오. 뺨 맞지요, 뺨 맞아요."

하고 돌아보며 싱그레 웃었다. 그것은 마치 자기는 그만한 일에 성을 내는 사람이 아니라는 것을 보이려 함인 것 같으나 그의 눈에는 속일 수 없이 분한 빛이 나타났다.

밥을 먹는 동안 폭풍우 전의 침묵이 계속되었으나 밥이 끝나고 먹은 그릇을 설거지할 때에 또 충돌이 일어났다. 윤이 사타구니를 내어놓고 있다는 것과 제 그릇을 먼저 씻고 나서 내 그릇과 정의 그릇을 씻는다는 것과 개수통에 입을 대고 기침을 한다는 이유로 정은 윤을 책망하고 윤이 씻어 놓은 제 밥그릇을 주전자의 물로 다시 씻어서 윤의 밥그릇에 닿지 않도록 따로 포개어 놓았다. 윤은 정더러,

"여보 당신은 당신 생각만 하고 다른 사람 생각은 못하오? 그 주전자 물을 다 써버리면 밤에는 무엇을 먹고 아침에 네 식구가 세수는 무엇으로 한단 말이오? 사람이란 다른 사람 생각을 해야 쓰는 거여."

하고 공격하였으나 정은 못 들은 체하고 주전자 물을 거진 다 써서 제 밥그릇과 젓가락을 한껏 정하게 씻고 있었던 것이다.

이 모양으로 윤과 정과의 충들은 그칠 사이가 없었다. 그러나 정은 간병부와 내게 대해서는 아첨에 가까우리만치 공손하였다. 더구나 그가 농업이나, 광업이나, 한방 의술이나, 신의술이나 심지어 법률까지도 모르는 것이 없었고, 또 구변이 좋아서 이야기를 썩 잘하기 때문에 간병부들은 그를 크게 환영하였다.

이렇게 잠깐 동안에 간병부들의 환심을 샀기 때문에 처음에는 한 그릇씩 받아야 할 죽이나 국을 두 그릇씩도 받고, 또 소화약이나 고약이나 이러한 약

도 가외로 더 얻을 수가 있었다. 정이 싱글싱글 웃으며 졸라대면 간병부들은 여간한 것은 거절하지 아니하였다. 그리고 이따금 밥을 한 덩이씩 가외로 얻어서 맛날 듯한 것을 젓가락으로 휘저어서 골라먹고 그리고 남은 찌꺼기를 행주에다가 싸고 소금을 치고 그리고는 그것을 떡 반죽하는 듯이 이겨서 떡을 만들어서는 요리로 한 입, 조리로 한 입 맛남직한 데는 다 뜯어먹고, 그리고 나머지를 싸두었다가 밤에 자러 들어온 간병부에게 주고는 크게 생색을 내었다. 한 번은 정이 조밥으로 떡을 만들어 나를 돌아보고,

"간병부 녀석들은 이렇게 좀 먹여야 합니다. 이따금 달걀도 사주고 우유도 사주면 좋아하지요. 젊은 녀석들이 밤낮 굶주리고 있거든요. 이렇게 녹여 놓아야 말을 잘 듣는단 말이야요. 간병부와 틀렸다가는 해가 많습니다. 그 녀석들이 제가 미워하는 사람의 일은 좋지 못하게 간수들한테 일러바치거든요."
하면서 이겨진 떡을 요모조모 떼어먹는다.

"여보, 그게 무에요? 데 이상은 간병부를 대할 때 십 년 만에 만나는 아자씨나 대한 듯이 살이라도 베여 먹일 듯이 아첨을 하다가 간병부가 나가기만 하면 언필칭 이 녀석 저 녀석 하니 사람이 그렇게 표리가 부동해서는 못 쓰는 게여. 우리는 그런 사람은 아니어든. 대해 앉아서도 할 말은 하고 안 할 말은 안 하지. 사내 대장부가 그렇게 간사를 부려서는 못 쓰는 게여? 또 여보, 당신이 떡을 해 주겠거든 숫밥으로 해 주는 게지 당신 입에 들어왔다, 나갔다 하던 젓가락으로 휘저어서 밥 알갱이마다 당신의 더러운 침을 발라가지고, 그리고 먹다가 먹기가 싫으닝게 남을 주고 생색을 낸다? 그런 일을 해선 못 쓰는 게여. 남 주고도 죄 받는 일이어든. 당신 하는 일이 모두 그렇단 말여. 정말 간병부

를 주고 싶거든 당신 돈으로 달걀 한 개라도 사서 주어. 흥, 공으로 밥 얻어서 실컷 처먹고, 먹기가 싫으닝게 남을 주고 생색을 낸다……. 웃기는 왜 웃소, 싱글벙글? 그래서 내가 그른 말 해? 옳은 말은 들어 두어요. 사람되려거든. 나, 그 당신 싱글싱글 웃는 거 보면 느글느글해서 배 창수가 다 나오려 든다닝게. 웃긴 왜 웃어? 무엇이 좋다고 웃는 게여?"

이렇게 윤은 정을 몰아세웠다. 정은 어이없는 듯이 듣고만 앉았더니,

"내가 할 소리를 당신이 하는구려? 그 배때기나 가리고 앉아요."

그날 저녁이었다. 간병부가 하루 일이 끝이 나서 빨가벗고 뛰어들어왔다. 정은,

"아니, 오늘 얼마나 고생스러우셨어요? 그래도 하루가 지나가면 그만큼 나가실 날이 가까운 것 아니오? 그걸로나 위로를 삼으셔야지, 그 까짓 한 삼사 년 잠깐 갑니다. 아참, 백 호하고 무슨 말다툼을 하시던 모양이든데."

이 모양으로 아주 친절하게 위로하는 말을 하였다. 백 호라는 것은 다음 방에 있는 키 작은 간병부의 번호이다. 나도 '이놈 저놈' 하며 둘이서 싸우는 소리를 아까 들었다.

간병부는 감빛 기결수 옷을 입고 제자리에 앉으면서,

"고놈의 자식을 찢어 죽이려다가 참았지요. 아니꼬운 자식 같으니. 제가 무어길래? 제나 내나 다 마찬가지 전중이고 다 마찬가지 간병부지. 흥, 제놈이 나보다 며칠이나 먼저 왔다고 나를 명령을 하려 들어. 쥐새끼 같은 놈 같으니. 나이로 말해도 내가 제 형뻘은 되고, 세상에 있을 때에 사회적 지위로 보더라도 나는 면서기까지 지낸 사람인데. 제 따위, 한 자요 두 자요 하던 놈과 같은

줄 알고? 요놈의 자식, 내가 오늘은 참았지마는 다시 한 번만 고 따위로 주둥 아리를 놀려 봐? 고놈의 아가리를 찢어 놓고 다릿마댕이를 분질러 놓 걸 우리 는 목에 칼이 들어오더라도 할 말은 하고, 할 일은 하고야 마는 사람이어든!" 하고 곁방에 있는 '백 호'라는 간병부에게 들리라 하는 말로 남은 분풀이를 하였다. 정은 간병부에게 동정하는 듯이 혀를 여러 번 차고 나서,

"쩟쩟, 아 참으셔요. 신상 체면을 보셔야지. 고까짓 어린애 녀석하고 무얼 말다툼을 하셔요. 아이 나쁜 녀석! 고 녀석 눈깔딱지하고 주둥아리하고 독살 스럽게도 생겨먹었지. 방정은 고게 또 무슨 방정이야? 고 녀석 인제 또 옥에 서 나가는 날로 또 뉘 집에 불 놓고 들어올 걸. 원, 고 녀석, 글쎄 남의 집에 불 을 놓다니?"

간병부는 정의 마지막 말에 눈이 동그래지며,

"그래, 나도 남의 집에 불 놓았어. 그랬으니 어떻단 말이어? 당신같이 남의 돈을 속여먹는 것은 괜찮고, 남의 집에 불 놓은 것만 나쁘단 말이오? 원, 별 아니꼬운 소리를 다 듣겠네. 여보, 그래 내가 불을 놓았으니 어떡허란 말이 오? 웃기는 싱글싱글 왜 웃어? 그래 백 호나 내가 남의 집어 불을 놓았으니 어떡허란 말이야?"

하고 정에게 향하여 상앗대질을 하였다. 정의 얼굴은 빨개졌다. 정은 모처럼 간병부의 비위를 맞추려고 하던 것이 그만 탈선이 되어서 이 봉변을 당하게 된 것이었다. 그러나 정의 얼굴에는 다시 웃음이 떠돌면서,

"아니 내 말이 어디 그런 말이오? 신상이 오해시지."

하고 변명하려는 것을 간병부는,

"오해? 육회가 어떠우?"

"아니 그런 말이 아니라, 신상도 불을 놓으셨지마는 신상은 술이 취해서 술 김에 놓으신 것이어든. 그 술김이 아니면 신상이 어디 불 놓으실 양반이오? 신상이 우락부락해서 홧김에 때려죽인다면 몰라도 천성이 대장부다우시니까 사기나 방화나 그런 죄는 안 지을 것이란 말이오! 그저 애매하게 방화죄를 지셨다는 말씀이지요. 내 말이 그 말이거든. 그런데 말이오. 저 백 호, 그 녀석이야말로 정신이 말짱해서 불을 논 것이 아니오? 그게 정말 방화죄거든. 내 말이 그 말씀이야, 인제 알아들으셨어요?"

정은 제 말에 신이란 간병부의 분이 풀린 것을 보고,

"자, 이거나 잡수세요."

하며 밥그릇 통 속에 감추어 두었던 조밥 떡을 내어 팔을 기다랗게 늘여서 간병부에게 준다.

"날마다 이거 미안해서 어떻게 하오?"

하고 간병부는 그 떡을 받았다.

간병부가 잠깐 일어나서 간수가 오나, 아니 오나를 엿보고 난 뒤에 그 떡을 한 입 베어 물었다.

아까부터 간병부와 정과의 언쟁을 흥미 있는 눈으로 흘끗흘끗 곁눈질하던 윤이,

"아뿔싸, 신상, 그것 잡숫지 마시오."

하고 말만으로도 부족하여 손까지 살래살래 흔들었다.

간병부는 꺼림칙한 듯이 떡을 입에 문 채로,

"왜요?"

하며 제자리에 와 앉는다. 간병부 다음에 내가 누워 있고, 그 다음에 정, 그 다음에 윤, 우리들의 자리 순서는 이러하였다. 윤은 점잖게 도사리고 앉아서 부채를 딱딱하며,

"내가 말라면 마슈. 내가 언제 거짓말 했거디? 우리는 목에 칼이 오더라도 바른 말만 하는 사람이어든."

그러는 동안에 간병부는 입에 베어 물었던 떡을 삼켜 버린다. 그리고 그 나머지를 지리가미에 싸서 등뒤에 놓으면서,

"아니, 어째 먹지 말란 말이오?"

"그건 그리 아실 것 무엇 있소? 자시면 좋지 못하겠으닝게 먹지 말랑 게지."

"아이 말해요. 우리는 속이 갑갑해서 그렇게 변죽만 울리는 소리를 듣고는 가슴에 불이 일어나서 못 견디어."

이때에 정이 매우 불쾌한 얼굴로,

"신상, 그 미친 소리 듣지 마시오. 어서 잡수세요. 내가 신상께 설마 못 잡수실 것을 드릴라구?"

하였건마는 간병부는 정의 말만으로 안심이 안 되는 모양이어서,

"윤 서방, 어서 말씀하시오."

하고 약간 노기를 띤 언성으로 재차 묻는다.

"그렇게 아시고 싶은 건 무엇 있어서? 그저 부정한 것으로만 아시라닝게. 내가 신상께 해로운 말씀할 사람은 아니닝게."

"아따, 그 아가리 좀 못 닫쳐?"

하고 정이 참다못해 벌떡 일어나서 윤을 흘겨본다.

윤은 까딱 아니하고 여전히 몸을 좌우로 흔들흔들하면서,

"당신네 평안도서는 사람의 입을 아가리라고 하는지 모르겠소마는, 우리네 전라도서는 점잖은 사람이 그런 소리는 아니하오. 종교가 노릇을 이십 년이나 했다는 양반이 그 무슨 말버릇이란 말이오? 종교가 노릇을 이십 년이나 했길래도 남 먹으라고 주는 음식에 침만 발라 주었지, 십 년만 했으면 코 발라 줄 뻔했소그려? 내가 아까 그러지 않아도 이르지 않았거디? 사람에게 먹을 것을 주려거든 숫으로 덜어서 주는 법이여. 침 묻은 젓가락으로 휘저어가면서 맛날 듯한 노란 좁쌀은 죄다 골라 먹고 콩도 이것 집었다가 놓고, 저것 집었다가 놓고, 입에 댔다가 놓고, 노르스름한 놈은 죄다 골라 먹고, 그리고는 퍼렇게 든 좁쌀, 썩은 콩만 남겨서 제 밥그릇, 죽그릇, 젓가락 다 씻은 개숫물에 행주를 축여 가지고는 코 묻은 손으로 주물럭주물럭해서 떡이라고 만들어 가지고 그런 뒤에도 요모조모 맛날 듯 싶은 데는 다 떼어먹고 그것을 남겼다가 사람을 먹으라고 주니, 벼락이 무섭지 않어? 그런 것은 남을 주고도 벌을 받는 법이라고 내가 그만큼 일렀단 말이어. 우리는 남의 험담은 도무지 싫어하는 사람이닝게 이런 말도 안 하려고 했거든. 신상, 내 어디 처음에야 말했가디? 저 진상도 증인이어. 내가 그만큼 옳은 말로 타일렀고, 또 덮어 주었으면 평안도 상것이 '고맙습니다' 하는 말은 못할망정 잠자코나 있어야 할 게지. 사람이란 그렇게 뻔뻔해서는 못 쓰는 게여."

윤의 말에 정은 어쩔 줄을 모르고 얼굴만 푸르락누르락하더니 얼른 다시 기막히고 우습다는 표정을 하며,

"참 기가 막히오. 어쩌면 그렇게 빤빤스럽게도 거짓말을 꾸며대오? 내가 밥에 모래와 쥐똥, 썩은 콩, 티검불 이런 걸 고르느라고 젓가락으로 밥을 저었지, 그래 내가 어떻게 보면 저 먹다 남은 찌꺼기를 신상더러 자시라고 할 사람 같아 보여? 앗으우, 앗으우. 그렇게 거짓말을 꾸며대면 혓바닥 잘린다고 했어. 신상, 아예 그 미친 소리 듣지 마시고 잡수시우. 내 말이 거짓말이면 마른 하늘에 벼락을 맞겠소!"

하고 할말 다 했다는 듯이 자리에 눕는다. 정이 맹세하는 것을 듣고 머리가 쭈뼛함을 깨달았다.

어쩌면 그렇게 영절스럽게 곁에다가 증인을 둘씩이나 두고도 벼락맞을 맹세까지 할 수가 있을까? 사람의 마음이란 헤아릴 수 없이 무서운 것이라고 깊이깊이 느껴졌다. 내가 설마 나서서 증거야 서랴? 정은 이렇게 내 성격을 판단하고서 맘 놓고 이렇게 꾸며댄 것이다. 나는,

'윤씨 말은 옳소, 정씨 말은 거짓말이오.'

이렇게 말할 용기가 없었다. 내게 이러한 용기 없는 것을 정이 뻔히 들여다 본 것이다. 윤도 정의 엄청난 거짓말에 기가 막힌 듯이 아무 말도 없이 딴 데만 바라보고 앉아 있었다. 간병부는 사건의 진상을 내게서나 알려는 듯이 가만히 누워 있는 내 얼굴을 들여다보고 있었다. 내게 직접 말로 묻기는 어려운 모양이다. 내게서 아무 말이 없음을 보고 간병부는 슬그머니 떡을 집어서 정의 머리맡에 밀어 놓으며,

"옛소, 데 이상이나 잡수시오. 나 두 분 더 쌈 시키고 싶지 않소."

하고는 쩝쩝 입맛을 다신다. 나는 속으로 참 잘한다 하고 간병부의 지혜로운

판단에 탄복하였다.

　그러나 이 사건은 정이 윤에게 대한 깊은 원한을 맺히게 한 원인이었다. 윤이 기침을 하면 저쪽으로 고개를 돌리라는 둥, 입을 막고 하라는 둥, 캥캥하는 소리를 좀 작게 하라는 둥, 소갈머리가 고약하게 생겨먹어서 기침도 고약하게 한다는 둥, 또 윤이 낮잠이 들어 코를 골면 팔꿈치로 윤의 옆구리를 찌르며 소갈머리가 고약하니깐 잘 때까지도 사람을 못 견디게 군다는 둥, 부채를 딱딱거리지 마라, 핼끔핼끔 곁눈질하는 것 보기 싫다, 이 모양으로 일일이 윤의 오금을 박았다. 윤도 지지 않고 정을 해댔으나, 입심으론 도저히 정의 적수가 아닐 뿐더러, 성미가 급한 사람이라 매양 윤이 곯아떨어지는 것 같았다. 코를 골기로 말하면 정도 윤에게 지지 아니하였다. 더구나 정은 이가 뻐드러지고 입술이 뒤둥그러져서 코를 골기에는 십상이었지마는, 그래도 정은, 자기는 코를 골지 않노라고 언명하였다. 워낙 잠이 많은 윤은 정이 코를 고는 줄을 모르는 모양이었다. 간병부도 목침에 머리만 붙이면 잠이 드는 사람임으로, 정과 윤이 코를 고는 데에 회생이 되는 사람은 잠이 잘 들지 못하는 나뿐이었다. 윤은 소프라노로, 정은 바리톤으로 코를 골아대면 언제까지든지 눈을 뜨고 창을 통하여 보이는 하늘의 별을 바라보고 있을 수밖에 없었다. 더구나 정은 윤의 입김이 싫다 하여 꼭 내 편으로 고개를 향하고 자고, 나는 반듯이 밖에는 누울 수 없는 병자이기 때문에 정은 내 왼편 귀에다가 코를 골아 넣었다. 위확장병으로 위 속에서 음식이 썩는 정의 입김은 실로 참을 수 없으리만큼 냄새가 고약한데, 이 입김을 후끈후끈 밤새도록 내 왼편 뺨에 불어붙였다. 나는 속으로 정이 반듯이 누워 주었으면 하였으나 차마 그 말을 못하였다. 나는 이것을 향기로운 냄새로 생각해 보라, 이렇게 힘도 써 보았다. 만일 그 입김이 아름다운 젊은 여자의 입김이라면 내가 불쾌하게 여기지 아니할 것이 아닌가? 아름다운 젊은 여자의 뱃속엔들 똥은 없으며 썩은 음식은 없으랴? 모두 평등이 아니냐? 이러한 생각으로 코고는 소리와 냄새 나는 입김을 잊어버릴 공부를 해 보았으나 공부가 그렇게 일조일석에 될 리가 만무하였다. 정더러 좀 돌아누워 달랄까 이런 생각을 하고는 또 하였다. 뒷절에서 울려오는 목탁소리가 들릴 때까지 잠을 이루지 못하는 날이 많았다. 새벽 목탁 소리가 나면 아침 세시 반이다. 딱딱딱 하는 새벽 목탁 소리는 퍽이나 사람의 맘을 맑게 하는 힘이 있다.

　'원컨대는 이 종소리 법계에 고루 퍼져지이다.'
한다든지.

　'일체 중생이 바로 깨달음을 얻어지이다.'
하는 새벽 종소리 구절이 언제나 생각키었다. 인생이 괴로움의 바다요, 불붙는 집이라면, 감옥은 그 중에도 가장 괴로운 데다. 게다가 옥중에서 병까지 들어서 병감에 한정 없이 뒹구는 것은 이 괴로움의 세 겹 괴로움이다. 이 괴로운 중생들이 서로서로 괴로워함을 볼 때에 중생의 업보는 '헤여 알기 어려워라' 한 말씀을 다시금 생각하지 아니할 수 없었다.

　새벽 목탁 소리를 듣고 나서 잠이 좀 들만 하면, 윤과 정은 번갈아 똥통에 오르기를 시작하고, 더구나 제 생각만 하지 남의 생각이라고는 전연 하지 아니하는 정은 제가 흐뭇이 자고 난 것만 생각하고, 소리를 내어서 책을 읽거나, 또는 남들이 일어나기 전에 먼저 마음대로 물을 쓸 작정으로 세수를 하고, 전신에 냉수 마찰을 하고, 그리고는 운동이 잘 된다 하여 걸레질을 치고, 이 모양으로 수선을 떨어서 도무지 잠이 들 수가 없었다. 정은 기침 시간 전에 이런 짓을 하다가 간수에게 들켜서 여러 번 꾸지람을 받았지마는 그래도 막무가내였다.

떡 사건이 일어난 이튿날 키 작은 간병부가 우리 방 앞에 와서 누구를 향하여 하는 말인지 모르게 키 큰 간병부의 흉을 보기 시작하였다.

그것은 어저께 싸움에 관한 이야기였다.

"키다리가 어저께 무어라고 해요? 꽤 분해하지요? 그놈 미친놈이지, 내게 대들어서 무슨 이를 보겠다고. 밥이라도 더 얻어먹고 상표라도 하나 타 보려거든 내 눈 밖에 나고는 어림도 없지, 간수나 부장이나 내 말을 믿지 제 말을 믿겠어요? 그런 줄도 모르고 걸핏하면 대든단 말야. 건방진 자식 같으니! 제가 아무리 지랄을 하기로니 내가 눈이나 깜짝할 사람이오? 가만히 내버려두지. 이따금 빡빡 긁어서 약을 올려놓고는 가만히 두고 보지. 그러면 똥구멍 찔린 소 모양으로, 저 혼자 영각을 하고 날치지, 목이 다 쉬도록 저 혼자 떠들다가 좀 잠잠하게 되면 내가 또 듣기 싫은 소리를 한 마디 해서 빡빡 긁어놓지. 그러면 또 길길이 뛰면서 악을 고래고래 쓰지. 그리고는 가만히 내버려두지. 그러면 제가 어쩔 테야? 제가 아무러기로 손찌검은 못 할 터이지? 그러다가 간수나 부장한테 들키면 경을 제가 치지."

하고 매우 고소한 듯이 웃는다. 아마 키 큰 간병부는 본감에 심부름을 가고 없는 모양이었다.

"참, 구 호(키 큰 간병부)는 미련퉁이야. 글쎄 하꾸고상하고 다투다니 말이 되나? 하꾸고상은 주임이신데, 주임의 명령에 복종을 해야지."

이것은 정의 말이다.

"사뭇 소라닝게. 경우를 타일러야 알아듣기나 하거디? 밤낮 면서기 당기던 게나 내세우지. 하꾸고상도 퍽이나 속이 상하실 게요?"

이것은 윤의 말이다.

"무얼 할 줄이나 아나요? 아무 것도 모르지. 게다가 홀게가 늦고 게을러빠지고, 눈치는 없고……."

이것은 키 작은 간병부의 말.

"그렇고말고요. 내가 다 아는 걸. 일이야 하꾸고상이 다 하시지. 규고상이야 무얼 하거디? 게다가 뽐내기는 경치게 뽐내지……."

이것은 윤의 말이다.

"그까짓 녀석 간수한테 말해서 쫓아 보내지? 나도 밑에 많은 사람을 부려 봤지마는 손 안 맞는 사람을 어떻게 부리오? 나 같으면 사흘 안에 쫓아 버리겠소."

이것은 정의 말이다.

"그렇기로 인정간에 그럴 수도 얼고 나만 꾹꾹 참으면 고만이라고 여태껏 참아왔지요. 그렇지만 또 한번 그런 버르장머리를 해 봐. 이번엔 내가 가만두지 않을걸."

이것은 키 작은 간병부의 말이다. 이때에 키 큰 간병부가 약병과 약봉지를 가지고 왔다. 키 작은 간병부는,

"아마 오늘 전방들 하시게 될까 보오."

하고 우리 방으로 장질부사 환자가 하나 오기 때문에 우리들은 다음 방으로 옮아가게 되었으니, 준비를 해 두라는 말을 하고 무슨 바쁜 일이나 있는 듯이 가 버리고 말았다. 키 큰 간병부는 '윤참봉', '정주사', 이 모양으로 농담 삼아 이름을 불러가며 병에 든 물약과 종이 주머니에 든 가루약을 쇠창살 틈으로 들여보낸다.

윤은 약을 받을 때마다 늘 하는 소리로,

"이깐놈의 약 암만 먹어도 낫거디? 좋은 한약을 서너 첩 먹었으면 금시에 열이 내리고 기침도 안 나고 부기도 빠지겠지만……."
하며 일어나서 약을 받아 가지고 돌아와 앉는다.

다음에는 정이 일어나서 창살 틈으로 바짝 다가서서 물약과 가루약을 받아 들고 물러서려 할 때에 키 큰 간병부가 약봉지 하나를 정에게 더 주며,

"이거 내가 먹는다고 비리발괄을 해서 얻어온 게요. 애껴 먹어요. 많이만 먹으면 되는 줄 알고 다른 사람 사흘에 먹을 것을 하루에 다 먹어 버리니 어떻게 해? 그 약을 누가 이루 댄단 말이오?"

"그러니깐 고맙단 말씀이지요. 규고상, 나 그 알코올 좀 얻어 주슈. 이번엔 좀 많이 줘요. 그냥 알코올은 좀 얻을 수 없나? 그냥 알코올 한 고뿌 얻어 주시오그려. 사회에 나가면 내가 그 신세 잊어버릴 사람은 아니오."

"이걸 누굴 경을 치울 양으로 그런 소리를 하오?"

"아따 그 하꾸고는 살랑살랑 오는 것만 봐도 몸에 소름이 쪽쪽 끼쳐. 제가 무언대 저 형님뻘이나 되는 규고상을 그렇게 몰아세워? 나 같으면 가만 두지 않을 테야?"

"흥, 주먹을 대면 고 쥐새끼 같은 놈 어스러지긴 하겠구."

정이 이렇게 키 큰 간병부에게 아첨하는 것을 보고 있던 윤이,

"규고상이 용하게 참으시어든. 그 악담을 내가 옆에서 들어도 이가 갈리건 만 — 용하게 참으셔 — 성미가 그렇게 괄괄하신 이가 용하게 참으시어든!"
하고 깊이 감복하는 듯이 혀를 찬다.

얼마 뒤에 키 큰 간병부는 알코올 솜을 한 움큼 가져다가,

"세 분이 노나 쓰시오."
하고 들이민다. 정이 부리나케 일어나서,

"아리가또 고자이마쓰."^{고맙다는 뜻의 일본 말.}

하고는 그 솜을 받아서 우선 코에 대고 한참 맡아본 뒤에 알코올이 제일 많이 먹은 듯한 데로 삼분의 이쯤 떼어서 제가 가지고, 그리고 나머지 삼분의 일을 둘에 갈라서 윤과 나에게 줄줄 알았더니, 그것을 또 삼분에 갈라서 그 중에 한 분은 윤을 주고, 한 분을 나를 주고, 나머지 한 분을 또 둘에 갈라서 한 분은 큰 솜 뭉텅이에 넣어서 유지로 꽁꽁 싸놓고 나머지 한 분으로 얼굴을 닦고 손을 닦고 머리를 닦고 발바닥까지 닦아서는 내어버린다. 그는 알코올 솜을 이렇게 많이 얻어서 유지에 싸두고는 하루에도 몇 번씩 얼굴과 손과 목아지를 닦는데, 그것은 살결이 곱고 부드러워지게 하기 위함이라고 한다.

저녁을 먹고 나서 전방을 할 줄 알았더니 거진 다 저녁때가 되어서 키 작고 통통한 간수가 와서 철컥 하고 문을 열어 젖히며,

"뎀보오, 뎀보오!"
하고 소리를 친다. 그 뒤로 키 작은 간병부가 와서,

"전방이오, 전방."

하고 통역을 한다. 정이 제 베개와 알루미늄 밥그릇을 싸 가지고 가려는 것을,

　"안 돼, 안 돼!"

하고 간수가 소리를 질러서 아까운 듯이 도로 내어놓고 간신히 겨우 알코올 솜 뭉텅이만은 간수 못 보는 데 집어넣고, 우리는 주렁주렁 용수를 쓰고 방에서 나와서 다음 방으로 들어갔다. 철컥 하고 문이 도로 잠겼다. 아랫목에는 민이 우리가 들어오는 것을 보고 어린애 모양으로 방글방글 웃고 앉아 있었다. 서로 떠난 지 이십여 일 동안에 민은 무섭게 수척하였다. 얼굴에는 두 눈만 있는 것 같고 그 눈도 자유로 돌지를 못하는 것 같았다. 두 무릎 위에 늘인 팔과 손에는 혈관만이 불룩불룩 솟아 있고 정강이는 무르팍 밑보다도 발목이 더 굵었다. 저러고 어떻게 목숨이 붙어 있나 하고 나는 이 해골과 같은 민을 보면서,

　"요새는 무얼 잡수세요?"

하고 큰 소리로 물었다. 그의 귀가 여간한 소리는 듣지 못할 것같이 생각됐던 까닭이다.

　민은 머리맡에 삼분의 이쯤 남은 우윳병을 가리키면서,

　"서울 있는 매부가 돈 오 원을 차입을 해서 날마다 우유 한 병씩 사먹지요. 그것도 한 모금 먹으면 더 넘어가지를 않아요. 맛은 고소하건만 목구멍에 넘어를 가야지. 내 매부가 부자지요. 한 칠백 석하고 잘 살아요. 나가기만 하면 매부네 집에 가 있을 텐데, 사랑도 널찍하고 좋지요. 그래도 누이가 있으니깐, 매부도 사람이 좋구요. 육회도 해 먹고 배갈도 한 잔씩 따뜻하게 데워 먹고,

살아날 것도 같구면!"

이런 소리를 하고 있었다. 그는 매부가 부자라는 것을 자랑하기 위해서 이런 말을 하는 모양이었다.

또 민의 바로 곁에 자리를 잡게 된 윤은 부채를 딱딱거리며,

"그래도 매부는 좀 사람인 모양이지? 집에선 아직도 아무 소식이 없단 말여? 이봐, 내 말대로 하라닝게. 간수장한테 면회를 청하고 집에 있는 세간을 다 팔아서 먹구픈 것 사 먹기도 하고, 변호사를 대어서 보석 청원도 해요. 저렇게 송장이 다 된 것을 보석을 안 시킬 리가 있나? 인제는 광대뼈꺼정 빨갛다닝게. 저렇게 되면 한 달을 못간다 말이어. 서방이 다 죽게 돼도 모르는 체하는 열아홉 살 먹은 계집년을 천 냥을 남겨 주겠다고, 또 그까짓 자식새끼, 나 같으면 모가지를 비틀어 빼어 버릴 테야! 저 봐. 할딱할딱하는 게 숨이 목구멍에서만 나와, 다 죽었어, 다 죽었어."

하고 앙잘거린다.

"글쎄, 이 자식아 오래간만에 만났거든 그래도 좀 어떠냐 말이나 묻는 게지. 그저 댓바람에 악담이야? 네 녀석의 악담을 며칠 안 들어서 맘이 좀 편안하더니 또 요길 왔어? 너도 손발이 통통 분 게 며칠 살 것 같지 못하다. 아이고 제발 그 악담 좀 말아라."

민은 이렇게 말하고 한숨을 쉬고는 자리에 눕는다.

이 방에는 민 외에 강이라고 하는 키 커다랗고 건장한 청년 하나가 아랫배에 붕대를 감고 벽에 기대어 앉아 있었다. 나중에 들으니 그는 어떤 신문 지국 기자로서, 과부 며느리와 추한 관계가 있다는 부자 하나를 공갈을 해서 돈 천

육백 원을 빼앗아먹은 죄로 붙들려 온 사람이라고 하며, 대단히 성미가 괄괄하고 비위에 거슬리는 일은 참지를 못하는 사람이 되어서, 가끔 윤과 정을 몰아세웠다. 윤이 민을 못 견디게 굴면 반드시 윤을 책망하였고, 정이 윤을 못 견디게 굴면 또 정을 몰아세웠다. 정과 윤은 강을 향하여 이를 갈았으나 강은 두 사람을 깍쟁이같이 멸시하였다.

윤 다음에 정이 눕고, 정의 곁에 강이 눕고, 강 다음에 내가 눕게 된 관계로 강과 정과가 충돌할 기회가 자연 많아졌다. 강은 전문학교까지 졸업한 사람이기 때문에 지식이 상당하여서 정이 아는 체하는 소리를 할 때마다 사정없이 오금을 박았다.

"어디서 한 마디 두 마디 주워들은 소리를 가지고 아는 체하고 지절대오? 시골구석에서 무식한 농민들 속여먹던 버르장머리를 아무 데서나 하려 들어? 싱글벙글하는 당신 상판때기에 나는 거짓말쟁이오, 하고 뚜렷이 써 붙였어. 인젠 낫살도 마흔댓 살 먹었으니 죽기 전에 사람 구실을 좀 해 보지. 댁이 의학은 무슨 의학을 아노라고 걸핏하면 님에게 약처방을 하오? 다른 사기는 다 해 먹더라도 잘 알지도 못하는 의원 노릇일랑 아예 말어. 침도 아노라, 한방의도 양의도 아노라, 그렇게 아는 사람이 어디 있어? 당신이 그 따위로 사람을 많이 속여먹었으니 배때기가 온전할 수가 있나? 욕심은 많아서 한 끼에 두 사람 세 사람 먹을 것을 처먹고는 약을 처먹어, 물을 처먹어, 그리고는 방귀질, 또 똥질, 트림질, 게다가 자꾸 토하기까지 하니 그놈의 냄새에 곁에 사람이 살 수가 있나? 그렇게 처먹고 밥주머니가 늘어나지 않어? 게다가 한다는 소리가 밤낮 거짓말…… 싱글벙글 웃기는 왜 웃어? 누가 이쁘다는 게야? 알코올 솜으로 문지르기만 하면 상판때기가 예뻐지는 줄 아슈? 그 알코올 솜도 나랏돈이오. 당신네 집에서 언제 제 돈 가지고 알코올 한 병 사봤어? 벌써 꼬락서니가 생전 사람 구실 해 보기는 틀렸소마는, 제발 나 보는 데서만은 그 주둥아리 좀 닫히고 있어요."

강은 자기보다 근 이십 년이나 나이 많은 정을 이렇게 몰아세웠다.

한 번은 점심때에 자반 멸치 한 그릇이 들어왔다. 이것은 온 방 안에 있는 사람들이 골고루 나누어 먹으라는 것이다. 멸치라야 성한 것은 한 개도 없고, 꼬랑지, 대가리 모두가 부스러진 것뿐이요, 게다가 짚 검불이며, 막대기며, 별의별 것이 다 섞여 있는 것들이나, 그래도 감옥에서는 한 주일에 한 번이나 두 주일에 한 번밖에는 못 얻어먹는 별미여서, 이러한 반찬이 들어오는 날은 모두들 생일이나 명절을 당한 것처럼 기뻐하였다.

정은 여전히 밥 받아들이는 일을 맡았기 때문에 이 멸치 그릇을 받아서 젓가락으로 뒤적거리며 살이 많은 것을 골라서 제 그릇에 먼저 덜어놓고, 대가리와 꼬랑지만을 다른 네 사람을 위하여 내어놓았다. 내가 보기에도 정이 가진 것은 절반은 다 못 되어도 삼분의 일은 훨씬 넘었다. 그러나 정의 눈에는 그것이 멸치 전체의 오분지 일로 보인 모양이었다.

나는 강의 입에서 반드시 벼락이 내릴 것을 예기하고, 그것을 완화해 볼 양으로 정더러,

"여보시오, 멸치가 고르게 분배되지 않은 모양이니 다시 분배를 하시오"
하였으나, 정은 자기 그릇에 담았던 멸치 속에서 그 중 맛없을 만한 것 서너 개를 골라서 이쪽 그릇에 덜어놓을 뿐이었다. 그리고는 대단히 맛나는 듯이

제 그릇의 멸치를 집어먹는데, 그것도 그 중 맛나 보이는 것을 골라서 먼저 먹었다.

민은 아무 욕심도 없는 듯이 쌀뜨물 같은 미음을 한 모금 마시고는 놓고, 또 한 모금 마시고는 놓고 할 뿐이요, 멸치에 대해서는 아무 관심도 없는 모양이었으나, 윤은 못마땅한 듯이 연해 정을 곁눈으로 흘겨보면서 그래도 멸치를 골라 먹고 있었다. 강만은 멸치에는 젓가락을 대어 보지도 않고, 조밥 한 덩이를 다 먹고 나더니마는 멸치 그릇을 들어서 정의 그릇에 쏟아 버렸다. 나도 웬일인지 멸치에는 젓가락을 대지 아니하였다.

정은 고개를 번쩍 들어 강을 바라보며,

"왜, 멸치 좋아 안 하셔요?"

"우린 좋아 아니해요. 두었다 저녁에 자시오."

하고 강은 아무 말 없이 물을 먹고는 제자리에 가서 드러누웠다. 나는 강의 속에 무슨 생각이 났는지 몰라 우습기도 하고 궁금하기도 하였다.

정은 역시 강의 속이 무서운 모양이었으나, 다섯 사람이 먹을 멸치를, 게다가 소금 절반이라고 할 만한 멸치를 거진 다 먹고 조금 남은 것을 저녁에 먹는다고 라디에이터 밑에 감추어 두었다.

정은 대단히 만족한 듯이 싱글벙글 웃으며 제자리에 와 드러누웠다. 그러더니 얼마 아니해서 코를 골았다. 식곤증이 난 모양이라고 나는 생각하였다. 아무리 위장이 튼튼한 장정 일꾼이라도 자반 멸치 한 사발을 다 먹고 무사히 내릴 리는 없을 것 같았다. 강도 그 눈치를 알았는지 배에 붕대를 끌러놓고 부채로 수술한 자리에 바람을 넣으면서 픽픽 웃고 앉았더니, 문득 일어나서 물

주전자 있는 자리에 와서 그것을 들어 흔들어보고 그리고는 뚜껑을 열어 보았다. 강은 나와 윤에게 물을 한 잔씩 따라서 권하고, 그리고는 자기가 두 보시기나 마시고 그 나머지로는 수건을 빨아서 제 배를 훔치고, 그리고는 물 한 방울도 없는 주전자를 마룻바닥에 내어던지듯이 덜컥 놓고는 제자리에 돌아와 앉았다.

강이 하는 양을 보고 앉았던 윤은,

"강 선생, 그것 잘하셨소. 흥, 이제 잠만 깨면 목구멍에 불이 일어날 것이닝게."
하고는 주전자 뚜껑을 열어 물이 한 방울도 아니 남은 것을 보고 제자리에 돌아와 앉는다.

정은 숨이 막힐 듯이 코를 골더니 한 시간쯤 지나서 눈을 번쩍 뜨며 일어나는 길로 주전자 앞으로 달려갔다. 그러나 주전자에 물이 한 방울도 없는 것을 보고 와락 화를 내어 주전자를 내어동댕이를 치고 윤을 흘겨보면서,

"그리, 물을 한 방울도 안 남기고 자신단 말이오? 내가 아까 물이 있는 걸 보고 잤는데……. 그렇게 남의 생각을 아니하고 제 욕심만 채우니깐 두루 밤낮 똥질을 하지."
하고 트집을 잡는다.

"뉘가 할 소리야? 그게 춘치자명_{봄철의 꿩이 스스로 운다는 뜻으로 시키지 않아도 때가 되면 스스로 함을 이름.} 이라는 것이어."
하고 윤은 점잔을 뺀다.

"물은 내가 다 먹었소."
하고 강이 나 앉는다.

무명

171

"멸치는 댁이 다 먹었으니, 우리는 물로나 배를 채워야 아니하오? 멸치도 혼자 다 먹고 물도 혼자 다 먹었으면 속이 시원하겠소?"

정은 아무 말도 아니하였다. 그러나 목이 말라 죽을 지경인 모양이었다. 그는 누웠다 앉았다 도무지 자리를 잡지 못하였다. 그가 가끔 일어나서 철창으로 복도를 바라보는 것은 간병부더러 물을 청하려는 것인 듯하였다. 그러나 간병부는 어디 갔는지 좀체로 보이지 아니하였고, 그 동안에 간수와 부장이 두어 번 지나갔으나, 차마 물 달라는 말은 나오지 않는 모양이었다. 그 동안이 퍽 오래 지난 것 같았다. 이때에 키 작은 간병부가 왔다. 정은 주전자를 들고 일어나서 창으로 마주 가며,

"하꾸고상, 여기 물 좀 주세요. 도무지 무엇을 먹지를 못하니깐 두루 헛헛증이 나고, 목이 말라서. 물이 한 방울도 없구먼요."
하고 얼굴 전체가 웃음이 되어 아첨하는 빛을 보인다.

"여기를 어딘 줄 아슈! 감옥살이를 일 년이나 해도 감옥서 규칙도 몰라? 저녁때 아니고 무슨 물이 있단 말이오?"

백 호는 이렇게 웃어 버린다. 정은 주전자를 높이 들어 흔들며,

"그러니까 청이지요. 목마른 사람에게 물 한 잔 주는 것도 급수 공덕이라는 말을 못 들으셨어요? 한 잔만 주세요. 수통에서 얼른 길어오면 안 되오?"

"그렇게 배도 곯아 보고, 목도 좀 말라 보아야 합니다. 남의 돈 공으로 먹으려다가 붙들려 왔으면 그만한 고생도 안 해?"
하고 말하다가 간수 오는 것을 봄인지, 간병부는 얼른 가 버리고 만다. 정은 머쓱해서 주전자를 방바닥에 놓고 자리에 와 앉는다. 옆방 장질부사 환자의

간호를 하고 있는 키 큰 간병부가 통행 금지하는 줄 저편에서 고개를 갸웃하여 우리들이 있는 방을 들여다보며,

"정주사, 물 좀 줄까? 얼음 냉수 좀 줄까?"

하고 환자 머리 식히는 얼음주머니에 넣던 얼음 조각을 한 줌 들어 보인다. 정은 벌떡 일어나서 창 밑으로 가며,

"규고상, 그거 한 덩이만 던져 주슈."

하고 손을 내민다.

"이건 왜 이래? 장질부사 무섭지 않어? 내 손에 장질부사 균이 득시글득시글 한다나."

"아따, 그 소독물에 좀 씻어서 한 덩어리만 던져 주세요. 아주 목이 타는 것 같구려. 그렇잖으면 이 주전자에다가 물 한 국이만 넣어 주세요. 아주 가슴에 불이 인다니깐."

"아까 들으니까 멸치를 혼자 자시는 모양입디다그려. 그걸 그냥 새겨야지 물을 먹으면 다 오줌으로 나가지 않우? 그냥 새겨야 얼굴이 반드르해진단 말야."

그리고 키 큰 간병부는 새끼손가락만한 얼음 한 덩이를 정을 향하고 집어던졌으나 그것이 하필 쇠창살에 맞고 복도에 떨어져 버리고 말았다.

그리고는 키 큰 간병부는 얼음 주머니를 가지고 방으로 들어가 버렸다.

정은 제자리에 돌아와 고개를 숙이고 앉았다.

"소금을 자슈. 체한 데는 소금을 먹어야 하는 게야."

이것은 강의 처방이었다. 정은 원망스러운 듯이 강을 한 번 힐끔 돌아보고는 입맛을 다셨다.

"저 타구에 물이 좀 있지 않어? 양칫물은 남의 세 갑절 쓰지? 그게 저 타구에 있지 않어? 그거라도 마시지."

이것은 윤의 말이었다.

"아까 짠것을 너무 자십디다. 속도 좋지 않은 이가 그렇게 자시고 무사할리가 있소?"

하고 민이 자기 머리맡에 놓았던 반쯤 남은 우윳병을 정에게 주었다.

"이거라도 자셔 보슈."

"고맙습니다. 그저 병환이 하루 바삐 나으시고 무죄가 되어서 나갑소사."

하고 정은 정말 합장하여 민에게 절을 하고 나서 그 우유병을 단숨에 들이켰다.

"사람들이 그래서는 못쓰는 것이오. 남을 위할 줄을 알아야 쓰는 게지. 남을 괴롭게 하고 비웃고 하면 천벌을 받는 법이오. 하느님이 다 내려다보시고 계시거든!"

정은 이렇게 한바탕 설교를 하고 다시는 물 얻어먹을 생각도 못하고 누워버리고 말았다.

"당신이 사람은 아니오. 너무 처먹어서 목이 갈한 데다가 또 우유를 먹으면 어떡하자는 말이오? 흥, 뱃속에서 야단이 나겠수. 탐욕이 많으면 그런 법입니다. 저 먹을 만큼만 먹으면 배탈이 왜 난단 말이오? 그저 이건 들여라 들여라니 당신 그러다가는 장위가 아주 결딴이 나서 나중엔 미음도 못 먹게 되오! 알긴 경치게 많이 알면서 왜 제 몸 돌아볼 줄만은 몰라? 그리고는 남더러 천벌을 받는다고. 인제 오늘 밤중쯤 되면 당신이야말로 천벌 받는 것을 내가 볼걸."

강은 이렇게 빈정대었다.

이러는 동안에 또 저녁 먹을 때가 되었다. 저녁 한 때만은 사식을 먹는 정은 분명히 저녁을 굶어야 옳을 것이언만, 받아놓고 보니 하얀 밥과 섭산적과 자반 고등어와 쇠꼬리 국과를 그냥 내어놓을 수 없는 모양이었다.

"저녁을랑 좀 적게 자시지요?"

하는 내 말에 정은,

"내가 점심에 무얼 먹었다고 그러십니까? 왜 다들 나를 철없는 어린애로 아슈?"

하고 화를 내었다.

정은 저녁 차입을 다 먹고 점심에 남겼던 멸치도 다 핥아먹고, 그렇게도 그립던 물을 세 보시기나 벌컥벌컥 마셨다.

'시우신(취침)' 하는 소리에 우리들은 다 자리에 누워서 잠을 기다리고 있었다. 정은 대단히 속이 거북한 모양이어서 두어 번이나 소금을 먹고는 물을 마셨다. 그리고도 내 약봉지에 남은 소화약을 세 봉지나 달래서 다 먹었다.

옆방에 옮아온 장질부사 환자는 연해 앓은 소리와 헛소리를 하고 있었다. 집으로 보내달라고 소리를 지르고 아주머니 아주머니 하고 목을 놓아 울기도 하였다. 이 젊은 장질부사 환자의 앓는 소리에 자극이 되어서 좀체로 잠이 들지 아니하였다. 내 곁에 누운 간병부는 그 환자에 대하여 내 귀에 대고 이렇게 설명하였다.

"저 사람이 ○전 출신이라는데, 지금 스물일곱 살이래요. 황금정에 가게를 내고 장사를 하다가 그만 밑져서 화재 보험을 타 먹을 양으로 불을 놓았다나요. 그래 검사한테 십 년 구형을 받았대요. 십 년 구형을 받고는 법정에서 졸도를 했다고요. 의사의 말이 살기가 어렵다는 걸요. 집엔 부모도 없고, 형수 손에 길리웠다고요. 그래서 저렇게 아주머니만 찾아요. 사람은 괜찮은데 어쩌다가 나 모양으로 불 놓을 생각이 났는지."

장질부사 환자는 여전히 아주머니를 찾고 있었다.

정은 밤에 세 번이나 일어나서 토하였다. 방 안에는 멸치 비린내 나는 시큼한 냄새가 가득 찼다. 윤과 강은 이거 어디 살겠느냐고 정에게 핀잔을 주었으나 정은 대꾸할 기운도 없는 모양인지 토하는 일이 끝나고는 배멀미하는 사람 모양으로 비틀비틀 제자리에 돌아와 쓰러져 버렸다. 이것이 빌미가 되어서 정은 이틀이나 사흘 만에 한 번씩 토하는 증세가 생겼는데, 그래도 정은 여전히 끼니때마다 두 사람 먹을 것을 먹었고, 그러면서도 토할 때에 간수한테 들키면 아무것도 먹은 것은 없는데 저절로 뱃속에 물이 생겨서 이렇게 토하노라고 변명을 하였다. 그리고는 우리들을 향하여서도,

"글쎄, 조화 아니야요? 아무것도 먹은 것이 없는데 이렇게 물이 한 타구씩 배에 고인단 말이야요. 나를 이주일만 놓아주면 약을 먹어서 단박에 고칠 수 있건마는."

이렇게 아무도 믿지 아니하는 소리를 지껄이는 것이었다.

민의 모양이 시간시간 글러지는 양이 눈에 띄었다. 요새 며칠째는 윤이 아무리 긁적거려도 한 마디의 대꾸도 아니하였고, 똥통에서 내려오다가도 두어 번이나 뒹굴었다. 그는 눈알도 굴리지 못하는 것 같고 입도 다물 기운이 없는 것 같았다. 우리는 밤에 자다가도 가끔 그가 숨이 남았나 하고 고개를 쳐들어

바라보게 되었다. 그래도 어떤 때에는 흰밥이 먹고 싶다고 한 숟가락을 얻어서 입에 물고 어물어물하다가 도로 뱉으며,

"인제는 밥도 무슨 맛인지 모르겠어. 배갈이나 한 잔 먹으면 어떨지?"
하고 심히 비감한 빛을 보였다. 민은 하루에 미음 두어 숟갈, 물 두어 모금만으로 목숨을 부지하고 있었다. 하루는 의무과장이 와서 진찰을 하고 복막에서 고름을 빼어 보고 나가더니, 이삼 일 지나서 취침 시간이 지난 뒤에 보석이 되어 나갔다. 그래도 집으로 나간단 말이 기뻐서, 그는 벙글벙글 웃으면서 보통이를 들고 비틀비틀 걸어 나갔다.

"흥, 저거 인제 나가는 길로 뒈지네."
하고 윤이 코웃음을 하였다. 얼마 있다가 민을 부축하고 나갔던 간병부가 들어와서,

"곧잘 걸어요. 곧잘 걸어나가요. 펄펄 날뛰던데!"
하고 웃었다.

"나도 보석이나 나갔으면 살아날 텐데."
하고 정이 통통 부은 얼굴에 싱글싱글 웃으면서 입맛을 다셨다.

"내가 무어라고 했어? 코끝이 고렇게 빨개지고는 못 산다닝게. 그리고 성미가 고 따위로 생겨먹고 병이 낫거디? 의사가 하라는 건 죽어라 하고 안 하거든. 약을 먹으라니 약을 처먹나. 그건 무가내닝게."

윤은 이런 소리를 하였다.

"흥, 똥 묻은 개가 겨 묻은 개 흉 본다. 댁이 누구 흉을 보아? 밤낮 똥질을 하면서도 자꾸 처먹고."

이것은 정이 윤을 나무라는 것이었다.

"허허허허. 참 입들이 보배요. 남이 제게 할 소리를 제가 남에게 하고 있다니까. 아아 참."

이것은 강이 정을 보고 하는 소리였다.

민이 보석으로 나가던 날 밤, 내가 한잠을 자고 무슨 소리에 놀라 깨었을 때에, 나는 곁방 장질부사 환자가 방금 운명하는 중임을 깨달았다.

끙끙 소리와 함께 목에 가래 끓는 소리가 고요한 새벽 공기를 울려오는 것이었다. 그 방에 있는 간병부도 잠이 든 모양이어서 앓는 사람의 숨 모으는 소리뿐이요, 도무지 통 인기척이 없었다. 나는 내 곁에서 자는 간병부를 깨워서 이 뜻을 알렸다. 간병부는 간수를 부르고, 간수는 비상경보 하는 벨을 눌러서 간수부장이며 간수장이 달려오고, 얼마 있다가 의사가 달려왔다. 그러나 의사가 주사를 놓고 간 뒤 반 시간이 못하여 장질부사 환자는 마침내 죽어 버렸다.

이튿날 아침에 죽은 청년의 시체가 그 방에서 나가는 것을 우리는 엿보았다. 붕대로 싸맨 얼굴은 아니 보이나 기다란 검은 머리카락이 비죽이 내어민 것이 처량하였다. 그는 머리를 무척 아낀 모양이어서 감옥에 들어온 지 여러 달이 되도록 머리를 남겨둔 것이었다. 아직 장가도 아니든 청년이니 머리에 향내 나는 포마드를 발라 산뜻하게 갈라붙이고 면도를 곱게 하고, 얼굴에 파우더를 바르고 나섰을 법도 한 일이었다. 그는 인생 향락의 밑천을 얻을 양으로 장사를 시작하였다가 실패하자 돈에 대한 탐욕은 마침내 제 집에 불을 놓아 화재 보험금을 사기하리라는 생각까지 내게 하였고, 탐욕으로 원인을 하고 이 큰 죄악에서 오는 당연한 결과로 경찰서 유치장을 거쳐 감옥살이를 하다가, 믿지 못할 인생을 끝마감한 것이다. 나는 그가 어느 날 밤에 불을 놓을 결심을 하던 양을 상상하다가, 이왕 죽어 버린 불쌍한 젊은 혼에게 대하여 미안한 생각이 나서, 뒷문으로 나가는 그의 시체를 향하여 합장하고 고개를 숙였다. 그 시체의 뒤에는 그가 헛소리까지 부르던 아주머니가 그 남편과 함께 눈물을 씻으며 소리 없이 따라가는 것이 보였다. 그를 간호하던 키 큰 간병부 말이, 그는 죽기 전 이삼 일 동안은 정신만 들면 예수교식으로 기도를 올렸다고 하며 또 잠꼬대 모양으로 하느님 하느님 하고 부르고 예수의 십자가의 공로로 이 죄인을 용서하여 달라고 중얼거리더라고 한다. 그는 본래 예수교의 가정에서 자라서, 중학교나 전문학교를 다 교회 학교에서 마쳤다고 한다. 생각건대는, 재물이 풍성함으로 사는 것이 아니라는 예수의 말씀이 잘 믿어지지 아니하여 돈에서 세상 영화를 구하려는 데몬의 유혹에 걸렸다가 거진 다 죽게 된 때에야 본심에 돌아간 모양이었다.

이날은 날이 심히 덥고 볕이 잘 나서, 죽은 사람의 방에 있던 돗자리와 매트리스와 이불과 베개를 우리가 일광욕하는 마당에 내어 널었다. 그 베개가 촉촉히 젖은 것은 죽은 사람이 마지막으로 흘린 땀인 모양이었다. 입에다가 가제 마스크를 대고 시체가 있던 방을 치우고 소독하던 키 큰 간병부는 크레졸 물에다가 손과 팔뚝을 뻑뻑 문지르며,

"이런 제에길, 보름 동안이나 잠 못 자고 애쓴 공로가 어디 있나? 팔자가 사나우니깐 내 어머니 임종도 못한 녀석이 엉뚱한 다른 사람의 임종을 다 했지. 허허."

하고 웃었다.

그 청년이 죽어 나간 뒤로부터 며칠 동안 윤이나 정이나 내가 대단히 침울하였다.

윤의 기침은 점점 더하고 열도 오후면 삼십팔도 칠부 가량이나 올라갔다. 그는 기침을 하고는 지리가미에 담을 뱉어서 아무 데나 내어버리고, 열이 올라갈 때면 혼몽해서 잠을 자다가는 깨기만 하면 냉수를 퍼먹었다. 담을 함부로 뱉지 말고 타구에 뱉으라고 정도 말하고 나도 말하였지마는 그는 종시 듣지 아니하고 내 자리 밑에 넣은 지리가미를 제 마음대로 집어다가는 하루에도 사오십 장씩이나 담을 뱉어서 내어 던지고 그가 기침이 나서 누에 모양으로 고개를 내어두르며 캑캑 기침을 할 때에 곁에 누웠던 정이 윤더러 고개를 저쪽으로 돌리고 기침을 하라고 소리를 지르면, 윤은 심사로 더욱 정의 얼굴을 향하고 캑캑거렸다.

"내가 펫병인 줄 아나, 왜? 내 기침은 펫병 기침은 아니어. 내 기침이야 깨끗하지. 당신 왝왝 돌리는 게나 좀 말어. 제발……."
하고 윤은 도리어 정에게 핀잔을 주었다.

정은 마침내 간병부를 보고 윤이 기침이 대단한 것과, 함부로 담을 뱉으니, 그 담에 균이 있나 없나 검사해야 될 것을 주장하였다.

"검사 해 보아, 검사 해 보아. 내가 펫병일 줄 알고? 내가 이래뵈어도 철골이어던. 이게 해수 기침이지 펫병 기침은 아녀."
하고 윤은 정을 흘겨보았다. 그 문제로 해서 그날 온종일 윤과 정은 으르렁거리고 있다가 그 이튿날 아침 진찰 시간에 정은 의사와 간병부가 있는 자리에서, 윤이 기침이 심하고 담을 많이 뱉고 또 아무 데나 함부로 뱉는 것을 말하

여 의사의 주의를 끌고 윤에게 망신을 주었다. 방에 돌아오는 길로 윤은 정을 향하여,

"댁이 나와 무슨 원수야? 댁이 끼니때마다 밥을 속여, 베개를 셋씩이나 베여, 밤마다 토해 이런 소리를 내가 간수 보고 하면 댁이 경칠 줄 몰라? 임자가 그 따위 개도 안 먹을 소갈머리를 가졌으닝게 처먹는 게 살이 안 되는 게여. 속속에서 폭폭 썩어서 똥구멍으로 나갈 게 아가리로 나오는 게야. 댁의 상판때기를 보아요. 누렇게 들뜬 것이, 저러고 안 죽는 법 있어? 누가 여기서 먼저 죽어 나가나 내기 할까?"

하고 대들었다.

담 검사한 결과는 그로부터 사흘 후에 알려졌다. 키 작은 간병부의 말이, 플러스 플러스 열십자가 세 개가 적혔더라고 한다. 윤은 멀거니 간병부와 나를 번갈아 쳐다보며,

"플러스 플러스는 무어고, 열십자 세 개는 무어여?"

하고 근심스럽게 물었다.

"폣병 버러지가 득시글득시글한단 말여."

하고 정이 가로막아 대답을 하였다.

"당신더러 묻는 말 아니여."

하고 정에게 핀잔을 주고 나서, 윤은,

"내 담에 아무 것도 없지라오? 열십자 세 개란 무어여?"

하고 간병부를 쳐다본다.

간병부는 빙그레 웃으며,

"괜찮아요. 담에 무엇이 있는지야 의사가 알지 내가 알아요?"

하고는 가 버리고 말았다.

정이 제 자리를 윤의 자리에서 댓 치나 떨어지게 내 쪽으로 당기어 깔고,

"저 담벼락 쪽으로 바짝 다가서 누워요. 기침할 때에는 담벼락을 향하고, 담을랑 타구에 뱉고. 사람의 말 주릴하게도 안 듣네, 당신 담에 말이오. 폐결핵 균이 말이야, 펫병 벌레가 말이야, 대단히 많단 말이우. 열십자가 하나면 좀 있단 말이고, 열십자가 둘이면 많이 있단 말이고, 열십자가 셋이면 대단히 많이 있단 말이야, 인제 알아 들었수? 그러니깐두루 말이야, 다른 사람 생각을 좀 해서 함부로 담을 뱉지 말란 말이오."

하는 말을 듣고 윤의 얼굴은 해쓱해지며 내게,

"진상 그게 정말인 게요?"

하고 묻는 소리가 떨렸다. 나는,

"내일 의사가 무어라고 말씀하겠지요."

할 뿐이고 그 이상 더 할 말이 없었다. 다 저녁때가 되어서 키 작은 간병부가 와서,

"윤 서방! 전방이오, 전방. 좋겠소. 널찍한 방에 혼자 맡아 가지고 정 서방하고 쌈도 안 하고. 인제 잘 됐지. 어서 짐이나 차려요."

하고, 말하니 윤은 자리에 벌떡 일어나 앉으며, 간병부를 눈 흘겨보면서,

"여보, 그래 댁은 나와 무슨 웬수란 말이오? 내 담을 갖다가 검사를 시키고, 그리고 나를 사람 죽은 방에 혼자 가 있게 해? 날더러 죽으란 말이지? 난 그 방 안 가오. 어디 어떤 놈이 와서 나를 그 방으로 끌어가나 볼라오? 내가 그놈

과 사생결단을 할 터이닝게. 그래 이 따위 입으로 똥싸는 더러운 병자는 가만 두고, 나 같은 말짱한 사람을 그래 사람 죽은 방으로 혼자 가래? 하구고상 나를 사람 죽은 방으로 보내고 그래 댁이 앙화를 안 받을 듯싶소?"

하고 악을 썼다.

"왜 날더러 그러오? 내가 당신을 어디로 보내고 말고 하오? 또 제가 전염병이 있으면 가란 말 없어도 다른 사람 없는 데로 가는 게지, 다른 사람들까지 병을 묻혀 놓으려고? 심사가 그래서는 못 써. 죽을 날이 가깝거든 맘을 좀 착하게 먹어. 이건 무슨 퉁명이야?"

간병부는 이렇게 말하고 코웃음을 웃으며 가 버린다.

간병부가 간 뒤에는 윤은 정에게 원망하는 말을 퍼부었다. 제 담 검사를 정이 주장하였다는 것이다. 그는 정이 죽어 나가는 것을 맹세코 제 눈으로 보겠다고 장담하고, 또 만일 불행히 제가 먼저 죽으면 죽은 귀신이라도 정에게 원수를 갚을 것을 선언하였다. 정은 아무 말도 아니하고 고소한 듯이 싱글벙글 웃기만 하고 있더니,

"흥, 그리마오. 당신이 그런 악한 맘을 가졌으니간두루 그런 악한 병을 앓게 되는 게유. 당신이야말로 민 영감을 그렇게 못 견디게 굴었으니깐 두루 민 영감 죽은 귀신이 지금 와서 원수를 갚는 게야. 흥 내가 왜 죽어? 나는 말짱하게 살아갈걸. 나는 얼마 아니면 공판이야. 공판만 되면 무죄야. 이건 왜 이러오?"

하고 드러누워서 소리를 내어 불경책을 읽기 시작한다.

정은 교회사를 면회하고 『무량수경』을 얻어다가 읽기 시작한 지가 이 주일

이나 되었다. 그는 순 한문 경문의 뜻을 알아볼 만한 학문의 힘이 없는 모양이었으니 이렇게도 토를 달아보고, 저렇게도 토를 달아보면서 그래도 부지런히 읽었고, 가끔 가다가 제가 깨달았다고 하는 구절을 장한 듯이 곁의 사람에게 설명조차 하였다. 그는 곁방에서도 다 들릴 만큼 큰소리로 서당에서 아이들이 글 읽는 모양으로 낭독을 하였고, 취침 시간 후이거나 기상 시간 전이거나 곁에 사람이야 자거나 말거나 제 맘만 내키면 그것을 읽었다. 한번은 지나가던 간수가 소리를 내지 말라고 꾸중할 때에 그는 의기양양하게 자기가 읽는 것은 불경이라고 대답하였다. 그가 때때로 설명하는 것을 들으면 『무량수경』 속에 있는 뜻을 대충은 아는 모양이었으나, 그는 그것을 실행에 옮길 생각은 아니하는 것 같아서 불경을 읽은 지 이주일이 넘어도 남을 위한다는 생각은 조금도 나는 것 같지 아니하였다. 한번은 윤이,

"흥, 그래도 죽어서 좋은 데는 가고 싶어서, 경을 읽기만 하면 되는 줄 알구. 행실을 고쳐야 하는 게여?"
하고 빈정대일 때에 옆에서 강이,

"그러지 마시오. 그 양반 평생 첨으로 좋은 일 하는 게요. 입으로 읽기만 하여도 내생 내내생쯤은 부처님 힘으로 좀 나아지겠지."

이렇게 대꾸를 하였다.

"앗으우. 불경 읽는 사람을 곁에서 그렇게 비방들을 하면 지옥에를 간다고 했어."

이렇게 뽐내고 정은 왕왕 소리를 내어 읽었다. 사람 죽은 방으로 간다는 걱정으로 자못 맘이 편안치 못한 윤이 글 읽는 소리에 더욱 화를 내는 모양이어

서, 몇 번 입을 비쭉비쭉하더니,

"듣기 싫어! 다른 사람 생각도 좀 해야지. 제발 소리 좀 내지 말아요."

하는 것을 정은 들은 체 만 체하고 소리를 더 높여서 몇 줄을 더 읽고는 책을
덮어놓는다. 윤은 누운 대로 고개를 돌려서 내 편을 바라보며,

"진상요, 사람 죽은 방에 처음 들어가자면 그 사람도 죽는 게 아닝게요?"

하고 내 의견을 묻는다.

"사람 안 죽은 아랫목이 어디 있어요? 병원에선 금시에 죽어 나간 침대에
금시에 새 병자가 들어온답니다. 사람이 다 제 명이 있지요. 죽고 싶다고 죽어
지는 것도 아니고, 더 살고 싶다고 살아지는 것도 아니구요. 그렇게 겁을 집어
자시지 말고 맘 편안히 염불이나 하고 누워 계셔요."

나는 이것이 그에게 대하여 내가 말할 수 있는 마지막 기회인 성싶어서, 일
부러 일어나 앉아서 이 말을 하였다. 내가 한 말이 윤의 생각에 어떠한 반향을
일으켰는지 알 수 있기 전에 감방문이 덜컥 열리며,

"쥬고고 뎀보오."

하는 간수의 명령이 내렸다. 간수의 곁에는 키 작은 간병부가 빙글빙글 웃고
서서,

"어서 나와요. 짐 다 가지고 나와요."

하고 소리를 쳤다. 윤은 자리 위에 벌떡 일어나 앉으며,

"단또상(간수님), 제 병이 펫병이 아닝기오. 제가 기침을 하지마는 그 기침
은 깨끗한 기침이닝게……."

하고 되지도 아니한 변명을 하려다가, 마침내 어서 나오라는 호령에 잔뜩 독

이 올라서 발발 떨면서 일호실로 전방을 하고 말았다. 윤이 혼자서 간수와 간병부에게 악담을 하는 소리와 자지러지게 하는 기침소리가 들렸다.

정은,

"에잇, 고것 잘 갔다. 무슨 사람이 고렇게 생겨 먹었는지. 사뭇 독사야 독사. 게다가 다른 사람 생각이란 영 할 줄 모르지. 아무 데나 대고 기침을 하고, 아무 데나 담을 뱉어 버리고, 이거 대소독을 해야지. 수가 있나?"

하고 중얼거리면서 그래도 윤이 덮던 겹이불이 자기 것보다는 빛깔이 좀 새로운 것을 보고 얼른 제 것과 바꾸어 덮는다. 그리고 윤이 쓰던 알루미늄 밥그릇도 제 밥그릇과 포개 놓아서 다른 사람이 먼저 가질 것을 겁내는 빛을 보인다. 강이 물끄러미 이 모양을 보고 앉았다가,

"여보 방까지 소독을 해야 된다면서 앓던 사람의 이불과 식기를 쓰면 어쩔 작정이오? 당신은 남의 허물은 참 용하게 보는데, 윤씨더러 하던 소리를 당신더러 좀 해 보시오그려."

하고 핀잔을 준다.

정은 약간 부끄러운 빛을 보이며,

"이불은 내일 볕에 널고, 식기는 알코올 솜으로 잘 닦아서 소독을 하면 그만이지."

하고 또 고개를 흔들어 가며 소리를 내어서 불경책을 읽기를 시작한다.

정은 아마 불경을 읽는 것으로, 사후에 극락 세계로 가는 것보다도 재판에 무죄 되기를 바라는 모양이었다.

"그러길래 그가 징역 일 년 반의 선고를 받고 와서는 불경을 읽는 것이 훨

씬 덜 부지런하였고, 그래도 아주 불경 읽기를 그만두지 아니하는 것은 공소 공판을 위함인 듯하였다. 그렇게 자기는 무죄라고 장담하였고, 검사와 공범들까지도 자기에게는 동정을 가진다고 몇 번인지 모르게 뇌이고 뇌다가, 유죄 판결을 받고 와서는, 재판장이 야마시다 재판장이 아니고 나카무라인가 하는 변변치 못한 사람인 까닭이라고 단언하였다. 공소에서는 반드시 자기의 무죄가 판명되리라고, 공소의 불리함을 타이르는 간수에게 중언 설명하였다. 그는 수없이 억울하다는 소리를 하였고, 일 년 반 징역이라는 것을 두려워함이 아니라, 자기의 일생의 명예를 위하여 끝까지 법정에서 다투지 아니하면 아니 된다고 비장한 어조로 말하였고, 자기 스스로도 제 말에 감격하는 모양이었다.

얼마 후에 강은 징역 이 년의 판결을 받았다. 정이 강더러 아침 절반으로 공소하기를 권할 때에 강은,

"난 공소 안 할라오. 고등교육까지 받은 녀석이 공갈 취재를 해먹었으니 이 년 징역도 싸지요."

하였고, 그날 밤에 간수가 공소 여부를 물을 때에,

"후꾸자이 시마스, 후꾸자이 시마스(복죄합니다)."

하고 상소권을 포기하였다.

그리고 이튿날 아침에 그는 칠십이 넘은 아버지 어머니 걱정을 하면서, 복역 중에 새 사람이 될 것을 맹세하노라고 말하고 본집으로 가고 말았다.

"자식, 싱겁기는."

하는 것이 정이 강을 보내고 나서 하는 비평이었다. 강이 정의 말에 여러 번

핀잔을 주던 것이 가슴에 맺힌 모양이었다.

강이 상소권을 포기하고 선선히 복죄해 버린 것이 대조가 되어서, 정이 사기 취재를 한 사실이 확실하면서도 무죄를 주장하는 모양이 더욱 보기 흉하였다. 그래서 간수들이나 간병부들이나 정에게 대해서는 분명히 멸시하는 태도를 가지고 있었다. 게다가 정이 보석 청원을 쓴다고 편지 쓰는 방에 간 것을 보고 키 작은 간병부는 우리 방 창 밖에 와 서서,

"남의 것 사기해 먹는 놈들은 모두 염치가 없단 말이야. 땅도 없는 것을 있다고 속여서 계약금을 오천 원이나 받아서 제가 천 원이나 떼어 먹고도 글쎄 일 년 반 징역이 억울하다는구면. 흥, 게다가 또 보석 청원을 한다고……? 저런 것은 검사도 미워하고 형무소에서도 미워해서 다 죽게 되기 전에는 보석을 안 해 주어요."

이런 소리를 하였다. 그 이야기 솜씨와 아첨 잘하는 것으로 간병부들의 환심을 샀던 것조차 잃어버리고, 건강은 갈수록 쇠약하여지는 정의 모양은 심히 외롭고 가엾은 것 같았다.

윤이 전방한 지 아마 이십 일은 지나서 벌써 달리아 철도 거의 지나고 국화꽃이 피기 시작한 어떤 날, 나는 정과 함에 감옥 마당에 운동을 나갔다. 정은 사루마다 바람으로 달음박질을 하고 있었으나, 몸을 움직일 수 없는 나는 모래 위에 엎드려서 거진 다 쇠잔한 채송화꽃을 들여다보며 일광욕을 하고 있었다. 아침저녁은 선들선들하고, 더구나 오늘 아침에는 늦게 핀 코스모스조차 서리를 맞아 아주 후줄근하였건마는 오정을 지난 빛은 따가울 지경이었다. 이때에 "진상!" 하고 부르는 소리가 들렸다. 고개를 들어 돌아보니 일방 창으로

윤의 머리가 쑥 나와 있었다. 그 얼굴은 누르스름하게 부어 올라서 원래 가느다란 눈이 더욱 가늘어졌다. 나는 약간 고개를 끄덕여서 인사를 대신하였으나, 이것도 물론 법에 어그러지는 일이었다. 파수 보는 간수에게 들키면 걱정을 들을 것은 물론이다.

"진상! 저는 꼭 죽게 됐는 게라. 이렇게 얼굴까지 퉁퉁 부었능기라오. 어젯밤 꿈을 꾸닝게 제가 누런 굵은 베로 지은 제복을 입고 굴건을 쓰고 종로로 돌아다니는 꿈을 꾸었지라오. 이게 죽을 꿈이 아닝기오?"
하는 그 목소리는 눈물겹도록 부드러웠다.

그 이튿날이라고 생각한다. 또 나와 정이 운동을 하러 나가 있을 때에 전날과 같이 윤은 창으로 내다보며,

"당숙한테서 돈이 왔는디 달걀을 먹을 겡기오? 우유를 먹을 겡기오? 아무걸 먹어도 도무지 내리지를 않는디."
하고 말하였다.

또 며칠 후에는,

"오늘 의사의 말이 절더러 집안에 부어서 죽은 사람이 없느냐고 묻는다요. 선친이 꼭 나 모양으로 부어서 돌아가셨는디."

이런 말을 하고 아주 절망하는 듯이 한숨을 쉬는 것이 보였다. 그리고 나서 정에게는 들리지 않기를 원하는 듯이 정이 저쪽 편으로 가는 때를 타서,

"염불을 뫼시려면 나무 아미타불이라고만 하면 되능기요?"
하고 물었다. 나는 벌떡 일어나 앉으며 합장하고 약간 고개를 숙이고 나무 아미타불하고 한 번 불러 뫼였다.

윤은 내가 하는 모양으로 합장을 하다가, 정이 앞에 오는 것을 보고 얼른 두 팔을 내려 버리고 말았다. 그리고 다시 정이 먼 곳으로 간 때를 타서,

"진상! 나무 아미타불을 부르면 죽어서 분명히 지옥으로 안 가고 극락세계로 가능기오?"

하고 그 가는 눈을 있는 대로 크게 떠서 나를 바라보았다. 나는 생전에 이렇게 중대한, 이렇게 책임 무거운 질문을 받아 본 일이 없었다. 기실 나 자신도 이 문제에 대하여 확실히 대답할 만한 자신이 없었건마는 이 경우에는 나는 비록 거짓말이 되더라도, 나 자신이 지옥으로 들어갈 죄인이 되더라도 주저할 수는 없었다. 나는 힘있게 고개를 서너 번 끄덕끄덕 한 뒤에,

"정성으로 염불을 하세요. 부처님의 말씀이 거짓말 될 리가 있겠습니까?"

하고 내가 듣기에도 엄청나게 큰 목소리로 엄청나게 결정적으로 대답을 하였다.

윤은 수없이 고개를 끄덕끄덕하고 나를 향하여 크게 한 번 허리를 구부리고는 창에서 사라져 버리고 말았다.

이 일이 있은 뒤에 윤이 우유와 달걀을 주문하는 소리와 또 며칠 후에는 우유도 내리지 아니하니 그만 두라는 소리가 들리고, 이 모양으로 어쩌다가 한마디씩 그가 점점 쇠약하여 가는 것을 표시하는 말소리가 들렸을 뿐이요, 우리가 운동을 나가더라도 그가 창으로 우리를 내다보는 일은 없었다. 간병부의 말을 듣건대 그의 병 증세는 점점 악화하여 근일에는 열이 삼십구도를 넘는다 하고, 의사도 인제는 절망이라고 해서 아마 미구에 보석이 되리라고 하였다.

어느 날 밤, 취침 시간이 지난 뒤에 통통 하고 복도로 사람들 다니는 소리

가 나는 것을 듣고 창을 바라보고 있노라니, 뚱뚱한 부장과 얼굴 검은 간수가 어떤 회색 두루마기 입은 사람과 같이 윤이 있는 일방 문 밖에 서 있고 얼마 아니해서 흰 겹바지 저고리를 갈아입은 윤이 키 큰 간병부의 부축을 받아 나가는 것이 보였다. 키 작은 간병부는 창에 붙어 섰다가 자리에 와 드러누우며,

"그예, 보석으로 나가는군요. 나가더라도 한 달 넘기기가 어려우리라든데요."
하였다.

그 회색 두루마기를 입은 사람이 윤의 당숙 면장일 것은 말할 것도 없다.

"나도 보석이나 나갔으면!"
하고 정은 길게 한숨을 쉬었다.

내가 출옥한 뒤에 석 달이나 지나서 가출옥으로 나온 키 작은 간병부를 만나 들은 바에 의하면, 민도 죽고, 윤도 죽고, 강은 목수 일을 하고 있고, 정은 소화불량이 더욱 심하여진데다가 신장염도 생기고 늑막염도 생겨서 중병 환자로 본감 병감에 가 있는데 도저히 공판정에 나가 볼 가망이 없다고 한다.

'나'는 입감한 지 사흘째 되는 날 병감으로 가게 된다. 그곳에서 과식과 악담으로 세월을 보내는 사기범 '윤'과, 마름 노릇을 하던 방화범 '민' 노인을 만난다. '윤'은 방화범 '민'에게 습관적으로 악담을 늘어놓지만, '민'은 들은 체도 하지 않는다.

'윤'과 '민'은 나에게 들어오는 사식을 조금이라도 더 먹으려고 서로 싸운다. 그래서 나는 사식을 끊는 것으로 두 사람의 감정을 완화시키려고 한다. 하지만 별로 말이 없던 '민'도 내가 사식을 중지한 뒤로는 '윤'에게 질세라 드러내놓고 악담을 퍼붓는다. 그러던 어느 날, '민'이 윗방에 따로 수감되고 이번에는 '정'이라는 평안도 출신의 사기범이 들어오는데, 그 전부터 감정이 좋지 않았던 '윤'과 '정'은 쉴 새 없이 다툰다.

그러다가 장질부사 환자가 들어오게 되면서 우리는 윗방으로 옮기게 되어, 다시 '민'과 공갈 취재범으로 들어온 '강'을 만난다. '윤'과 '정'은 성격이 괄괄하고 고등교육을 받아 아는 것이 많은 '강'에게 금세 기가 죽고 만다. 몸이 더욱 쇠약해진 '민'은 병보석으로 풀려나고, 옆방에서는 장질부사를 앓던 청년 하나가 죽어 나간다. 폐병으로 판정된 '윤'은 죽은 사람의 방으로 옮겨지는데, 그러다가 병세가 더욱 악화되어서 그도 결국 병보석으로 출감한다.

한편, 무죄방면을 바라고 『무량수경』을 얻어다 읽던 '정'은 징역 1년 반을 선고받고, '강'도 징역 2년의 판결을 받는다. 그 후 출옥한 '나'는 '민'과 '윤'이 죽고, '강'은 목수 일을 하고, '정'은 병이 악화되어 공판정에 설 가망이 없다는 소식을 듣게 된다.

이광수

「무명」은 이광수가 1939년 1월 《문장》 창간호에 발표한 단편 소설입니다. 우선 이야기의 배경이 감옥이라, 작중 인물들 역시 갖가지 죄를 짓고 들어온 죄수들이지요. 여기에는 작중 인물들(죄수들)이 아주 많이 등장합니다. 각각 지은 죄가 다른 만큼 좁은 감방에서 보여주는 그들은 성격이나 태도도 굉장히 다양하지요. 극한 상황 속에 처한 인간의 욕망과 그로 인한 갈등을 적나라하게 묘사한 거지요.

인간에게는 이성과 감정이 있는데, 이 두 가지가 잘 조화되어야 정상적인 인간이라고 할 수 있습니다. 특히 인간이 여타 동물들과 다른 점은 생각할 수 있다는 것이지요. 그런데 인간이 살아가는 기본적인 조건이 제한된다는 것은 고상한 생각이나 고민을 못하는 것은 그만두더라도 생리적인 욕구조차도 억압된다는 걸 뜻합니다. 이런 극한 상황에서 인간들은 어떤 모습을 보일까요? 어떠한 체면이나 겉치레도 다 벗어버리고 오로지 살아남기 위해 버둥거리게 될 겁니다.

여기에서 '감옥'이라는 공간이 바로 그런 극한 상황을 암시한다고 할 수 있죠. 이곳은 먹는 것, 입는 것, 자는 것, 움직이는 것, 이 모두가 극도로 억압된 극한 상황입니다. 이 이야기는 바로 이런 상황에 처한 인간들의 심리를 자세하게 그리고 있습니다. 특히, 이 작품에서 설정되고 있는 '감옥'은 일반 감옥도 아니고, 병든 죄수들이 가는 '병감'입니다. 상황은 최악이라고 할 수 있지요.

이야기는 '나'라는 인물이 이곳에서 살아가는 작중 인물들을 관찰하는 형식으로 전개됩니다. '나'는 이곳 병감에서 '윤', '민', '정', '강'과 같은 사람들을 만나지요. 그리고 감옥 생활과 감방에서 만난 그들을 관찰하며 이야기를 해 나가고 있지요. 그래서 이 소설에서 주인공은 '나'라기보다는 오히려 '나'가 관찰하는 여러 죄수들, '윤'이나 '민' 그리고 '정'과 '강' 같은 사람들이라 할 수 있어요.

이들은 그들의 죄목들이 다르듯이 각각의 독특한 성격을 보여줍니다. 특히 감옥 생활이라는 한계 상황에서 그들의 성격은 극명하게 드러나죠. 사람이 살아가는 데 최악의 조건이라고 할 수 있는 이곳에서 그들은 인간 내면에 깔린 어둡고 추악한 모습들을 적나라하게 보여주죠. 우리는 우리 마음속에 있는 사악함이나, 이기심, 탐욕 등을 이들의 생활에서 엿볼 수 있어요.

먼저 '민'과 '윤'이란 인물을 들여다볼까요? 그들은 서로 대조적인 성격을 가지고 있어요. '민'은 방화죄로 이곳에 들어와 있지요. 그는 소극적이고 방어적인 성격이라, '윤'이 아무리 악담을 퍼부어도 못 들은 체하고 지내지요. 하지만 침착한 모습을 보이면서도 눈에는 독기를 품고 있습니다.

반면에 '윤'은 굉장히 공격적이고 탐욕스런 인물이에요. 그는 줄곧 가만히 있는 '민'에게 몹쓸 말을 지껄이며 싸움을 붙여 보지만 번번이 허탕을 친답니다. 입에 항상 욕지거리를 달고 사는 그는 또 먹는 것에 대한 욕심도 강한 사람이에요. 사식을 먹는 '나'에게 아첨해서 '나'의 사식을 거의 독차지하죠. 병든 몸에 음식을 너무 많이 먹으면 탈이 나는데도 먹는 것에 대한 욕심을 버리지 못합니다. '나'가 그의 건강을 생각해서 사식을 끊자 이내 '나'에게 냉담해져요. 그러다가 '윤'이 친척이 보내준 돈으로 잠시 사식을 먹게 되자, '나'는 내 사식을 '민'에게 조금 나누어줍니다. 후에 '윤'이 다시 사식을 못 먹게 되자 '나'가 남긴 밥을 두고 그들은 심하게 싸우게 돼요. 밥맛을 알아 버린 '민'이 이제 체면을 버리고 본능대로 행동하기 시작한 거지요. '나'는 이런 상황을 해결해 보려고 다시 사식을 중지합니다.

하지만 두 사람은 더욱 내놓고 서로에게 악담을 하며 싸우기 시작하죠. 소설 속에서 '민'과 '윤'이 싸우는 광경은 아주 섬뜩하게 묘사되고 있는데, 특히 '민'의 모습은 더욱 충격적이에요. 하지만 '민'의 성격이 바뀌었다기보다는 배고프고 견디기 힘든 상황이 되자, 그의 마음속에 있는 동물적인 본능이 강하게 드러난 것이라고 보아야 해요. 더럽고 비좁은 공간 안에 갇혀서 먹을 것도 제대로 못 먹는다면 싸움질하고 악다구니를 쓰는 건 자연스러운 일이겠지요.

이 싸움이 있은 뒤 '민'은 윗방으로 옮겨가고, 우리 방에 '윤'이 전부터 알던 '정'이라는 사람이 들어오죠. '윤'은 이 사람에 대해서 아주 나쁘게 보고 있어요. '정'은 사기범으로 들어온 사람인데, 이야기 솜씨가 좋고 아첨을 잘해서 쉽게 사람들의 호감을 얻지요. 그래서 간병부들한테서 먹을 거나 약 같은 것도 정해진 양보다 더 많이 받아 챙긴답니다. 하지만 이 사람 역시 사악하고 비열하기는 '윤'에 못지 않아요. 음식에 대한 욕심도 마찬가지고요. 그래서 그들은 서로의 약점을 헐뜯어 가며 쉴새없이 싸운답니다.

그런데 어느 날, '정'은 자신이 먹다 남겨둔 더러운 떡을 선심 쓰며 간병부에게 줬다가 그 사실이 '윤'의 입을 통해 폭로되지요. 그는 처음엔 자신의 치사한 행동이 밝혀지자 어쩔 줄을 몰라하지요. 하지만 곧장 '나'를 증인으로 내세우며 자신이 정말 그런 몹쓸 짓을 했다면 마른하늘에 벼락을 맞을 거라고 거짓 맹세를 합니다. '정'의 더럽고 간사한 짓을 다 알고 있는 '나'는 그야말로 기가 막히죠. '나'는 천연덕스럽게 거짓말을 해대는 그를 보며, 사람의 마음이란 헤아릴 수 없이 무서운 것이구나 하고 깨닫게 되지요. 이 사건으로 그들 사이는 더욱 나빠집니다.

이런 상황에서 우리는 다른 방으로 옮기게 되고 그곳에서 더욱 건강이 나빠져 해골 같은 모습을 하고 있는 '민'을 만나게 됩니다. 또 '강'이라는 인물을 만나게 되는데, '강'은 공갈 취재범으로 들어와 있는 죄수였어요. 신문기자였던 그는 괄괄한 성격에 비위에 거슬리는 일을 참지 못하는 성격이라서 늘 다투는 '윤'과 '정'을 몰아세웁니다. 하지만 '윤'과 '정'은 전문학교까지 졸업해서 지식이 많은 '강' 앞에서는 꼼짝도 못하죠.

이러는 동안, '윤'은 폐병에 걸려 다른 방으로 옮겨지고요. 그렇게도 이기적이고 악하게 보이던 그도 갈수록 병세가 심해져서, 몸뿐만 아니라 마음도 많이 약해집니다. 자신이 곧 죽을 것임을 예감하고 종교에 귀의하지요. 한편, '정'도 『무량수경』을 읽으며 자기가 무죄로 풀려나길 바랍니다. 하지만 그는 불경을 읽으면서도 그의 이기적인 마음이 전혀 바뀌지 않고 여전히 악랄한 심성과 탐욕을 드러내지요.

이처럼 이 작품은 극한 상황에 다다른 사람들이 얼마나 추악하게 변해 가는가 하는 점을 세밀하게 묘사하고 있습니다. 이들이 아귀다툼을 벌이는 공간은 그야말로 먹고 · 자고 · 말하고 · 움직이는 것이 자유롭지 못한 곳이죠. 인간이 살아가는 데 이런 최소한의 자유가 억압된다면 그곳은 지옥과 다름없을 거예요. 이런 곳에서 살아남기 위해서 그들은 그토록 서로 싸우고, 욕심부리고, 거짓말을 했던 거죠. 여기에서 우리는 다시 한 번 우리가 누리는 자유의 소중함을 생각할 수 있을 거예요.

이 소설은 이렇게 각각의 인물들이 지니는 자기만의 독특한 성격을 잘 보여주고 있어요. 그들은 자신들이 지닌 죄목만큼이나 성격도 다르고, 삶의 태도도 다양하게 보여주고 있죠. 특히, 윤 · 민 · 정, 이 세 사람이 보여주는 비뚤어진 성격과 탐욕, 분노로 빚어지는 암투와 시기, 아첨, 자기과시, 거짓말 등이 빚는 사건 전개가 이 작품의 중심을 이루고 있습니다. 이러한 그들의 탐욕과 분노는 바로 그들이 지닌 무지

이광수

無知에서 나온 것이라 할 수 있겠죠.

이것이 바로 작품 「무명無明」의 배경이에요. 제목 '무명'은 말 그대로 '밝지 않다', '사람이 살아가는 데 알아야 할 도리에 어둡다'는 뜻으로 생각해 볼 수 있습니다. 불교적인 의미에서는 속세에 물들어 불교의 진리를 깨닫지 못한 상태를 뜻합니다. 즉, 작중 인물들에게 생기는 갈등과 고통들은 모두 그들의 마음속에 그 원인이 있다는 거예요. 그래서 불교에서는 인생을 고해苦海라 말하지요. 작중 인물들을 보면, 인간이 살아가는 모습이 고통의 바다라는 말이 이해가 됩니다.

이 작품 곳곳에는 불교적인 색채가 많이 보이고 있어요. 교활한 '윤'은 폐병으로 독방에 옮겨진 후 불교를 믿고 불경을 외우지요. 그리고 삐뚤어진 성격을 가진 '정'도 자신의 무죄를 확신하면서 불경을 읽지요. 또한 아침에 감옥에 들려오는 목탁 소리는 조그마한 감옥에서 자신의 욕심을 채우기 위해 아옹다옹하는 인간들의 모습과 크게 대비를 이룹니다. 결국 「무명」은 '감옥'이라는 극한 상황에 놓인 인간들이 보여주는 동물적인 본능과 갈등을 불교의 관점에서 보여주는 계몽적인 작품인 것입니다.

① 이 작품에서 '감옥'이라는 공간적 배경은 인간의 어떠한 상태를 암시하는 공간인지 생각해 봅시다.

② 이 작품에서 나타난 등장 인물의 성격을 통해서 삶을 살아가는 여러 가지 성격의 인간 유형을 생각해 봅시다.

③ 이 작품에서 불교 사상이 하고 있는 역할은 무엇일까요?

④ 작중 인물들이 불교에 귀의하게 되는 동기에 대해 이야기해 봅시다.

⑤ '무명'이란 제목에서 엿볼 수 있는 의미를 말해 봅시다.

발단	'나'는 병감으로 옮겨져서 사기범 '윤'과 방화범 '민'을 만남.	
전개	'나'의 사식을 가지고 '민'과 '윤'이 싸움, '민'이 윗방으로 옮김.	
위기	'윤'은 새로 들어온 사기범 '정'과 싸움, 다시 '민'과 새 인물 '강'을 만남.	
절정	'민'은 병보석으로 풀려나고, 폐병으로 판정 난 '윤'은 종교에 귀의, 병보석으로 출감하며, '정'과 '강'도 각각 징역 판결을 받음.	
결말	'나'는 출옥 후 가출옥으로 나온 간병부에게서 '민'·'윤'·'강'·'정'의 소식을 들음.	

갈래	단편소설
배경	감옥(서울 서대문 형무소)
주제	감옥이라는 극한 공간에서 드러나는 인간의 욕망과 무명無明에 대한 깨달음.
시점	1인칭 관찰자 시점
구성	순행적 구성
문체	만연체

나	관찰자의 위치에 있는 화자로, 성격적인 변화를 보이지 않는다. 평면적 인물.
민	방화범으로 소극적이고 방어적인 인물. 하지만 '윤'과 사식 문제로 다투면서 그도 '윤' 못지 않게 악담을 퍼부으며 반항적인 성격을 엿보이기도 한다. 결국엔 병보석으로 출감하지만 죽는다.
윤	토지 불법 저당 사건의 공문서·사문서 위조용 도장을 파준 혐의로 수감된 사람으로, 교활한 성격을 가지고 있음. 매우 공격적이고 탐욕스런 인물. 폐병에 걸려 독방으로 옮겨진 후에 불교에 귀의하는 입체적 인물.

이광수

작중인물의 성격

정 사기범으로 '윤' 못지 않게 식탐이 강하고 공격적인 인물. 아는 것이 많고 또 이야기를 잘 하는 탓에, 간병부들의 환심을 사서 음식이나 약을 가외로 더 얻어내기도 함. 자신의 무죄를 확신하며 불경을 읽기도 하지만, 끝내 중병으로 공판정에 나서지 못함.

강 고등교육을 받은 기자 출신으로 공갈 취재범. 자존심이 강하고 비위에 거슬리는 것을 참지 못하는 성미가 괄괄한 인물. 징역 2년의 판결에 항소를 포기하고 죄값을 달게 받기로 결정함.

국어 공부를 위한 제안

이상! 이상 같이 만수 올리장

1. 내 인생에 후회는 없다! 나중에 후회하지 말고 철저한 준비를!

2. 초치기, 벼락치기는 금물! 내 머리의 용량에는 한계가 있다는 것을 인정하고, 한꺼번에 많은 것을 입력하려 하지 마세요. 평소에 꾸준히 하고 시험 때는 가벼운 마음으로 복습만!

3. 수·우·미·양·가! 원하는 목표 점수를 정하라! 설마 양가집 규수가 되고 싶지는 않겠죠?(@.@)

4. 사생활은 없어! 시험 시간표가 발표되면 그때는 친구도, 애인도 No! 공부할 시간표를 작성해 두고 아름다운 나의 미래를 위해 사생활은 미뤄둘 것!

5. 밑줄 쫙~에 정답이! 학교 시험 문제는 누가 내죠? 당근, 선생님! 수업 시간에 유독 강조하셨던 내용을 표시해 두고 잘 이해합니다.

6. 단순해져야 합니다. 수업 시간엔 공부만! 문자 메시지 보내랴, 친구와 잡담하랴, 원빈 사진 보랴……, 한 가지라도 제대로 할 것!

7. 원칙만이 살 길이다! 각 단원의 내용을 이해하고, 중요한 문구는 암기하며, 한자는 직접 써보는 게 중요합니다.

8. 나는 연기파! 연습은 실전처럼, 실전은 연습처럼 합니다. 문제지를 풀 때는 실제 시험 분위기처럼 만들어서 시간을 정해 놓고 풀어 봅니다.

9. 두 번 실패는 없다! 문제지로 깔끔한 마무리를 하고 나서는 틀린 문제를 꼭 확인합니다.

이광수

오발탄

이범선 李範宣

아들 구실. 남편 구실. 애비 구실. 형 구실. 오빠 구실. 또 계리사 사무실 서기 구실. 해야 할 구실 이 너무 많구나. 너무 많구나. 그래 난 네 말대로 아마도 조물주의 오발탄인지도 모른다. 정말 갈 곳을 알 수가 없다. 그런데 지금 나는 어디건 가긴 가야 한다.

이범선은 1920년 평안남도 신안주에서 유복한 대지
주의 아들로 태어났습니다. 평양에서 은행원으로 근
무하다가 해방 이후에 월남해 동국대 국문학과를 졸
업했습니다.

그가 문단에 첫발을 내디딘 것은, 1955년 《현대
문학》에 단편 「암표」와 「일요일」이 김동리의 추천을
받아 실리면서입니다. 「갈매기」로 제4회 현대문학
신인문학상을 수상하고, 단편 「오발탄」으로 제5회
동인문학상을, 1970년에는 「청대문靑大門집 개」로
제5회 월탄문학상을 수상했습니다. 그는 대광大光·
숙명淑明·휘문徽文 등 중·고등학교에서 교사로 근
무했고, 1960년에는 한국외국어대학교 전임 강사,
1977년에는 교수가 되었습니다. 1981년에 한양대학
교 문과대학장을 역임한 뒤 이듬해 3월 13일에 뇌일
혈로 별세했습니다.

이 밖에도 한국문인협회 이사, 한국소설가협회
부대표위원에 선임되었고, 한국문인협희 부이사장
을 역임했습니다. 창작집으로 「학마을 사람들」·「오
발탄」·「피해자」·「분수령」 등이 있습니다.

'오발탄' 이라는 유행어가 나돌 정도
로 사회적 공감을 자아낸 작품 「오
발탄」을 통해 이범선은 전후작가로
두각을 나타낸다
(1920~1982)

문학사적 위치

이범선의 소설은 처음엔 「갈매기」나 「학마을 사람들」처럼 순수하고 향토적인 인간의 정서를 시적인 문체로 형상화하는 데 성공했습니다. 이후, 점차 사회와 현실에 대해 비판적 입장을 지닌 인물이 등장해 현실 고발 문학의 참다운 양식을 보여줍니다. 흔히 그의 문학세계를 전후문학의 일반적인 성격과 동일한 선상에서 생각하기도 하는데요, 그 중심에는 비극적 현실에 대한 인식이 놓여져 있다고 볼 수 있지요.

그가 다루고 있는 소시민은 주인공들의 패배와 좌절을 현실과의 관계 속에서 외부로 확산시키지 못한 채 스스로에게 갇히고 마는 한계를 가지는 데 이같은 과정 속에서 좌절의 체험이 소시민의 태도로 형성되게 되는 것이죠. 또한 문장과 구성에서 빈틈이 없고, 토착적인 정서를 담으면서도 현실에 대한 성찰과 비판도 아울러 했지요. 그는 전후 우리 사회를 고발하면서도 그 속에 서민적인 우리 생활상을 놓치지 않았던 작가 중의 한 사람입니다. 주요 작품으로는 「달팽이」·「오발탄」·「청대문집 개」·「학마을 사람들」·「당원의 미소」·「동트는 하늘 밑에서」·「검은 해협」 등이 있습니다.

월탄문학상을 수상하며

이범선

「오발탄」은 전후 한국 사회의 빈곤함과 부조리를 고발했다는 점에서 상당한 문제작으로 꼽히고 있는 작품입니다.

이 작품에는 6·25전쟁 후의 불안한 사회 현실에서 삶을 이어가는 소시민들의 비극적 생활이 잘 드러나 있습니다. 주인공인 철호 일가의 비극적인 삶과 그 파멸은 실제로 눈앞에서 일어나는 것처럼 생생하게 묘사되어 있습니다. 당시 6·25전쟁 이후 우리 사회를 지배한 것은 암울하고 고통스러운 현실과 지킬 가치가 있는 것들을 너무 많이 잃어버렸기에 생긴 절망이었습니다.

이러한 시대 상황에 대해서 「오발탄」은 전쟁으로 인해 정신적 방향 감각을 상실한 인간, 마치 오발탄과 같은 패배한 삶을 살아가는 인간, 어떻게든 답답한 현실에서 벗어나고자 하지만 끝내는 더 견디기 힘든 곳으로 전락하는 인간들의 모습을 '철호'의 시선과 감정에 따라 충격적으로 등장시키고 있는 것이죠. 특히 3인칭 화자의 냉정한 거리 두기와 건조체의 짧은 문장은 어둡고 텅 빈 세계를 섬뜩할 정도로 또렷하게 떠올리게끔 합니다. 이 작품은 내용과 형식면에서 완벽한 조화를 이룬 작품으로 평가됩니다.

계리사計理士 _{공인회계사의 옛 이름.} 사무실 서기 송철호宋哲浩는 여섯 시가 넘도록 사무실 한구석 자기 자리에 멍청하니 앉아 있었다. 무슨 미진한 사무가 있는 것도 아니었다. 장부는 벌써 접어치운 지 오래고 그야말로 멍청하니 그저 앉아 있는 것이었다. 딴 친구들은 눈으로 시계 바늘을 밀어 올리다시피 다섯 시를 기다려 후닥닥 나가 버렸다. 그런데 점심도 못 먹은 철호는 허기가 나서만이 아니라 갈 데도 없었다.

"송 선생님은 안 나가세요?"

이제 청소를 해야 할 테니 그만 나가 달라는 투의 사환애의 말에 철호는 다 낡아빠진 해군 작업복 저고리 호주머니에 깊숙이 찌르고 있던 두 손을 빼내어서 무겁게 책상 위에 올려놓았다.

"나가야지."

하품 같은 대답이었다.

사환애는 저쪽 구석에서부터 비질을 하기 시작하였다. 먼지가 사정없이 철호의 얼굴로 몰려왔다.

철호는 어슬렁 일어났다. 이쪽 모서리 창가로 갔다. 바께쓰의 물을 대야에 따랐다. 두 손을 끝에서부터 가만히 담갔다. 아직 이른봄이라 물이 꽤 손끝에 시렸다. 철호는 물 속에 잠긴 두 손을 물끄러미 내려다보고 있었다.

펜대에 시달린 오른손 장지 첫 마디에 콩알만한 못이 박혔다. 그 못에서 파란 명주실 같은 것이 사르르 물 속으로 풀려났다. 잉크. 그것은 잠시 대야 밑바닥을 기다 말고 사뿐히 위로 떠올라 안개처럼 연하게 피어서 사방으로 번져 나갔다. 손가락 끝을 중심으로 하고 그 색의 농도가 점점 연해져 갔다. 맑게 갠 가을 하늘 색으로 대야 가장자리까지 번져 나간 그것은 다시 중심의 손끝을 향해 접어들며 약간 진한 파란색으로 달무리처럼 동그란 원을 그렸다.

피! 이건 분명히 피다!

철호는 엉뚱한 생각을 하고 있었다. 슬그머니 물 속에서 손을 빼내었다. 그러자 이번엔 대야 밑바닥의 한 사나이의 얼굴을 보았다. 철호의 눈을 마주 쳐다보는 그 사나이는 얼굴의 온 근육을 이상스레 히물히물 움직이며 입을 비죽거려 웃고 있었다.

이마에 길게 흐트러진 머리카락. 그 밑에 우묵하니 팬 두 눈. 깎인 볼. 날카롭게 여윈 턱. 송장처럼 꺼멓고 윤기 없는 얼굴. 그것은 까마득한 원시인原始人의 한 사나이였다.

몽둥이 끝에, 모난 돌을 하나 칡넝쿨로 아무렇게나 잡아매어 들고, 동굴 속에 남겨두고 나온 식구들을 위하여 온종일 숲속을 맨발로 헤매고 다니던 사나이.

곰? 그건 용기가 부족하다.

멧돼지? 힘이 모자란다.

노루? 너무 날쌔어서.

꿩? 그놈은 하늘을 난다.

토끼? 토끼. 그래, 고놈쯤은 꽤 때려잡음직하다. 그런데 그것마저 요즈음은 몫이 잘 돌아오지 않는다. 사냥꾼이 너무 많다. 토끼보다도 더 많다.

그래도 무어든 들고 들어가야 하는 것이다.

사나이는 바위 잔등에 무릎을 꿇고 앉아 냇물에 손을 씻는다. 파란 물 속에 빨간 노을이 잠겼다. 끈적끈적하게 사나이의 손에 묻었던 피가 노을 빛보다 더 진하게 우러난다.

무엇인가 때려잡은 모양이다. 곰? 멧돼지? 노루? 꿩? 토끼?

그런데 사나이가 들고 일어선 것은 그 어느 것도 아니었다. 보기에도 징그러운 내장. 그것이 무슨 짐승의 내장인지는 사나이 자신도 모른다. 사나이는 그 짐승의 머리도 꼬리도 못 보았다. 누군가가 숲속에 끌어내어 버린 것을 주워 오는 것이었다.

철호는 옆에 놓인 비누를 집어들었다. 마구 두 손바닥으로 비볐다. 우구구 까닭 모를 울분이 끓어올랐다.

　　　　　빈 도시락마저 들지 않은 손이 홀가분해 좋긴 하였지만, 해방촌 고개를 추어 오르기에는 뱃속이 너무 허전했다. 산비탈을 도려내고 무질서하게 주워 붙인 판잣집들이었다. 철호는 골목으로 접어들었다. 레이션 _{통조림 형태로 된 미군용 전투식량.} 곽을 뜯어 덮은 처마가 어깨를 스칠 만치 비좁은 골목이었다. 부엌에서들 아무 데나 마구 버린 뜨물이 미끄러운 길에는 구공탄재가 군데군데 헌데 더뎅이처럼 깔렸다.

저만치 골목 막다른 곳에, 누런 시멘트 부대 종이를 흰 실로 얼기설기 문살에 얽어맨 철호네 집 방문이 보였다. 철호는 때에 절어서 마치 가죽끈처럼 된 헝겊이 달린 걸쇠를 잡아당겼다. 손가락이라도 드나들 만치 엉성한 문이면서 찌걱찌걱 집혀서 잘 열리지를 않았다. 아래가 잔뜩 집힌 채 비틀어진 문틈으로 그의 어머니의 소리가 새어나왔다.

"가자! 가자!"

미치면 목소리마저 변하는 모양이었다. 그것은 이미 그의 어머니의 조용하고 부드럽던 그 목소리가 아니고, 쨍쨍하고 간사한 게 어떤 딴 사람의 목소리였다. 문을 열고 들어서는 철호의 얼굴에 걸레 썩는 냄새 같은 것이 확 풍겨왔다. 철호는 문 안에 들어선 채 우두커니 아랫목을 내려다보고 있었다.

중학교 시절에 박물관에서 미라를 본 일이 있었다. 그건 꼭 솜 누더기에 싸 놓은 미라였다. 흰 머리카락은 한 오리도 제대로 놓인 것이 없었다. 그대로 수세미였다. 그 어머니는 벽을 향해 돌아누워서 마치 딸꾹질처럼 어떤 일정한 사이를 두고, 가자 가자 하는 외마디 소리를 지르고 있었다. 그 해골 같은 몸에서 어떻게 그런 쨍쨍한 소리가 나오는지 이상하였다.

철호는 윗방으로 올라가 털썩 벽에 기대어 앉아 버렸다. 가슴에 커다란 납 덩어리를 올려놓은 것 같았다. 정말 엉엉 소리를 내어 울고 싶었다. 눈을 꼭 지리감으며 애써 침을 삼켰다.

두 달 전까지만 해도 철호는 저녁때 일터에서 돌아오면, 어머니야 알아듣건 말건 그래도 어머니 지금 돌아왔습니다 하고 인사를 하곤 하였다. 그러나 요즈음은 그것마저 안하게 되었다. 그저 한참 물끄러미 굽어보고 섰다가 그대로 윗방으로 올라와버리는 것이었다. 컴컴한 구석에 앉아 있던 철호의 아내가 슬그머니 일어섰다. 담요바지 무릎을 한쪽은 까망, 또 한쪽은 회색을 기웠다. 만삭이 되어서 꼭 바가지를 엎어놓은 것 같은 배를 안은 아내는 몽유병자처럼 철호의 앞을 지나 나갔다. 부엌으로 나가는 것이었다. 분명 벙어리는 아닌데 아내는 말이 없었다.

"아버지."

철호는 누가 꼭대기를 쿡 쥐어박기나 한 것처럼 흠칫했다.

바로 옆에 다섯 살 난 딸애가 눈을 동그랗게 뜨고 철호를 쳐다보고 있었다. 철호는 어린것에게로 얼굴을 돌렸다. 웃어 보이려는 철호의 얼굴이 도리어 흉하게 이지러졌다.

"나아, 삼촌이 나이롱 치마 사준댔다."

"응"

"그리구 구두두 사준댔다."

"그러면 나 엄마하고 화신 구경 간다."

"……."

철호는 그저 어린것의 노랗게 뜬 얼굴을 바라보고 있을 뿐이었다. 철호의 헌 셔츠 허리통을 잘라서 위에 끈을 꿰어 스커트로 입은 딸애는 짝짝이 양말

목다리에다 어디서 주운 것인지 가는 고무줄을 끼웠다.

"가자! 가자."

아랫방에서 또 어머니의 그 저주 같은 소리가 들려왔다. 벌써 칠 년을 두고 들어와도 전연 모를 그 어떤 딴사람의 목소리.

철호는 또 눈을 꼭 감았다. 머릿속의 뇟줄이 팽팽해졌다. 두 주먹으로 무엇이건 꽉 때려부수고 싶은 충동에 철호는 어금니를 바숴져라 맞씹었다.

좀 춥기는 해도 철호는 집 안보다 언제나 이렇게 집 뒤 산등성이에 있는 바위 위에 두 무릎을 세워 안고 앉아 하염없이 거리의 등불들을 바라보며 밤 깊기를 기다리는 것이었다. 어느 거리쯤인지 잘 분간할 수 없는 저 밑에서, 술광고 네온사인이 핑그르르 돌고 깜빡 꺼졌다가 또 번득 켜지고 핑그르르 돌고는 깜빡 꺼지고 하였다.

철호는 그저 언제까지나 그렇게 그 네온사인을 지켜보고 있었다.

바위 잔등이 차츰차츰 식어 왔다. 마침내 다 식고 겨우 철호가 깔고 앉은 그 부분에만 약간 온기가 남았다. 이제 조금만 더 있으면 밑이 시려 올 것이다. 그러면 철호는 하는 수 없이 일어서야 하는 것이다. 드디어 철호는 일어섰다. 오래 꾸부려 붙이고 있던 두 다리가 저렸다. 두 손을 작업복 호주머니에 깊숙이 찔렀다. 철호는 밤하늘을 쳐다보았다. 지금까지 바라보던 밤거리보다 더 화려하게 별들이 뿌려져 있었다. 철호는 그 많은 별들 가운데에서 북두칠성을 찾아보았다. 머리를 뒤로 젖혀 하늘을 쳐다보는 채 빙그르르 그 자리에서 돌았다. 거꾸로 달린 물주걱 같은 북두칠성은 쉽사리 찾아낼 수 있었다. 그 북두칠성 앞에 딴 별들보다 좀 크고 빛나는 별. 그건 북극성이었다. 철호는 지금 자기가 서 있는 지점과 북극성을 연결하는 직선을 밤하늘에 길게 그어 보았다. 그리고 그 선을 눈이 닿는 데까지 연장시켰다. 철호는 그렇게 정북正北을 향하여 한참이나 서 있었다. 고향 마을이 눈앞에 떠올랐다. 마을의 좁은 길까지, 아니 그 길에 박혀 있던 돌 하나까지도 선히 볼 수 있었다.

으스스 몸이 떨렸다. 한기寒氣가 전기처럼 발끝에서 튀어 콧구멍으로 빠져나갔다. 철호는 크게 재채기를 하였다. 그리고 또 한번 부르르 몸을 떨며 바위 밑으로 내려왔다.

철호는 천천히 골목 안으로 들어섰다.

"가자!"

철호는 멈칫 섰다. 낮에는 이렇게까지 멀리 들리는 줄 미처 몰랐던 어머니의 그 소리가 골목 어귀에까지 들려왔다.

"가자!"

그러나 언제까지나 그렇게 골목에 서 있을 수도 없는 노릇이었다. 철호는 다시 발을 옮겨 놓았다. 정말 무거운 발걸음이었다. 그건 다리가 저려서만이 아니었다.

"가자!"

철호가 그의 집 쪽으로 걸음을 옮겨 놓을 때마다 그만치 그 소리는 더 크게 들려왔다.

가자는 것이었다. 돌아가자는 것이었다. 고향으로 돌아가자는 것이었다. 옛날로 되돌아가자는 것이었다. 그것은 이렇게 정신이상이 생기기 전부터 철호의 어머니가 입버릇처럼 되풀이하던 말이었다.

삼팔선. 그것은 아무리 자세히 설명을 해 주어도 철호의 늙은 어머니에게 만은 아무 소용없는 일이었다.

"난 모르겠다. 암만해도 난 모르겠다. 삼팔선. 그래 거기에다 하늘에 꾹 닿 도록 담을 쌓았단 말이냐 어쨌단 말이냐. 제 고장으로 간다는데 그래 막을 놈 이 도대체 누구란 말이냐."

죽어도 고향에 돌아가서 죽고 싶다는 철호의 어머니였다. 그러고는,

"이게 어디 사람 사는 게냐. 하루 이틀도 아니고."

하며 한숨과 함께 무릎을 치며 꺼지듯이 풀썩 주저앉곤 하는 것이었다.

그럴 때마다 철호는,

"어머니, 그래도 남한은 이렇게 자유스럽지 않아요?"

하고 남한이니까 이렇게 생명을 부지하고 살 수 있지, 만일 북쪽 고향으로 간 다면 당장에 죽는 것이라고, 자유라는 것이 얼마나 소중한 것인가를 갖은 이 야기를 다 예로 들어가며 어머니에게 타일러 보는 것이었다. 그러나 자유라는 것을 늙은 어머니에게 이해시키기란 삼팔선을 인식시키기보다는 몇백 갑절 더 힘드는 일이었다. 아니 그것은 거의 불가능한 일이라 하겠다. 그래 끝내 철 호는 어머니에게 자유라는 것을 설명하는 일을 단념하고 말았다. 그렇게 되고 보니 철호의 어머니에게는 아들—지지리 고생을 하면서도 고향으로 돌아갈 생각만은 죽어도 하지 않는 철호가 무슨 까닭인지는 몰라도 늙은 에미를 잡으 려고 공연한 고집을 피우고 있는 천하에 고약한 놈으로만 여겨지는 것이었다.

그야 철호에게도 어머니의 심정이 이해되지 않는 것은 아니었다.

무슨 하늘이 알 만치 큰 부자는 아니었지만 그래도 꽤 큰 지주로서 한 마을

의 주인격으로 제법 풍족하게 평생을 살아오던 철호의 어머니 눈에는 아무리 그네가 세상을 모른다고 해도, 산등성이를 악착스레 깎아내고 거기에다 게딱지같은 판잣집을 다닥다닥 붙여 놓은 이 해방촌이 이름 그대로 해방촌解放村일 수는 없는 노릇이었다.

"나두 내 나라를 찾았다는 게 기뻐서 울었다. 엉엉 울었다. 시집올 때 입었던 홍치마를 꺼내 입구 춤을 추었다. 그런데 이 꼴 좋다. 난 싫다. 아무래두 난 모르겠다. 뭐가 잘못됐건 잘못됐느니 세상이디 그래."

철호의 어머니 생각에는 아무리 해도 모를 일이었던 것이었다. 나라를 찾았다면서 집을 잃어버려야 한다는 것은, 그것은 정말 알 수 없는 일이었던 것이다.

철호의 어머니는 남한으로 넘어온 후로 단 하루도 이 가자는 말을 하지 않은 날이 없었다.

그렇게 지내 오던 그날, 6·25사변으로 바로 발 밑에 빤히 내려다보이는 용산 일대가 폭격으로 지옥처럼 무너져 나가던 날 끝내 철호는 어머니를 잃어버리고 말았던 것이다.

"큰애야 이젠 정말 가자, 데것 봐라. 담이 홈싹 무너지는데. 삼팔선의 담이 데렇게 무너지는데, 야."

그때부터 철호의 어머니는 완전히 정신이상이었다. 지금의 어머니, 그것은 이미 철호의 어머니는 아니었다. 아무리 따져 보아도 그것이 철호 자기의 어머니일 수는 없었다. 세상에 아들딸마저 알아보지 못하는 어머니가 있을 수 있는 것일까? 그날부터 철호의 어머니는,

"가자! 가자!"

하고 저렇게 쨍쨍한 목소리로 외마디 소리를 지를 뿐 그 밖의 모든 것을 완전히 잃어버리고 있었다. 철호에게 있어서 지금의 어머니는 말하자면 어머니의 시체에 지나지 않았다.

뚫어진 창호지 구멍으로 그래도 희미한 불빛이 새어 나오고 있었다. 철호는 윗방 문을 열었다. 아랫방과 윗방 사이 문턱에 위태롭게 올려놓은 등잔이 개똥벌레처럼 가물거리고 있었다. 윗방 아랫목에는 딸애가 반듯이 누워서 잠이 들었다. 담요를 몸에다 돌돌 말고 반듯이 누운 것이 꼭 송장 같았다. 그 옆에 철호의 아내가 두 무릎을 꿇고 앉아 있었다. 꺼먼 헝겊과 회색 헝겊으로 기운 담요바지 무릎 위에는 빨강색 유단으로 만든 조그마한 운동화가 한 켤레 놓여 있었다. 철호가 방 안에 들어서자 아내는 그 어린애의 빨간 신발을 모두어 자기 손바닥에 올려놓아 철호에게 들어 보였다.

"삼촌이 사왔어요."

유난히 살눈썹이 긴 아내의 눈이 가늘게 웃었다. 참으로 오래간만에 보는 아내의 웃음이었다. 자기가 미인이었다는 것을 잊어버리고 만 지 오랜 아내처럼 또 오래 보지 못하여 거의 잊어버려 가던 아내의 웃는 얼굴이었다.

철호는 등잔이 놓인 문턱 가까이 가서 앉으며 아내의 손에서 빨간 어린애의 신발을 받아 눈앞에서 아래위로 살펴보았다.

"산보 갔었소?"

거기 등잔불을 사이에 두고 윗방을 향해 앉은 철호의 동생 영호英浩가 웃으며 철호를 쳐다보았다.

오발탄

215

"언제 들어왔니."

"지금 막 들어와 앉은 길입니다."

그리고 보니 영호는 아직 넥타이도 끄르지 않고 있었다.

"형님!"

새삼스레 부르는 동생의 소리에 철호는 손에 들었던 어린애의 신발을 아내에게 돌리며 영호의 얼굴을 빤히 바라보았다.

"이제 우리두 한번 살아봅시다. 남 다 사는데 우리라구 밤낮 이렇게만 살겠수. 근사한 양옥도 한 채 사구, 장기판만한 문패에다 형님의 이름 석 자를, 제길 장님도 보게 써서 대못으로 땅땅 때려 박구 한번 살아봅시다."

군대에서 나온 지 이 년이 넘도록 아직 직업도 못 잡은 영호가 언제나 술만 취하면 하는 수작이었다.

"그리구 이천만 환짜리 세단차도 한 대 삽시다. 거기다 똥통이나 싣고 다니게. 모든 새끼들이 아니꼬워서. 일이야 있건 없건 빵빵 울리면서 동리를 들락날락해야지. 제길, 하하하."

비스듬히 벽에 기대어 앉은 영호는 벌겋게 열에 뜬 얼굴을 하고 담배 연기를 푸 내뿜었다.

"또 술 마셨구나."

고학으로 고생고생 다니던 대학 삼학년에서 군대에 들어갔다가 나온 영호로서는 특별한 기술이 없어 직업을 잡지 못하는 것은 별 도리 없는 노릇이라 칠 수도 있었지만, 이건 어디서 어떻게 마시는 것인지 거의 저녁마다 이렇게 취해 들어오는 동생 영호가 몹시 못마땅한 철호의 말이었다.

"네, 조금 했습니다. 친구들이……."

그것도 들으나마나 늘 같은 대답이었다. 또 그것이 거짓말이 아니라는 것도 철호는 알고 있었다.

"이제 술 좀 그만 마셔라."

"친구들과 어울리면 자연히 마시게 되는걸요."

"글쎄 그러니까 그 어울리는 걸 좀 삼가란 말이다."

"그럴 수도 없구요. 하하하."

"그렇다고 언제까지 그저 그렇게 어울려서 술이나 마시면 뭐가 되나?"

"되긴 뭐가 돼요. 그저 답답하니까 만나는 거구. 만나면 어찌어찌하다 한잔씩 하며 이야기나 하는 거죠 뭐."

"글쎄 그게 맹랑한 일이란 말이다."

"그렇지만 형님, 그런 친구들이라도 있다는 게 좋지 않수. 그게 시시한 친구들이라 해도, 정말이지 그놈들마저 없었더라면 어떻게 살 뻔했나 하고 생각할 때가 많아요. 외팔이, 절름발이, 그런 놈들. 참 시시한 놈들이지요. 죽다 남은 놈들. 그렇지만 형님, 그놈들 다 착한 놈들이에요. 최소한 남을 속이지는 않거든요. 공갈을 때릴망정. 하하하하. 전우 전우."

영호는 고개를 뒤로 젖히고 천장을 향해 후 담배 연기를 내뿜었다. 철호는 그저 물끄러미 영호의 모습을 쳐다볼 뿐 아무 말도 없었다. 영호는 여전히 천장을 향한 채 피어오르는 연기를 바라보며 한 손으로 목의 넥타이를 앞으로 잡아당겨 풀어 늦추어 놓았다.

"가자!"

아랫목에서 어머니가 소리를 질렀다.

영호는 슬그머니 아랫목으로 고개를 돌렸다. 한참이나 그렇게 어머니 쪽으로 고개를 돌리고 있는 영호는 아무 말도 없이 그저 눈만 껌뻑껌뻑하고 있었다.

철호는 길게 한숨을 쉬었다. 앞에 놓인 등잔불이 거물거물 춤을 추었다. 철호는 저고리 호주머니에서 담배를 꺼내었다. 꼬깃꼬깃 구겨진 파랑새 갑 속에서 담배를 한 개비 뽑아 내었다. 바삭바삭 마른 담배는 양끝이 반쯤 빠져나갔다. 철호는 그 비과 모양의 담배 한 끝을 입에다 물었다.

"이걸 피슈, 형님."

영호가 자기 앞에 놓였던 담뱃갑을 집어서 철호의 앞으로 내밀었다. 빨간색 양담배 갑이었다. 철호는 그 여느 것보다 좀 긴 양담배 갑을 한번 힐끔 처다보았을 뿐, 아무 소리도 없이 등잔불로 입에 문 파랑새 끝을 가져갔다. 영호는 등잔불 위에 꾸부린 형 철호의 어깨를 넌지시 바라보고 있었다. 지지지 소리가 났다. 앞이마에 흐트러져 내렸던 철호의 머리카락이 등잔불에 타며 또르르 끝이 말려 올랐다. 철호는 얼굴을 들었다. 한 모금 빨자 벌써 손끝이 따갑게 꽁초가 되어 버린 담배를 입에서 떼었다. 천천히 연기를 내뿜는 철호의 미간에는 세로로 석 줄의 깊은 주름이 패었다. 영호는 들었던 담뱃갑을 도로 방바닥에 내려놓았다. 그리고 조용히 등잔불로 시선을 떨구었다. 그의 입가에는 야릇한 웃음이 — 애달픈, 아니 그 누군가를 비웃는 듯한 그런 미소가 천천히 흘러 지나갔다.

한참 동안 아무도 말이 없었다.

"가자!"

아랫방 아랫목에서 몸을 뒤채는 어머니가 잠꼬대를 했다. 어머니는 이제 꿈속에서마저 생활을 잃어버린 모양이었다. 아주 낮은 그 소리는 한숨처럼 느리게 아래윗방에 가득 차 흘러 사라졌다.

여전히 아무도 말이 없었다.

철호는 꽁초를 손끝에 꼬집어 쥔 채 넋빠진 사람처럼 가물거리는 등잔불을 지켜보고 있었고, 동생 영호는 비스듬히 벽에 기대어 앉은 채 철호의 손끝에서 타고 있는 담배 꽁초를 바라보고 있었고, 철호의 아내는 잠든 딸애의 머리맡에 가지런히 놓인 빨간 신발을 요리조리 매만지고 있었다.

"가자!"

또 한번 어머니의 소리가 저 땅 밑에서 새어나오는 듯이 들려왔다.

"형님은 제가 이렇게 양담배를 피우는 게 못마땅하지요?"

영호는 반쯤 탄 담배를 자기의 눈앞에 가져다 그 빨간 불티를 들여다보며 말했다.

"분에 맞지 않지."

철호는 여전히 등잔불을 바라보며 대답했다.

"그렇지만 형님, 형님은 파랑새와 양담배 두 가지 중에서 어느 것이 더 좋으슈?"

"……? 그야 양담배가 좋지. 그래서?"

그래서 너는 보리밥도 못 버는 녀석이 그래 좋은 것은 알아서 양담배를 피우는 거냐 하는 철호의 눈초리가 번뜩 영호의 면상을 때렸다.

"그래서 전 양담배를 택했어요."

"뭐가?"

"형님은 절 오해하고 계세요."

"……?"

"제가 무슨 돈이 있어서 양담배를 사서 피우겠어요. 어쩌다 친구들이 사주는 것이니 피우는 거지요. 형님은 또 제가 거의 저녁마다 술을 마시고 또 제법 합승을 타고 들어오는 것도 못마땅하시죠. 저도 알고 있어요. 형님은 때때로 이십오 환 전찻값도 없어서 종로서 근 십리를 집에까지 터덜터덜 걸어서 돌아오시는 것을. 그렇지만 형님이 걸으신다고 해서, 한사코 같이 타고 가자는 친구들의 호의, 아니 그건 호의도 채 못되는 싱거운 수작인지도 모르죠. 어쨌든 그것을 굳이 뿌리치고 저마저 걸어야 할 아무 까닭도 없지 않습니까? 이상한 놈들이죠. 술 담배는 사주고 합승은 태워 줘도 돈은 안 주거든요."

영호는 손끝으로 뱅글뱅글 비벼 돌리는 담뱃불을 들여다보며 말했다.

"어쨌든 너도 이젠 좀 정신 차려 줘야지. 벌써 군대에서 나온 지도 이태나 되지 않니."

"정신 차려야죠. 그렇지 않아도 이 달 안으로는 어찌 되든 간에 결판을 내구 말 생각입니다."

"어디 취직을 해야지."

"취직이요? 형님처럼요? 전찻값도 안 되는 월급을 받고 남의 살림이나 계산해 주란 말이지요?"

"그럼 뭐 별 뾰족한 수가 있는 줄 아니?"

"있지요. 남처럼 용기만 조금 있으면."

"……?"

어처구니없는 영호의 수작에 철호는 그저 멍청하니 영호의 얼굴을 쳐다보았다. 손끝이 따가웠다. 철호는 비루 깡통으로 만든 재떨이에 담배를 비벼 껐다.

"용기?"

"네, 용기."

"용기라니?"

"적어도 까마귀만한 용기만이라도 말입니다. 영리할 필요는 없더군요. 우둔해도 상관없어요. 까마귀는 도무지 허수아비를 무서워하지 않습니다. 참새처럼 영리하지 못한 탓으로 그놈의 까마귀는 애당초 허수아비를 무서워할 줄조차 모르거든요."

영호의 입가에는 좀 전에 파랑새 꽁초에다 불을 댕기는 철호를 바라보던 때와 같은 야릇한 웃음이 또 소리 없이 감돌고 있었다.

"너 설마 무슨 엉뚱한 계획을 세우고 있는 것은 아니겠지."

철호는 약간은 긴장한 얼굴로 영호를 바라보며 꿀꺽 하고 침을 삼켰다.

"아니오. 엉뚱하긴 뭐가 엉뚱해요. 그저 우리들도 남들처럼 다 벗어 던지고 홀가분한 몸차림으로 달려 보자는 것이죠 뭐."

"벗어 던지고?"

"네. 벗어 던지고. 양심이고, 윤리고, 관습이고, 법률이고, 다 벗어 던지고 말입니다."

영호의 큰 두 눈이 유난히 빛나는가 하자 철호의 눈을 정면으로 밀고 들었다.

"양심이고, 윤리고, 관습이고, 법률이고?"

"……."

"너는, 너는……."

영호는 아무 대답도 하지 않았다. 그러나 눈만은 똑바로 형 철호를 처다보고 있었다.

"그렇게나 살자면 이 형도 벌써 잘살 수 있었다."

철호의 목소리는 떨리고 있었다.

"그렇게나라니요?"

"양심을 버리고, 윤리와 관습을 무시하고, 법률까지도 범하고!"

홍분한 철호의 큰 목소리에 영호는 지금까지 철호의 얼굴에 주었던 시선을 앞을 죽 뻗치고 앉은 자기의 발끝으로 떨구었다.

"저도 형님을 존경하고 있어요. 고생하시는 형님을. 용케 이 고생을 참고 견디는 형님을. 그렇지만 형님은 약한 사람이야요. 용기가 없는 거지요. 너무 양심이 강해요. 아니 어쩌면 사람이 약하면 약한 만치, 그만치 반대로 양심이란 가시는 여물고 굳어지는 것인지도 모르죠."

"양심이란 가시?"

"네, 가시지요. 양심이란 손끝의 가십니다. 빼어 버리면 아무렇지도 않은데 공연히 그냥 두고 건드릴 때마다 깜짝깜짝 놀라는 거야요. 윤리요? 윤리, 그건 나이롱 빤쓰 같은 것이죠. 입으나마나 불알이 덜렁 비쳐 보이기는 매한가지죠. 관습요? 그건 소녀의 머리 위에 달린 리본이라고나 할까요? 있으면 예쁠 수도 있어요. 그러나 없대서 뭐 별일도 없어요. 법률? 그건 마치 허수아비 같은 것입니다. 허수아비. 덜 굳은 바가지에다 되는 대로 눈과 코를 그리고 수염만 크게 그린 허수아비. 누더기를 걸치고 팔을 쩍 벌리고 서 있는 허수아비. 참새들을 향해서는 그것이 제법 공갈이 되지요. 그러나 까마귀쯤만 돼도 벌써 무서워하지 않아요. 아니 무서워하기는커녕 그놈의 상투 끝에 턱 올라앉아서 썩은 흙을 쑤시던 더러운 주둥이를 쓱쓱 문질러도 별일 없거든요. 흥."

영호는 코웃음을 쳤다. 그리고 거기 문턱 밑의 담뱃갑에서 새로 담배를 한 개 빼어 물고 지금까지 들고 있던 다 탄 꽁다리에서 불을 옮겨 빨았다.

"가자!"

어머니의 그 소리가 또 들렸다. 어머니는 분명히 잠이 들어 있는 것이었다. 그러면서도 간간이 저렇게 가자 가자 소리를 지르는 것이었다. 그것은 어쩌면 어머니에게는 호흡처럼 생리화해 버린 것인지도 몰랐다.

철호는 비스듬히 모로 앉은 동생 영호의 옆얼굴을 한참이나 노려보고 있었다. 영호는 영호대로 퀭한 두 눈으로 깜박이기를 잊어버린 채 아까부터 앞으로 뻗친 자기의 발끝을 바라보고 있었다. 이윽고 철호는 영호에게서 눈을 돌려 버렸다. 그리고 아랫방과 윗방 사이 칸막이를 한 널쪽에 등을 기대며 모로 돌아앉았다. 희미한 등잔불빛에 잠든 딸애의 조그마한 얼굴이 애처로웠다. 그 어린것 옆에 앉은 철호의 아내는 왼쪽 무릎을 세우고 그 위에 손을 펴 깔고 턱을 괴었다. 아까부터 철호와 영호, 형제가 하는 말을 조용히 듣고만 있는 그네는 무엇을 생각하고 있는지 한쪽 손끝으로, 거기 방바닥에 가지런히 놓인 빨간 어린애의 신발만 몇 번이고 쓸어 보고 있었다.

철호는 고개를 푹 떨구어 턱을 가슴에 묻었다. 영호는 새로 피워 문 담배를 연거푸 서너 번 들이빨았다. 그리고 또 말을 계속하였다.

"저도 형님의 그 생활 태도를 잘 알아요. 가난하더라도 깨끗이 살자는. 그렇지요, 깨끗이 사는 게 좋지요. 그런데 형님 하나 깨끗하기 위하여 치르는 식구들의 희생이 너무 어처구니없이 크고 많단 말입니다. 헐벗고 굶주리고. 형님 자신만 해도 그렇죠. 밤낮 쑤시는 충치 하나 처치 못 하시고. 이가 쑤시면 치과에 가서 치료를 하거나 빼어 버리거나 해야 할 것 아니에요. 그런데 형님은 그것을 참고 있어요. 낯을 잔뜩 찌푸리고 참는단 말입니다. 물론 치료비가 없으니까 그러는 수밖에 없겠지요. 그겁니다. 바로 그겁니다. 그 돈을 어떻게든지 구해야죠. 이가 쑤시는데 그럼 어떻게 해요. 그걸 형님처럼, 마치 이 쑤시는 것을 참고 견디는 그것이 돈을—치료비를—버는 것이거나 한 것처럼 생각하는 것. 안 쓰는 것은 혹 버는 셈이 된다고 할 수도 있을 거야요. 그렇지만 꼭 써야 할 데 못 쓰는 것이 버는 셈이라고는 할 수 없지 않아요. 세상에는 이런 세 층의 사람들이 있다고 봅니다. 즉 돈을 모으기 위해서만 필요 이상의 돈을 버는 사람들과, 필요하니까 필요한 만치의 돈을 버는 사람과, 또 하나는 이건 꼭 필요한 돈도 채 못 벌고서 그 대신 생활을 조리는 사람들. 신발에다 발을 맞추는 격으로. 형님은 아마 그 맨 끝의 층에 속하겠지요. 필요한 돈도 미처 벌지 못하는 사람. 깨끗이 살자니까 그럴 수밖에 없다고 하시겠지요. 그래요. 그것은 깨끗하기는 할지 모르죠. 그렇지만 그저 그것뿐이죠. 언제까지나 충치가 쏘아 부은 볼을 싸쥐고 울상일 수밖에 없지요. 그렇지 않습니까?

그야 형님! 인생이 저 골목에서 십 환짜리를 받고 코 흘리는 어린애들에게 보여주는 요지경이라면야 자기가 가지고 있는 돈값만치 구멍으로 들여다보고 말 수도 있겠지요. 그렇지만 어디 인생이 자기 주머니 속의 돈 액수만치만 살고 그만두고 싶으면 그만둘 수 있는 요지경인가요 어디. 돈만치만 먹고 말 수 있는 그런 편리한 목구멍인가요 어디. 싫어도 살아야 하니까 문제지요. 사실이지 자살을 할 만치 소중한 인생도 아니고요. 살자니까 돈이 필요하구요. 필요한 돈이니까 구해야죠. 왜 우리라고 좀더 넓은 테두리, 법률선法律線까지 못 나가란 법이 어디 있어요. 아니 남들은 다 벗어 던지구 법률선까지도 넘나들면서 사는데, 왜 우리들만이 옹색한 양심의 울타리 안에서 숨이 막혀야 해요? 법률이란 뭐야요? 우리들이 피차에 약속한 선이 아니야요?"

영호는 얼굴을 번쩍 들며 반쯤 끌러 놓았던 넥타이를 마저 끌러서 방구석에 픽 던졌다.

철호는 여전히 턱을 가슴에 푹 묻은 채 묵묵히 앉아 두 짝 다 엄지발가락이 몽땅 밖으로 나온 뚫어진 양말을 내려다보고 있었다. 나일론 양말을 한 켤레 사면 반 년은 무난히 뚫어지지 않고 견딘다는 말을 들었다. 그러나 뻔히 알면서도 번번이 백 환짜리 무명 양말을 사들고 들어오는 철호였다. 칠백 환이란 돈을 단번에 잘라 낼 여유가 도저히 없는 월급이었던 것이다.

"가자!"

어머니는 또 몸을 뒤채었다.

"그건 억설이야."

철호는 천천히 고개를 들었다. 신문지를 바른 맞은편 벽에, 쭈그리고 앉은 아내의 그림자가 커다랗게 비쳐 있었다. 곱추처럼 꼬부리고 앉은 아내의 그림자는 헝클어진 머리카락이 괴물스러웠다. 철호는 눈을 감았다. 머리마저 등뒤 칸막이 반자에 기대었다.

철호의 감은 눈앞에 십여 년 전 아내가 흰 저고리 까만 치마를 입고 선히 나타났다. 무대에 나선 그네는 더욱 예뻤다. E여자대학 졸업음악회였다. 노래가 끝나자 박수소리가 그칠 줄 몰랐다. 그날 저녁 같이 거리를 거닐던 그네는 정말 싱싱하고 예뻤다. 그러나 지금 철호 앞에 쭈그리고 앉은 아내는 그때의 그네가 아니었다. 무슨 둔한 동물처럼 되어 버린 그네. 이제 아무런 희망도 가져 보려고 하지 않는 아내. 철호는 가만히 눈을 떴다. 그래도 아내의 속눈썹만은 전처럼 까맣고 길었다.

"가자!"

철호는 흠칫 놀라 환상에서 깨어났다.

"억설이요? 그런지도 모르죠."

한참이나 잠잠하니 앉아 까물거리는 등잔불을 바라보던 영호의 맥빠진 대답이었다.

"네 말대로 한다면 돈 있는 사람들은 다 나쁜 사람이란 말밖에 더 되나 어디."

"아니죠. 제가 어디 나쁘고 좋고를 가렸어요. 나쁘긴 누가 나빠요? 왜 나빠요? 아 잘사는 게 나빠요? 도시 나쁘고 좋고부터 따질 아무런 선도 없지요 뭐."

"그렇지만 지금 네 말로는 잘살자면 꼭 양심이고 윤리고 뭐고 다 버려야 한다는 것이 아니고 뭐야."

"천만에요. 잘못 이해하신 겁니다. 간단히 말씀드리면 이렇다는 것입니다. 즉 양심껏 살아가면서 잘살 수도 있기는 있다. 그러나 그것은 극히 적다. 거기에 비겨서 그 시시한 것들을 벗어 던지기만 하면 누구나 틀림없이 잘살 수 있다."

"그것이 바로 억설이란 말이다. 마음 한 구석이 어딘가 비틀려서 하는 억지란 말이다."

"글쎄요, 마음이 비틀렸다고요. 그건 아마 사실일는지 모르겠어요. 분명히 비틀렸어요. 그런데 그 비틀리기가 너무 늦었어요. 어머니가 저렇게 미치지 전에 비틀렸어야 했지요. 한강철교를 폭파하기 전에 말입니다. 하나밖에 없는 누이동생 명숙이가 양공주가 되기 전에 비틀렸어야 했지요. 환도령還都令이 내리기 전에. 하다못해 동대문 시장에 자리라도 한 자리 비었을 때 말입니다. 그러구 이놈의 배때기에 지금도 무슨 내장이기나 한 것처럼 박혀 있는 파편破 片이 터지기 전에 말입니다. 아니 그보다도 더 전에, 제가 뭐 무슨 애국자나처 럼 님들은 다 기피하는 군대에 어머니의 원수를 갚겠노라고 자원하던 그 전에 말입니다."

"……."

"……그보다도 더 전에 썩 전에 비틀렸어야 했을지 모르죠. 나면서부터 비 틀렸더라면 더 좋았을지도 모르죠."

영호는 푹 고개를 떨구었다. 길게 한숨을 내쉬었다. 그 한숨이 후르르 떨고 있었다. 철호는 한참 동안 아무 말도 하지 않았다. 윗목에 앉아 있던 철호의 아내가 방바닥에 떨어진 눈물을 손끝으로 장난처럼 문지르고 있었다. 영호도 훌쩍훌쩍 코를 들이켜고 있었다.

"그렇지만 인생이란 그런 게 아니야. 너는 아직 사람이란 어떻게 살아야만 하는 것인지조차도 모르고 있어."

"그래요, 사람이란 과연 어떻게 살아야 하는 것인지는 정말 모르겠어요. 그렇지만 이제 이 물고 뜯고 하는 마당에서 살자면, 생명만이라도 유지하자면 어떻게 해야 할는지는 알 것 같애요. 허허."

영호는 눈물이 글썽하니 고인 눈을 천장을 향해 쳐들며 자기 자신을 비웃듯이 허허 하고 웃었다.

"가자!"

또 어머니는 가자고 했다. 영호는 아랫목으로 눈을 돌렸다. 철호는 길게 한숨을 쉬었다. 앞의 등잔불이 크게 흔들렸다. 방 안의 모든 그림자들이 움직였다. 집 전체가 그대로 기울거리는 것 같았다. 그것뿐 조용했다. 밤이 꽤 깊은 모양이었다. 세상이 온통 잠들고 있었다.

저만치 골목 밖에서부터 딱 딱 딱 딱 구둣발 소리가 뾰족하게 들려왔다. 점점 가까워 왔다. 바로 아랫방 문 앞에서 멎었다. 영호는 문께로 얼굴을 돌렸다. 삐걱삐걱 두어 번 비틀리던 방문이 열렸다. 여동생 명숙이가 들어섰다. 싱싱한 몸매에 까만 투피스가 제법 어느 회사의 여사무원 같았다.

"늦었구나."

영호가 여전히 두 다리를 쭉 뻗고 앉은 채 고개만 뒤로 젖혀서 명숙을 쳐다보았다.

명숙은 영호의 말에 아무런 대꾸도 없이 돌아서서 문 밖에서 까만 하이힐을 집어 올려 아랫방 모서리에 들여놓았다. 그리고 백을 홱 방구석에 던졌다. 겨우 윗저고리와 스커트를 벗어 걸은 명숙은 아랫방 뒷구석에 가서 털썩하고 쓰러지듯 가로누워 버렸다. 그리고 거기 접어놓은 담요를 끌어다 머리 위에서부터 푹 뒤집어썼다.

철호는 명숙을 거들떠보지도 않고 덤덤히 등잔불만 지켜보고 있었다.

철호는 언젠가 퇴근하던 길에 전차 창문 밖에서 본 명숙의 꼴을 생각하고 있는 것이었다.

철호가 탄 전차가 을지로 입구 십자거리에서 머물러 신호를 기다리고 있었다. 손잡이를 붙들고 창을 향해 서 있던 철호는 무심코 밖을 내다보았다. 전차 바로 옆에 미군 지프차가 한 대 와 섰다. 순간 철호는 확 낯이 달아올랐다.

핸들을 쥔 미군 바로 옆자리에 색안경을 쓴 한국 여자가 앉아 있었다. 그것이 바로 명숙이었던 것이다. 바로 철호의 턱 밑에서였다. 역시 신호를 기다리는 그 지프차 속에서 미군은 한 손은 핸들에 걸치고 또 한 팔로는 명숙의 허리를 넌지시 끌어안은 것이었다. 미군이 명숙의 얼굴을 들여다보며 뭐라고 수작을 걸었다. 명숙은 다리를 겹치고 앉은 채 앞을 바라보는 자세 그대로 고개를 까딱거렸다. 그 미군 지프차 저편에 와 선 택시 조수가 명숙이와 미군을 쳐다보며 피시시 웃었다. 전찻간에서도 마찬가지였다. 철호 바로 옆에 나란히 서 있던 청년들이 쑥덕거렸다.

"그래도 멋은 부렸네."

"멋? 그래 색안경을 썼으니 말이지?"

"저것도 시집을 갈까?"

"흥."

철호는 손잡이를 놓았다. 그리고 반대편 가운데 문께로 가서 돌아서고 말았다. 그것은 분명히 슬픈 감정만은 아니었다. 뭐라고 말할 수조차 없는 숯덩어리 같은 것이 꽉 목구멍을 치밀었다. 정신이 아뜩해지는 것 같았다. 하품을하고 난 뒤처럼 콧속이 싸하니 쓰리면서 눈물이 징 솟아올랐다. 철호는 앞에있는 커다란 유리를 꽉 머리로 부수고 싶은 충동을 느끼며 어금니를 꽉 맞씹었다. 찌르르 벨이 울렸다. 덜커덩 전차가 움직였다. 철호는 문짝에 어깨를 가져다 기대고 눈을 감아 버렸다.

그날부터 철호는 정말로 한 마디도 누이동생 명숙이와 말을 하지 않았다. 또 명숙이도 철호를 본체만체였다.

"자 우리도 이제 잡시다."

영호가 가슴을 펴서 내어밀며 바로 앉았다.

등잔불을 끄고 두 방 사이의 문을 닫았다.

폭 가라앉은 것같이 피곤했다. 그러면서도 철호는 정작 잠을 이룰 수는 없었다. 밤은 고요했다. 시간이 그대로 흐르기를 멈추어 버린 것같이 조용했다. 철호의 아내도 이제 잠이 들었나 보다. 앓는 소리를 내었다. 철호는 눈을 감았다. 어딘가 아득히 먼 것을 느끼고 있었다. 철호도 잠이 들어가고 있었다.

"가자!"

다들 잠든 밤의 그 어머니의 소리는 엉뚱하게 컸다. 철호는 흠칫 눈을 떴다. 차츰 눈이 어둠에 익어 갔다. 며칠인가, 문 틈으로 새어든 달빛이 철호의옆에서 잠든 딸애의 머리에서부터 발끝까지 죽 파란 줄을 그었다. 철호는 다시 눈을 감았다. 길게 한숨을 쉬며 벽을 향해 돌아누웠다.

"가자!"

또 어머니가 소리를 질렀다. 그러나 철호는 눈을 뜨지 않았다. 그도 마저 잠이 들어 버린 것이었다.

그런데 이번에는 아랫방에서 명숙이가 눈을 떴다. 아랫목의 어머니와 윗목의 오빠 영호 사이에 누운 명숙은 어둠 속에 가만히 손을 내밀었다. 어머니의 손을 더듬어 잡았다. 뼈 위에 겨우 가죽만 씌워진 손이었다. 그 어머니의 손에서는 체온이 느껴지는 것이 아니라 축축이 습기가 미끈거렸다. 명숙은 어머니 쪽을 향하여 돌아누웠다. 한쪽 손을 마저 내밀어서 두 손으로 어머니의 송장 같은 손을 감싸쥐었다.

"가자!"

딸의 손을 느끼는지 못 느끼는지 어머니는 또 한번 허공을 향해 가자고 소리질렀다.

"엄마!"

명숙이의 낮은 소리였다. 명숙은 두 손으로 감싸쥔 어머니의 여윈 손을 가만히 흔들었다.

"가자!"

"엄마!"

기어이 명숙은 흐느끼기 시작하였다. 명숙은 어머니의 손을 끌어다 자기의 입을 틀어막았다.

"엄마!"

숨을 죽여 가며 참는 명숙의 울음은 한숨으로 바뀌며 어머니의 손가락을 입 안에서 잘근잘근 씹어 보는 것이었다.

"겁내지 마라."

옆에서 영호가 잠꼬대를 했다.

"가자!"

어머니는 명숙의 손에서 자기의 손을 빼어 가지고 저쪽으로 돌아누워 버렸다.

명숙은 다시 담요를 끌어다 머리 위까지 푹 썼다. 그리고 담요 속에서 흐득흐득 울고 있었다.

"엄마."

이번엔 윗방에서 어린것이 엄마를 불렀다.

철호는 잠 속에서 멀리 그 소리를 들었다. 그러면서도 채 잠이 깨지는 않았다.

"엄마."

어린것은 또 한번 엄마를 불렀다.

"오오, 왜. 엄마, 여기 있어."

아내의 반쯤 깬 소리였다. 어린것을 끌어다 안는 모양이었다. 철호는 그 소리를 멀리 들으며 다시 곤히 잠들어 버렸다.

"오줌."

"오, 오줌 누겠니. 자 일어나. 착하지."

철호의 아내는 일어나 앉으며 어린것을 안아 일으켰다. 구석에서 깡통을 끌어다 대어 주었다.

"참, 삼촌이 네 신발 사왔지. 아주 예쁜 거. 볼래?"

깡통을 타고 앉은 어린것을 뒤에서 안아 주고 있던 철호의 아내는 한 손으로 어린것의 베개맡에 놓아두었던 신발을 집어다 보여주었다. 희미하게 달빛이 들이비쳤을 뿐인 어두운 방 안에서는 그것은 그저 겨우 모양뿐 색채를 잃고 있었다.

"내 거야? 엄마."

"그래, 네 거야."

"참 예뻐. 빨강이야."

"예뻐?"

"응."

어린것은 잠에 취한 소리로 물으며 신발을 두 손에 받아 가슴에 안았다.

"자 이제 거기 놔두고 자야지."

"응, 낼 신어도 돼?"

"그럼."

어린것은 오물오물 담요 속으로 파고 들어갔다.

"엄마, 낼 신어도 돼?"

"그럼."

뭐든가 좀 좋은 것은 아껴야 한다고만 들어오던 어린것은 또 한번 이렇게 다짐하는 것이었다. 아내는 어린것의 담요 가장자리를 꼭꼭 눌러 주고 나서 그 옆에 누웠다.

다들 다시 잠이 들었다. 어느 사이에 달빛이 비껴서 칼날 같은 빛을 철호의 가슴으로 옮겼다. 어린것이 부스스 머리를 내밀었다. 배를 깔고 엎드렸다. 어린것은 조그마한 손을 베개 너머로 내밀었다. 거기 가지런히 놓아둔 신발을 만져 보았다. 어린것은 안심한 듯이 다시 베개를 베고 누웠다. 또다시 조용해졌다. 한참 만에 또 어린것이 움직거렸다. 잠이 든 줄만 알았던 어린것은 또 엎드렸다. 머리맡의 신발을 또 끌어당겼다. 조그마한 손가락으로 신발코를 꼭 눌러보았다. 그러고는 이번에는 아주 자리 위에 일어나 앉았다. 신발을 무릎 위에 들어올려 놓았다. 달빛에다 신발을 들이대어 보았다. 바닥을 뒤집어 보았다. 두 짝을 하나씩 두 손에 갈라 들고 고무바닥을 맞대어 보았다. 이번엔 신발을 앞으로 내놓았다. 가만히 신발을 가져다 신었다. 앉은 채로 꼭 방바닥을 디디어 보았다.

"가자!"

어린것은 깜짝 놀랐다. 얼른 신발을 벗었다. 있던 자리에 도로 모아 놓았다. 그리고 한번 더 신발을 바라보고 난 어린것은 살그머니 누웠다. 오물오물 담요 속으로 기어 들어갔다.

점심을 못 먹은 배는 오후 두시에서 세시 사이가 제일 견디기 힘들었다. 철호는 펜을 장부 위에 놓았다. 저쪽 구석에 들어앉은 사환애를 바라보았다. 보리차라도 한 잔 더 마시고 싶었다. 그러나 두 잔까지는 사환애를 시켜서 가져오랄 수 있었으나 세 번까지는 부르기가 좀 미안했다. 철호는 걸상을 뒤로 밀고 일어섰다. 책상 모서리에 놓인 찻종茶種을 집어들었다. 그리고 출입문으로 나갔다. 복도의 풍로 위에서 커다란 주전자가 끓고 있었다. 보리차를 찻종 하나 가득히 부었다. 구수한 냄새가 피어올랐다. 철호는 뜨거운 찻종을 손가락으로 꼬집어 들고 조심조심 자기 자리로 돌아와 앉았다. 그리고 찻종을 입으로 가져갔다. 후 불었다. 막 한 모금 들이마실 때였다.

"송 선생님 전화입니다."

사환애가 책상 앞에 와 알렸다. 철호는 얼른 찻종을 책상 위에 내려놓았다. 그리고 과장 책상 앞으로 갔다. 수화기를 들었다.

"네. 송철호올시다. 네? 경찰서요……? 전 송철호라는 사람인데요? 네? 송영호요? 네? 바로 제 동생입니다. 무슨? 네? 네? 송영호가요? 제 동생이 말입니까? 곧 가겠습니다. 네 네."

철호는 수화기를 걸었다. 그리고 걸어 놓은 수화기를 멍하니 내려다보고 서 있었다. 사무실 안 사람들의 시선이 모두 철호에게로 쏠렸다.

"무슨 일인가? 동생이 교통사고라도?"

서류를 뒤적이던 과장이 앞에 서 있는 철호를 쳐다보며 말했다.

"네? 네, 저 과장님, 잠깐 다녀오겠습니다."

철호는 마시던 보리차를 그대로 남겨 둔 채 사무실을 나섰다. 영문을 모르는 동료들이 서로 옆의 사람의 얼굴을 힐끗 쳐다보는 것이었다.

철호는 전에도 몇 번 경찰서의 호출을 받은 일이 있었다. 양공주 노릇을 하는 누이동생 명숙이가 걸려들면 그 신원보증을 해야 하는 철호였다. 그때마다 철호는 치안관 앞에서 낯을 못 들고 앉았다가 순경이 앞세우고 나온 명숙을 데리고 아무 말도 없이 경찰서 뒷문을 나서곤 하였다. 그럴 때면 철호는 울었다. 하나밖에 없는 누이동생이 정말 밉고 원망스러웠다. 철호는 명숙을 한번 돌아다보는 일도 없이 전찻길을 따라 사무실로 걸었고, 또 명숙은 명숙대로 적당한 곳에서 마치 낯도 모르는 사람이나처럼 딴 길로 떨어져 가버리곤 하는 것이었다.

그런데 이번에는 누이동생이 아니라 남동생 영호의 건이라고 했다. 며칠 전 밤에 취해서 지껄이던 영호의 말들이 머리를 스치고 지나갔다. 불안했다. 그런들 설마 하고 마음을 다시 먹으며 철호는 경찰서 문을 들어섰다.

권총강도.

형사에게서 동생 영호의 사건 내용을 들은 철호는 앞의 형사의 얼굴을 바보처럼 멍청히 바라보고 있을 뿐이었다. 점점 핏기가 가셔 가는 철호의 얼굴은 표정을 잃은 채 굳어 가고 있었다.

어느 회사에서 월급을 줄 돈 천오백만 환을 은행 앞에 대기시켰던 지프차에 싣고 막 떠나려고 하는데 중절모를 깊숙이 눌러쓰고 색안경을 낀 괴한 두 명이 차 속으로 올라오며 권총을 내어 들더라는 것이었다.

"겁내지 마라! 차를 우이동으로 돌려라."

운전사와 또 한 명 회사원은 차가운 권총 구멍을 등에 느끼며 우이동까지 갔다고 한다. 어느 으슥한 숲속에서 차를 세웠다고 한다. 그러고는 둘이 다 차 밖으로 나가라고 한 다음, 괴한들이 대신 운전대로 옮겨 앉더라고 한다. 운전사와 회사원은 거기 버려 둔 채 차는 전속력으로 다시 시내로 향해 달렸단다. 그러나 지프차는 미아리도 채 못 와서 경찰에 붙들리고 말았다는 것이었다. 그런데 차 안에는 괴한이 한 사람밖에 없었다고 한다.

형사가 동생을 면회하겠느냐고 물었을 때도 철호는 그저 얼이 빠져서, 두 무릎 위에 손을 올려놓고 앉은 채 아무 대답도 못했다.

이윽고 형사실 뒷문이 열리더니 거기 영호가 나타났다.

"이리로 와."

수갑이 채워진 두 손을 배 앞에다 모으고 천천히 형사의 책상 앞으로 걸어나오는 영호는 거기 걸상에 앉았다 일어서는 철호를 향하여 약간 머리를 끄덕여 보였다. 동생의 얼굴을 뚫어져라 바라보고 서 있는 철호의 여윈 볼이 히물히물 움직였다. 괴로울 때의 버릇으로 어금니를 꽉꽉 씹고 있는 것이었다.

형사는 앞에 와서 선 영호에게 눈으로 철호를 가리켰다.

영호는 철호에게로 돌아섰다.

"형님 미안합니다. 인정선人情線에 걸렸어요. 법률선까지는 무난히 뛰어넘었는데. 쏘아 버렸어야 하는 건데."

영호는 철호의 얼굴을 들여다보며 빙그레 웃었다. 그러고는 옆으로 비스듬히 얼굴을 떨구며 수갑을 채운 오른손 엄지를 권총 방아쇠를 당길 때처럼 까불러서 지그시 당겨 보는 것이었다.

철호는 눈도 깜빡하지 않고 그저 영호의 머리카락이 흐트러져 내린 이마를 바라보고 있었다.

"돌아가세요. 형님."

영호는 등신처럼 서 있는 형이 도리어 민망한 듯이 조용히 말했다.

"수감해."

형사가 문간에 지키고 서 있는 순경을 돌아보았다.

영호는 그에게로 오는 순경을 향해 마주 걸었다. 영호는 뒷문으로 끌려나가다 말고 멈춰 섰다. 그리고 뒤를 돌아보았다.

"형님, 어린것 화신 구경이나 한번 시키세요. 제가 약속했었는데."

뒷문이 쾅 닫혔다. 철호는 여전히 영호가 사라진 뒷문을 바라보고 서 있었다. 눈이 뿌옇게 흐려졌다. 아무것도 보이지 않았다.

"쏠 의사는 처음부터 없었던 것 같은데."

조서를 한옆으로 밀어 놓으며 형사가 중얼거렸다. 철호는 거기 걸상에서 가만히 걸터앉았다.

"혹시 그와 같이한 청년을 모르시나요."

철호의 귀에는 형사의 말소리가 아주 멀었다.

"끝내 혼자서 했다고 우기는데, 그러나 증인이 있으니까 이제 차츰 사실대로 자백하겠지만."

여전히 철호는 말이 없었다.

경찰서를 나온 철호는 어디를 어떻게 걸었는지 알 수 없었다. 철호는 술 취한 사람처럼 허청거리는 다리로 집이 있는 언덕길을 올라가고 있었다. 철호는 골목길 어귀에 들어섰다.

"가자!"

철호는 거기 멈춰 섰다. 고개를 뒤로 젖혔다. 그러나 그는 하늘을 쳐다보는 것이 아니었다. 하 하고 숨을 크게 내쉬는 철호는 울고 있었다. 눈물이 콧속으로 흘러서 찝찔하니 목구멍으로 넘어갔다.

"가자. 가자. 어딜 가잔 거야. 도대체 어딜 가잔 거야."

철호는 꽥 소리를 지르고 있었다. 거기 처마 밑에 앉아서 소꿉질을 하던 어린애들이 부스스 일어서며 그를 쳐다보았다. 철호는 그 앞을 모른 체 지나쳐 버렸다.

"오빠 어딜 그렇게 돌아다뉴."

철호가 아랫방에 들어서자 윗방 구석에서 고리짝을 열어 놓고 뒤지고 있던 명숙이가 역한 소리를 했다. 윗방에는 넝마 같은 옷가지들이 한 무더기 쌓여 있었다.

딸애는 고리짝 옆에 쪼그리고 앉아서 명숙이가 뒤져 내놓은 헌옷들을 무슨 진귀한 것이나처럼 지켜보고 있었다. 철호는 아내가 어딜 갔느냐고 물어보려다 말고 그대로 윗방 아랫목에 털썩 주저앉아 버렸다.

"어서 병원에 가보세요."

명숙은 여전히 고리짝을 들추며 돌아앉은 채 말했다.

"병원엘?"

"그래요."

"병원에라니?"

"언니가 위독해요. 어린애가 걸렸어요."

"뭐가?"

철호는 눈앞이 아찔했다.

점심때부터는 진통이 시작되었는데 영 해산을 못하고 애를 썼단다. 그런데 죽을 악을 쓰다 보니까 어린애의 머리가 아니라 팔부터 나왔다고 한다. 그래 병원으로 실어 갔는데, 철호네 회사에 전화를 걸었더니 나가고 없더라는 것이었다.

"지금쯤은 아마 애기를 낳았거나, 그렇지 않으면……."

명숙은 흰 헝겊들을 골라 개켜서 한옆으로 젖혀놓으며 말했다. 아마 어린 애의 기저귀를 고르고 있는 모양이었다. 그런데 이상했다. 좀전에 아찔하던 정신이 사르르 풀리며 온몸의 맥이 빠져나갔다. 철호는 오래간만에 머릿속이 깨끗이 개는 것을 느꼈다.

말라리아를 앓고 난 다음날처럼 맥은 하나도 없으면서 머리는 비상히 깨끗 했다. 뭐 놀랄 일이 있느냐 하는 심정이 되었다. 마치 회사에서 무슨 사무를 한 뭉텅이 맡았을 때와 같은 심사였다. 철호는 호주머니에서 담배를 꺼내어 물었다. 언제나 새로 사무를 맡아 시작하기 전에 하는 버릇이었다. 철호는 일 어섰다. 그리고 문을 열었다.

"어딜 가슈?"

명숙이가 돌아보았다.

"병원에"

"무슨 병원인지 모르면서……."

철호는 참 그렇다고 생각했다.

"S병원이야요."

"……."

철호는 슬그머니 문 밖으로 한 발을 내디디었다.

"돈을 가지고 가야지 뭐."

" 돈."

철호는 다시 문 안으로 들어섰다. 우두커니 발부리를 내려다보고 서 있었

다. 명숙이가 일어섰다. 그리고 아랫방으로 내려갔다. 벽에 걸어 놓았던 핸드
백을 벗겼다.

"옛수."

백 환짜리 한 다발이 철호 앞 방바닥에 던져졌다. 명숙은 다시 돌아서서 백
을 챙기고 있었다. 철호는 명숙의 뒷모습을 물끄러미 바라보고 있었다. 철호
의 눈이 명숙의 발뒤축에 머물렀다. 나일론 양말이 계란만치 구멍이 뚫렸다.
철호는 명숙의 그 구멍 뚫린 양말 뒤축에서 어떤 깨끗함을 느끼고 있었다. 오
래간만에 철호는 명숙에 대한 오빠로서의 애정을 느꼈다.

"가자."

어머니가 또 외마디 소리를 질렀다.

철호는 눈을 발 밑의 돈다발로 떨구었다. 허리를 꾸부렸다. 연기가 든 때처
럼 두 눈이 싸하니 쓰렸다.

"아버지 병원에 가? 엄마 애기 낳어?"

"그래."

철호는 돈을 저고리 호주머니에 밀어 넣으며 문을 나섰다.

"가자."

골목을 빠져나가는 철호의 등뒤에서 또 한번 어머니의 소리가 들려왔다.

아내는 이미 죽어 있었다.

"네, 그래요."

철호는 간호원보다도 더 심상한 표정이었다. 병원의 긴 복도를 휘청휘청
걸어서 널따란 현관으로 나왔다. 시체가 어디에 있느냐고 묻지도 않았다. 무

엇인가 큰일이 한 가지 끝났다는 그런 기분이었다. 아니 또 어찌 생각하면 무언가 해야 할 일이 생긴 것 같은 무거운 기분이기도 했다. 그러면서도 그 해야 할 일이 무엇인지는 좀처럼 생각이 나질 않았다. 그저 이제는 그리 서두를 필요도 없어졌다는 생각만으로 철호는 거기 병원 현관에 한참이나 우두커니 서 있었다.

이윽고 병원의 큰 문을 나선 철호는 전찻길을 따라서 천천히 걸었다. 자전거가 휙 그의 팔꿈을 스치고 지나갔다. 그는 멈춰 섰다. 자기도 모르게 그는 사무실 쪽으로 걸어가고 있었다. 여섯시도 더 지났을 무렵이었다. 이제 사무실로 가야 할 아무 일도 없었다. 그는 전찻길을 건넜다. 또 한참 걸었다. 그는 또 멈춰 섰다. 이번엔 어느 사이에 낮에 왔던 경찰서 앞에 와 있었다. 그는 또 돌아섰다. 또 걸었다. 그저 걸었다. 집으로 돌아가자는 생각도 아니면서 그의 발길은 자동 기계처럼 남대문 쪽을 향해 걷고 있었다. 문방구점. 라디오방. 사진관. 제과점. 그는 길가에 늘어선 이런 가게의 진열장들을 하나하나 기웃거리며 걷고 있었다. 그러면서도 무엇이 있는지 하나도 보이지는 않았다. 그러던 철호는 또 우뚝 섰다. 그는 거기 눈앞에 걸린 간판을 쳐다보고 있었다. 장기판만한 흰 판에 빨간 페인트로 치과라고 씌어져 있었다. 철호는 갑자기 이가 쑤시는 것을 느꼈다. 아침부터, 아니 벌써 전부터 훌떡훌떡 쑤시는 충치가 갑자기 아팠다. 양쪽 어금니가 아래위 다 쑤셨다. 사실은 어느 것이 정말 쑤시는 것인지조차도 분간할 수가 없었다. 철호는 호주머니에 손을 넣어 보았다. 만 환 다발이 만져졌다.

철호는 치과 간판이 걸린 층계 이층으로 올라갔다.

치과 걸상에 머리를 젖히고 입을 아 벌리고 앉았다. 의사는 달가닥달가닥 소리를 내며 이것저것 여러 가지 쇠꼬치를 그의 입에 넣었다 꺼냈다 하였다. 철호는 매시근하니 잠이 왔다.

아무런 생각도 하지 않고 입을 크게 벌린 채 눈을 감고 있었다.

"좀 아팠지요? 뿌리가 꾸부러져서."

의사가 집게를 뽑아 든 이를 철호의 눈앞에 가져다 보여주었다. 속이 시꺼멓게 썩은 징그러운 이뿌리에 뻘건 살점이 묻어 나왔다. 철호는 솜을 입에 문 채 머리를 좌우로 흔들어 보였다. 사실 아프지도 아무렇지도 않았다.

"됐습니다. 한 삼십 분 후에 솜을 빼어 버리슈. 피가 좀 나올 겁니다."

"이쪽을 마저 빼 주십시오."

철호는 옆의 타구에 피를 뱉고 나서 또 한쪽 볼을 눌러 보였다.

"어금니를 한 번에 두 대씩 빼면 출혈이 심해서 안 됩니다."

"괜찮습니다."

"아니, 내일 또 빼지요."

"다 빼 주십시오. 한몫에 몽땅 다 빼 주십시오."

"안 됩니다. 치료를 해 가면서 한 대씩 빼야지요."

"치료요? 그럴 새가 없습니다. 막 쑤시는걸요."

"그래도 안 됩니다. 빈혈증이 일어나면 큰일납니다."

하는 수 없었다. 철호는 치과를 나왔다. 또 걸었다. 잇몸이 멍하니 아픈 것 같기도 하고 또 어찌하면 시원한 것 같기도 했다. 그는 한 손으로 볼을 쓸어 보았다.

그렇게 얼마를 걷던 철호는 거기에서 또 치과 간판을 발견하였다. 역시 이층이었다.

"안 될 텐데요."

거기 의사도 꺼렸다. 철호는 괜찮다고 우겼다. 한쪽 어금니를 마저 빼었다. 이번에는 두 볼에다 다 밤알만큼씩한 솜 덩어리를 물고 나왔다. 입 안이 찝찔했다. 간간이 길가에 나서서 피를 뱉었다. 그때마다 시뻘건 선지피가 간덩어리처럼 엉겨서 나왔다.

남대문을 오른쪽에 끼고 돌아서 서울역이 보이는 데까지 왔을 때 으스스 몸이 한 번 떨렸다. 머리가 띵하니 비어 버린 것 같다고 생각했다. 바로 그때에 번쩍 거리에 전등이 들어왔다. 눈앞이 한번 환해졌다. 그런데 다음 순간에는 어찌된 셈인지 좀전에 전등이 켜지기 전보다 더 거리가 어두워졌다. 철호는 눈을 한번 꾹 감았다 다시 떴다. 그래도 매한가지였다. 뱃속이 비어서 그렇다고 철호는 생각했다. 그는 새삼스레 점심도 저녁도 안 먹은 자기를 깨달았다. 뭐든가 좀 먹어야겠다고 생각했다. 구수한 설렁탕 생각이 났다. 입 안에 군침이 하나 가득히 괴었다. 그는 어느 전주 밑에 가서 쭈그리고 앉아서 침을 뱉었다. 그런데 그건 침이 아니라 진한 피였다. 그는 다시 일어섰다. 또 한번 오한이 전신을 간질이고 지나갔다. 다리가 약간 떨리는 것 같았다. 그는 속히 음식점을 찾아내어야겠다고 생각하며 서울역 쪽으로 허청허청 걸었다.

"설렁탕."

무슨 약 이름이기나 한 것처럼 한 마디 일러 놓고는 그는 식탁 위에 엎드려 버렸다. 또 입 안으로 하나 찝찔한 물이 고였다. 철호는 머리를 들었다. 음식점 안을 한 바퀴 휘둘러보았다. 머리가 아찔했다. 그는 일어섰다. 그리고 문 밖으로 급히 걸어나갔다. 음식점 옆 골목에 있는 시궁창에 가서 쭈그리고 앉 았다. 울컥 하고 입안의 것을 뱉었다. 그러나 이번에는 주위가 어두워서 그것 이 핀지 또는 침인지 알 수 없었다. 철호는 저고리 소매로 입술을 닦으며 일어 섰다. 이를 뺀 자리가 쿡 한 번 쑤셨다. 그러자 뒤이어 거기에 호응이나 하듯 이 관자놀이가 또 쿡 쑤셨다. 철호는 아무래도 좀 이상하다고 생각했다. 그는 다시 큰길로 나왔다. 마침 택시가 한 대 왔다. 그는 손을 한 번 흔들었다.

철호는 던져지듯이 털썩 택시 안에 쓰러졌다.

"어디로 가시죠?"

택시는 벌써 구르고 있었다.

"해방촌."

자동차는 스르르 속력을 늦추었다. 해방촌으로 가자면 차를 돌려야 하는 까닭이었다. 운전사는 줄지어 달려오는 자동차의 사이가 생기기를 노리고 있 었다. 저만치 자동차의 행렬이 좀 끊겼다. 운전사는 핸들을 잔뜩 비틀어 쥐었 다. 운전사가 몸을 한편으로 기울이며 막 핸들을 틀려는 때였다. 뒷자리에서 철호가 소리를 질렀다.

"아니야, S병원으로 가."

철호는 갑자기 아내의 죽음을 생각했던 것이었다.

운전사는 다시 홱 핸들을 이쪽으로 틀었다. 운전사 옆에 앉아 있는 조수애 가 한 번 철호를 돌아다보았다. 철호는 뒷자리 한 구석에 가서 몸을 틀어박은 채 고개를 뒤로 젖히고 눈을 감고 있었다. 차는 한국은행 앞 로터리를 돌고 있었다. 그때에 또 뒤에서 철호가 소리를 질렀다.

"아니야. ×경찰서로 가."

눈을 감고 있는 철호는 생각하는 것이었다. 아내는 이미 죽었는데 하고. 이번에는 다행히 차의 방향을 바꿀 필요가 없었다. 그냥 달렸다.

"×경찰서 앞입니다."

철호는 눈을 떴다. 상반신을 번쩍 일으켰다. 그러나 곧 또 털썩 뒤로 기대고 쓰러져 버렸다.

"아니야, 가."

"×경찰섭니다, 손님."

조수애가 뒤로 몸을 틀어 돌리고 말했다.

"가자."

철호는 여전히 눈을 감고 있었다.

"어디로 갑니까?"

"글쎄 가."

"하참 딱한 아저씨네."

"……."

"취했나?"

운전사가 힐끔 조수애를 쳐다보았다.

"그런가 봐요."

"어쩌다 오발탄誤發彈 실수로 엉뚱한 방향으로 잘못 쏜 탄환. 같은 손님이 걸렸어. 자기 갈 곳도 모르게."

운전사는 기어를 넣으며 중얼거렸다. 철호는 까무룩이 잠이 들어가는 것 같은 속에서 운전사가 중얼거리는 소리를 멀리 듣고 있었다. 그리고 마음속으로 혼자 생각하는 것이었다.

'아들 구실. 남편 구실. 애비 구실. 형 구실. 오빠 구실. 또 계리사 사무실 서기 구실. 해야 할 구실이 너무 많구나. 너무 많구나. 그래 난 네 말대로 아마도 조물주의 오발탄인지도 모른다. 정말 갈 곳을 알 수가 없다. 그런데 지금 나는 어디건 가긴 가야 한다.'

철호는 점점 더 졸려 왔다. 다리가 저린 것처럼 머리의 감각이 차츰 없어져 갔다.

"가자!"

철호는 또 한번 귓가에 어머니의 소리를 들었다고 생각하며 푹 모로 쓰러지고 말았다.

차가 네거리에 다다랐다. 앞의 교통 신호등에 빨간 불이 켜졌다 차가 섰다. 또 한번 조수애가 뒤를 돌아보며 물었다.

"어디로 가시죠?"

그러나 머리를 푹 앞으로 수그린 철호는 아무 대답도 없었다.

따르르릉 벨이 울렸다. 긴 자동차의 행렬이 움직이기 시작했다. 철호가 탄 차도 목적지를 모르는 대로 행렬에 끼여서 움직이는 수밖에 없었다. 철호의 입에서 흘러내린 선지피가 홍건히 그의 와이셔츠 가슴을 적시고 있는 것은 아무도 모르는 채 교통 신호등의 파랑불 밑으로 차는 네거리를 지나갔다.

작품 줄거리

철호는 만삭인 아내, 제대한 지 2년이 되도록 일자리를 구하지 못해 방황하는 동생 영호, 양공주가 된 여동생 명숙, 그리고 북에서 제법 부유하게 살았던 기억을 가진 정신이 이상한 어머니와 함께 살고 있다. 극심한 생활고로 아픈 이를 빼지도 못하고 나일론 양말조차 사 신을 수도 없는 계리사 사무실의 서기 철호는, 양심을 지켜 성실하게 사는 것만이 진정한 삶이라고 믿는다.

점심을 굶어서 허기진 배를 안고서도 도시락 주머니가 없어 홀가분하다고 위안을 삼으면서 해방촌 고개를 넘어 퇴근하는 그는 삼팔선을 넘어 고향으로 돌아가자며 '가자! 가자!' 라고 헛소리를 외쳐 대는 정신 이상자인 어머니의 쉰 목소리를 듣는다. 집에 들어가자 아이의 빨간 신발을 삼촌이 사주었다고 하면서 아내는 모처럼 엷은 미소를 띤다.

한편 고학으로 고생고생 다니던 대학 3학년을 결국 중퇴하고 군에 입대해 상이군인이 되어 돌아온 동생 영호. 철호는 동생 영호가 매일 친구들과 어울려 술이나 마시고 양담배만 피우는 것이 못마땅해 나무라지만, 영호는 양심이니 성실이니 하는 것은 약한 자가 공연히 자신의 약함을 합리화시키려고 하는 것이라면서 대든다. 그러니 우리도 이제 도덕이나 규범, 법 같은 것들을 벗어 던지고 잘 살아보자는 것이다.

모두가 잠자리에 들어 고요해진 순간, '가자! 가자!' 하는 어머니의 습관적인 소리에 잠이 깬 명숙은 마침내 어머니의 손을 잡은 채 눈물을 쏟아낸다. 다음날, 철호는 점심을 거르고 허기진 배를 보리차로 채우려는 순간 경찰서로부터 동생 영호가 권총 강도로 붙잡혔다는 전화를 받는다. 기어코 일을 벌인 동생을 면회하고 집으로

이범선

돌아오니 동생 명숙이는 아내가 병원으로 실려갔다며 100환짜리 돈 뭉치를 건네준다. 철호는 허겁지겁 병원으로 가지만 아내는 난산으로 이미 죽은 뒤였다.

정신없이 뛰쳐나온 철호는 의사의 만류에도 불구하고 앓던 이를 몽땅 빼 버린다. 그러고는 배고픔을 느껴 식당에서 설렁탕을 시켜 먹고는 택시를 탄다. 집으로, 병원으로, 경찰서로 정신없이 행선지를 바꾸어 말하던 철호는 '어쩌다 오발탄 같은 손님이 걸렸어. 자기 갈 곳도 모르게' 라고 투덜거리는 운전사의 말을 귓등으로 듣는다. 차는 목적지도 없이 차량 행렬에 끼여들고 철호는 자신이 조물주의 오발탄일지 모른다는 생각을 하며 정신을 잃어간다.

주인공 철호는 정상적으로 건강하게 살아가고자 하지만, 세상은 그가 그렇게 살 수 있도록 놓아두지 않습니다. 전쟁으로 분단되어 하루아침에 고향을 잃어버린 어머니는 정신이상자가 되었고, 제대를 하고도 현실에 적응하지 못하며 술과 담배로 방황하던 동생 영호는 권총강도 행각을 벌이며, 대학을 졸업한 엘리트 아내는 가난한 삶에 찌들어 미소를 잃어 가고 결국엔 죽음에까지 이르게 되지요. 또한 여동생 명숙은 양공주가 되는 등 철호 일가의 비극은 가장인 철호를 끝없이 파멸의 나락으로 떨어뜨리고 있습니다. 가족의 비극적인 삶은 결국 철호의 정신을 혼란 속으로 몰아넣으며 방향 감각을 잃은 '오발탄' 과 같은 존재로 만들고 맙니다.

우리는 이렇게 한 일가의 비극을 통해서 전후戰後 상황의 부조리와 혼란을 그리고 있다는 점에서 이 작품의 일차적인 의미를 발견할 수 있습니다. 그러나 이 작품의 참뜻은 전후戰後의 비참하고 불행한 면을 제시했다는 점보다는, 그처럼 비참하고 불행한 상황 속에서 인간의 양심이 어떻게 지켜질 수 있는가를 모색했다는 점에서 발견되어져야 할 것입니다.

철호는 월남越南 후에 옛날의 행복을 잃고 혼란스럽게 되어 버린 한 가족의 가장입니다. 그러나 객관적으로 볼 때 그는 남편 구실, 자식 구실, 가장의 구실을 제대로 못하는 무능력자, 일반적인 가정에서 불리는 가장이라는 지위에 충실하지 못한 사람입니다.

그가 그러한 무능력자가 된 이유는 무엇일까요? 작가는 영호의 입을 빌려 그것은 철호의 양심 때문이라고 말합니다. '손끝의 가시'에 불과한, 아니 뽑아 버리면 그만일 '충치'에 불과한 양심만 빼어 버리면 남들처럼 잘 살 수 있는데도, 철호는 '전차 값도 안 되는 월급'을 위해 몇 십 리를 걸어다니고 있습니다. 밤낮 쑤시는 충치를 뽑을 돈이 없어서 참고 견디면서도, 배고픔을 보리차로 달래면서도 '손끝의 가시', 즉 양심을 저버리지 못하는 철호. 이미 양심도 도덕도 사라진 지 오래인 현실과 타협하지 못하는 철호의 모습을 우리는 보게 됩니다.

그 양심은 남동생과 여동생의 그릇된 사고와 생활 방식을 수수방관하는 입장에 머무를 뿐 자기 방어에 급급한 소시민적 삶을 살 뿐입니다. 작가는 현실과 화해하지 못하고 양심이라는 '가시'를 빼어 버리지 못한 채 가족들의 비극적인 삶을 바라보는 철호를 통해, 전후戰後의 현실에서 양심을 가진 인간의 나아갈 바를 묻고 있는 것이지요.

그러나 안타깝게도 이 소설 속에 그 해답은 나타나지 않습니다. 끝 부분에서 철호는 충치를 빼어 버림으로써 앞으로는 양심을 버리고 현실적으로 살아갈 것이라는

이범선

고발문학 정치 · 경제 · 사회 · 문화 등 문학 외적 모순을 작품을 통해 지적해 이를 시정하고자 하는 문학을 일컫는 말. 고발문학의 주요 목표는 사회 개혁에 있고, 또 그 것은 문학이 나아가야 할 방향의 하나임은 분명하다. 그러나 그 목적을 달성하는 과정 에서 흥미롭고 문젯거리가 되는 것들만 찾아다니는 이른바 소재주의素材主義에 그칠 우려가 있으므로, 문학 정신이 필연적으로 약화될 것이라고 보는 시각도 있다. 하지만 20세기 내내 혼란스런 격동기를 보내야 했던 우리나라에서는 1950년 이후, 문학은 사 회의 부조리상을 끊임없이 고발해야 한다는 주장이 끈질기게 대두되었고, 4 · 19혁명 을 전후해 고발문학이 성행했다. 이와 같은 움직임과 주장은 문학의 순수성을 지키려 는 문학인들의 강한 반발을 샀으며, 급기야는 참여문학 · 민족문학 · 사실주의 문학의 논쟁으로까지 확대되기도 했다.

암시를 줍니다. 하지만 결국 택시 안에서 방향 감각을 잃어버리고 피를 흘리는 철호 의 모습은 그마저도 좌절되고 마는 절망의 극한을 보여주고 있지요.

"가자! 가자."

아랫방에서 또 어머니의 그 저주 같은 소리가 들려왔다. 벌써 칠 년을 두고 들어와 도 전연 모를 그 어떤 딴사람의 목소리.

철호는 또 눈을 꼭 감았다. 머릿속의 녓줄이 팽팽해졌다. 두 주먹으로 무엇이건 콱 때려부수고 싶은 충동에 철호는 어금니를 바쉬져라 맞씹었다.

해방 후 북한 사회의 변혁에 떠밀려 떠나온 고향으로 되돌아가자는 어머니의

오발탄

절규는, 철호네 가족의 삶의 기반을 뿌리째 뽑은 분단의 폭력성과 타향 사람의 정착을 허락하지 않는 전후 남한의 황폐한 현실을 섬뜩하게 부각시키고 있는데요, 여기에서 '가자! 가자!'라는 어머니의 외침은 과거와 고향에의 강한 집착이라고 말할 수 있겠지요.

주인공인 철호 역시 집 뒤 바위 잔등에서 해가 질 때까지 시간을 보낼 때, 밤하늘의 별자리를 쳐다보면서 고향 마을의 풍경을 그립게 떠올려 보는 습관을 간직하고 있습니다. 그렇게 그리운 고향 마을의 풍경은 과거의 안락하고 풍요로운 삶의 풍경이지요. 따라서 철호가 어려운 삶의 현실에 무기력한 체념의 자세를 가지게 되는 원인 중의 하나를 고단하고 빈곤한 현재의 생활이라고 본다면, 또 다른 하나는 과거의 삶에 대한 집착이나 향수라고 볼 수도 있을 것입니다.

그러나 과거로 돌아갈 수 없는데 과거에 대한 집착을 포기할 수 없으니 남은 자들의 삶은 비참하게 일그러질 수밖에 없겠지요. 그런 점에서 이 작품의 초반부터 등장하는 어머니의 실성한 외침은 이미 주인공과 가족이 겪게 될 파탄의 운명을 암시해 주는 복선의 역할을 하는 셈입니다.

이 작품의 제목이면서 마지막 장면에 등장하는 '오발탄'이라는 단어 또한 과거의 삶에 대한 집착으로 말미암아 현재의 삶에 무기력과 체념의 자세를 보일 수밖에 없는 불행한 한 일가의 삶을 극적으로 암시해 줍니다. 자기 운명을 개척할 의지를 상실한 채 방향 감각을 잃어버리고, 어디로든 그것이 파멸이든 희망이든 날아가 버리고 마는 비극적인 인간상을 함축하고 있는 열쇠가 바로 '오발탄'입니다.

이와 더불어 동생 영호의 권총 강도 행각과 양공주가 된 여동생 명숙의 이불 속 흐느낌, 거의 정지되어 버린 아내의 무표정과 침묵, 그리고 이어진 아내의 죽음,

이범선

주인공의 의식 혼란 등도 이와 같은 분단의 폭력성과 전후 남한 현실의 황폐화를
증언하는 기재들입니다. 그들은 모두가 자기 정체성을 상실한 존재들로 '신의 오발
탄'인 셈이죠.

① 어머니의 '가자'라는 외침의 의미는 무엇일까요?

② 등장 인물들의 성격을 하나하나 구분해 봅시다.

③ 영호가 권총강도 행각을 벌이는 이유는 무엇일까요?

④ 마지막 부분에서 철호는 왜 방향 감각을 잃어버렸을까요?

⑤ 택시 기사가 말한 '오발탄'은 어떤 의미일까요?

오발탄

구성

발단	피난민 철호의 무기력한 일상의 터전이자 혼란과 무질서가 횡행하는 해방촌.
전개	판잣집 철호 일가의 비참한 삶의 모습과 희망이 보이지 않는 가족들의 모습.
위기	영호의 권총 강도 행각과 난산을 겪다가 죽은 아내의 사건이 겹치면서 철호의 내면적 갈등은 극에 달함.
절정	가족들의 비극적 결말을 접한 철호는 정신없이 방황함.
결말	결국 방향 감각을 잃은 철호는 택시 안에서 정신을 잃어버림.

핵심 정리

갈래	단편소설
배경	6·25 직후 해방촌 일대.
주제	전후戰後의 비참한 사회 속에서 벌어지는 비극. 부조리한 사회 구조 속에서 패배하는 양심적 인간의 비애.
시점	전지적 작가 시점, 3인칭 관찰자 시점
구성	복합적 구성
문체	건조체
의의	전후戰後 한국 사회의 암담한 현실 고발, 전쟁으로 인해 파멸해 가는 인간상과 내면의 허무를 표출.

작중인물의 성격

철호	자신이 처한 현실에 집착해 변화나 희망을 꿈꾸지 않는 인물로서, 무능력하고 소심한 성격의 소유자. 힘들고 어려울지언정 양심이나 법·관습·도덕 같은 것들을 애써 지키며 살아가려는 인물.
영호	현실을 직시하는 인물로서 양심을 지키며 살아가는 것보다 자신의 가족 스스로가 더 나은 삶을 사는 것이 중요하다고 생각하는 인물. 철호처럼 사는 것은 작은 용기조차도 없는 일이라고 생각함.
명숙	자신이 처해 있는 상황을 증오하고 냉담하게 살아가지만 가족에 대한 애정이 남아 있는 인물.
아내	생활에 지쳐 꿈과 희망을 잃어버린 채 자포자기한 채로 살아가지만 아이의 신발에 감동받을 정도로 여린 감성을 소유한 인물.

이범선

국어 공부를 위한 제안

논술, 이것만 알면 문제없다~!

논술이란, 어떤 문제에 대한 자신의 생각을 근거를 들어서 설득력 있게 표현하는 것으로 합리적으로 판단하고, 창의적으로 생각하는 힘을 길러주는 것입니다. 아직은 중학생이라 그렇게 절감하지 않을지는 몰라도, 입시 제도의 변화와 함께 논술의 비중이 커지고 있습니다. 수능 시험의 변별력이 낮아지면서 논술 성적이 대학 진학에 큰 영향을 미치고 있으니, 여러분도 미리미리 시간이 있을 때 대비해 두시기를 바랍니다.

다음은 논술을 잘 쓰기 위한 활용방안으로, 여러분의 몸에 다음과 같은 습관이 배었으면 합니다.

1. 왜, 왜, 왜! 평소 일어나는 일에 대해 의문을 갖습니다. 저 사람들은 왜 저럴까? 왜 저런 일이 일어났을까? 이러한 의문들은 사고력을 길러줍니다.

2. 웃고 떠들다가도 맘에 드는 구절이 있으면 메모해 둡니다. 나중에 써먹을 수가 있거든요. 그리고 책을 읽을 때도 눈으로만 보지 말고 마음에 드는 구절이 있거든 뽑아 두세요.

3. 좋은 글을 쓰려면 일단 아는 것이 많아야 합니다. 편식이 몸에 안 좋은 것처럼 만화책이나 SF소설만 읽는 것도 논술 능력 향상에는 좋지 않습니다. 다양한 장르의 책을 읽음으로써 지성과 교양을 쌓으세요.

4. 좀더 논리적이 되기 위해서는 신문의 사설이나 칼럼을 많이 읽으세요. 신문의 사설은 이슈가 되고 있는 문제들

국어 공부를 위한 제안

에 대해 아주 유명한 평론가가 서론 · 본론 · 결론에 맞게 쓴 글입니다. 이런 것들을 통해 글이 어떻게 진행되는지와 표현 방법 등을 배울 수 있습니다.

5. 일단 글쓰기 연습을 많이 해야 합니다. 일기를 써도 좋고, 간단한 독후감을 써도 좋습니다. 하다 못해 친구에게 이메일을 보내는 것도 좋겠죠. 말은 잘하면서도 막상 글로 쓰려면 표현을 못하는 사람들이 많거든요.

6. 경험은 자신의 훌륭한 밑천입니다. 여러 곳을 다니면서 다양한 체험을 쌓으세요. 많이 보고, 듣고, 느끼고, 이런 것들이 자신을 풍요롭게 만들며 글쓰기의 밑천이 될 수 있습니다.

7. 친구들과 이야기를 할 때는 요즘 패션의 흐름도 중요하고, 연예인에 관련된 가십거리도 재미있지만 이것보다는 어떤 주제를 정해서 정기적인 만남을 가져 보는 것도 좋습니다. 친구들끼리 주제를 놓고 토론을 하거나, 서론 · 본론 · 결론으로 구성된 글을 써 보는 것도 좋습니다.

이범선

수난이대

진수는 지팡이와 고등어를 각각 한 손에 쥐고, 아

버지의 등허리로 가서 슬그머니 업혔다. 만도는

팔뚝을 뒤로 돌려서 아들의 하나뿐인 다리를 꼭

안았다. 그리고, "팔로 내 목을 감아야 될 끼다."

했다.

하근찬 河瑾燦

하근찬은 1931년 경북 영천에서 태어났습니다. 1945
년에 전주사범학교에 입학했으나 재학 중 교원 시험
에 합격하면서 학교를 그만두고 1954년까지 초등학
교 교사로 재직했습니다. 1954년 다시 부산 동아대학
교 토목학과에 입학, 1957년에 중퇴했습니다.

그는 1955년 신태양사 주최 학생 문예 작품 모집
에 소설 「혈육」이 당선되면서 문단 활동을 시작했습
니다. 그리고 이듬해에 《교육주보》가 주최한 교육소
설 모집에 「메뚜기」가 당선되었으며, 1957년에는 《한
국일보》 신춘문예에 일제 징용으로 끌려가 팔을 하
나 잃은 아버지가 한국전쟁으로 다리 하나를 잃은 아
들을 맞이하는 내용의 「수난 이대」가 당선되면서 활
발한 창작 활동을 하게 됩니다.

대부분 가난한 농촌을 배경으로 서민들의 애환
과 민족적 비극을 그려낸 그는 여러 직장을 전전하며
작품 활동을 벌이던 중 1969년에 「낙발」을 《신동아》
에 발표한 후 전업 작가의 길로 들어섰습니다.

소설집으로는 『흰종이 수염』·『월례소전』·『화
가 남궁씨의 수염』이 있고, 한국문학상(1970), 조연
현문학상(1983)·요산문학상(1984)·유주현문학상
(1988) 등을 받았습니다.

하근찬은 역사적 상황에 관련된 수
난의 아픔과 인간적 진실을 그렸다
는 평가를 받고 있다
(1931~　)

하근찬은 전쟁 등 역사적 상황에 관련된 수난의 아픔과 인간적 진실을 그려냈다는 평가를 받아 왔습니다. 특히 「수난 이대」는 한국전쟁과 태평양전쟁을 연결시켜 함께 다루었다는 점에서 그 독창성을 인정받고 있습니다.

그의 초기 작품들을 보면, 역사적 상황과 연계해 가난한 농촌을 비극적인 현실로 인식하고 그 아픔을 이겨내려는 강한 의지를 보여주고 있습니다. 즉, 열악한 농촌 현실을 굳건히 극복해 내려는 농민들에게 관심을 보인 것입니다.

이후 그의 시선은 농촌이라는 제한적인 공간을 넘어 소시민을 비롯한 사회적 약자층으로 옮겨갔습니다. 단편 「삼각의 집」에서는 도회지 서민의 생활상에서 발견되는 부조리를 살폈으며, 단편 「왕릉과 주둔군」에서는 외국 군대의 주둔과 타락한 윤리를 다루었습니다.

특히 그는 당대 현실의 어두운 측면을 보여주면서도 해학미를 잃지 않고 있는데, 그것은 농촌을 배경으로 이루어지고 있는 농민들의 삶과 그 애환을 다루고 있기 때문이 아닌가 여겨집니다.

단편집 『서울의 개구리』의 표지

하근찬

이 작품은 역사적 비극을 응축시켜 상징적으로 제시함으로써, 작품의 해석을 전적으로 독자의 손에 맡기고 있습니다. 하근찬은 전쟁이나 역사가 인간에게 남겨 준 처절한 아픔과 불행을 열올려 부르짖거나 설익은 주제 의식으로 강변하는 대신에 다만 제시함으로써, 작가로서의 역할과 영역을 차분하게 지켰다고 볼 수 있겠지요. 작가가 보여주는 이러한 암시적인 주제 제시 방법은 외나무다리를 건너는 마지막 장면에서 확연히 드러나는데, 이는 직접적인 주제 제시보다 훨씬 강렬한 극적 효과를 발휘합니다.

또 이 소설 속에서는 토속어와 비속어를 사용해 사실적 묘사를 강화하고 있어요. 그리고 회상 기법을 사용해 사건을 매우 적절하게 요약적으로 제시하고 있을 뿐만 아니라 비극적 감정을 해학적으로 처리함으로써, 감동을 효과적으로 극대화시키는 데도 성공하고 있습니다.

「수난 이대」는 농촌의 삶과 현실이 역사적 상황과 마주했을 때 일어나는 비극을 효과적으로 드러내며, 그 비극을 이겨내려는 강한 삶의 집념을 보여준다는 점에서 주목할 만한 작품이라고 할 수 있습니다.

진수가 돌아온다. 진수가 살아서 돌아온다. 아무개는 전사했다는 통지가 왔고, 아무개는 죽었는지 살았는지 통 소식이 없는데, 우리 진수는 살아서 오늘 돌아오는 것이다. 생각할수록 어깻바람이 날 일이다. 그래 그런지 몰라도 박만도는 여느 때 같으면 아무래도 한두 군데 앉아 쉬어야 넘어설 수 있는 용머리재를 단숨에 올라 채고 말았다. 가슴이 펄럭거리고 허벅지가 뻐근했다. 그러나 그는 고갯마루에서도 쉴 생각을 하지 않았다. 들 건너 멀리 바라보이는 정거장에서 연기가 물씬물씬 피어오르며 삐익 기적 소리가 들려 왔기 때문이다. 아들이 타고 내려올 기차는 점심때가 가까워야 도착한다는 것을 모르는 바 아니다. 해가 이제 겨우 산등성이 위로 한 뼘 가량 떠올랐으니, 오정이 되려면 아직 차례 멀었다. 그러나 그는 공연히 마음이 바빴다. 까짓것 잠시 앉아 쉬면 뭐 할 끼고.

만도는 손가락으로 한쪽 콧구멍을 찍 누르면서 팽! 마른코를 풀어 던졌다. 그리고 휘청휘청 고갯길을 내려간다.

　내리막은 오르막에 비하면 아무것도 아니었다. 대고 팔을 흔들라치면 절로 굴러 내려가는 것이다. 만도는 오른쪽 팔만을 앞뒤로 흔들고 있었다. 왼쪽 팔은 조끼 주머니에 아무렇게나 쑤셔 넣고 있는 것이다. 삼대 독자가 죽다니 말이 되나. 살아서 돌아와야 일이 옳고말고. 그런데 병원에서 나온다 하니 어디를 좀 다치기는 다친 모양이지만, 설마 나같이 이렇게사 되지 않았겠지. 만도는 왼쪽 조끼 주머니에 꽂힌 소맷자락을 내려다보았다. 그 소맷자락 속에는 아무것도 든 것이 없었다. 그저 소맷자락만이 어깨 밑으로 덜렁 처져 있는 것이다. 그래서 노상 그쪽은 조끼 주머니 속에 꽂혀 있는 것이다. 볼기짝이나 장딴지 같은 데를 총알이 약간 스쳐갔을 따름이겠지. 나처럼 팔뚝 하나가 몽땅 달아날 지경이었다면 엄살스런 놈이 견뎌 냈을 턱이 없고말고. 슬며시 걱정이 되기도 하는 듯 그는 속으로 이런 소리를 주워섬겼다.

　내리막길은 빨랐다. 벌써 고갯마루가 저만큼 높이 쳐다보였다. 산모퉁이를 돌아서면 이제 들판이다.

　내리막길을 쏘아 내려온 기운 그대로, 만도는 들길을 잰걸음쳐 나가다가 개천 둑에 이르러서야 걸음을 멈추었다. 외나무다리가 놓여 있는 조그마한 시냇물이었다. 한여름 장마철에는 들어설라치면 배꼽이 묻히는 수도 있었지마는, 요즈음엔 무릎이 잠길 듯 말 듯한 물이었다. 가을이 깊어지면서부터 물은 밑바닥이 환히 들여다보일 만큼 맑아져 갔다. 소리도 없이 미끄러져 내려가는 물을 가만히 내려다보고 있으면 절로 이가 시려 온다.

만도는 물 기슭에 내려가서 쭈그리고 앉아 한 손으로 고의춤을 풀어 헤쳤다. 오줌을 찌익 깔기는 것이다. 거울면처럼 맑은 물 위에 오줌이 가서 부글부글 끓어오르며 뿌우연 거품을 이루니 여기저기서 물고기 떼가 모여든다. 제법 엄지손가락만씩 한 피라미도 여러 마리다. 한 바가지 잡아서 회쳐 놓고 한 잔 쭈욱 들이켰으면…… 군침이 목구멍에서 꿀꺽 했다. 고기떼를 향해서 마른 코를 팽팽 풀어 던지고, 그는 외나무다리를 조심히 디뎠다.

길이가 얼마 되지 않는 다리였으나, 아래로 물을 내려다보면 제법 아찔했다. 그는 이 외나무다리를 퍽 조심했다.

언젠가 한번 읍에서 술이 꽤 되어 가지고 흥청거리며 돌아오다가 물에 굴러떨어진 일이 있었던 것이다. 지나치는 사람이 없었기에 망정이지 누가 보았더라면 큰 웃음거리가 될 뻔했었다. 발목 하나를 약간 접쳤을 뿐 크게 다친 데는 없었다. 이른 가을철이었기 때문에 옷을 벗어 둑에 널어놓고 말릴 수는 있었으나, 여간 창피스러운 것이 아니었다. 옷이 말짱 젖었다거나, 옷이 마를 때까지 발가벗고 기다려야 한다거나 해서가 아니었다. 팔뚝 하나가 몽땅 잘려나간 흉측한 몸뚱어리를 하늘 앞에 드러내 놓고 있어야 했기 때문이었다. 지나치는 사람이 있을라치면 하는 수 없이 물 속으로 뛰어 들어가서 얼굴만 내놓고 앉아 있었다. 물이 선뜩해서 아래턱이 덜덜거렸으나, 오그라붙는 사타구니께를 한 손으로 꽉 움켜쥐고 버티는 수밖에 없었다.

"흐흐흐……."

그때 일을 생각하면 지금도 곧 웃음이 터져 나온다. 하늘로 쳐들린 콧구멍이 연신 벌름거렸다.

개천을 건너서 논두렁길을 한참 부지런히 걸어가노라면 읍으로 들어가는 한길이 나선다. 도로변에 먼지를 부옇게 덮어쓰고 도사리고 앉아 있는 초가집은 주막이다. 만도가 읍에 나올 때마다 꼭 한 번씩 들르곤 하는 단골집인 것이다. 이 집 눈썹이 짙은 여편네와는 예사로 농을 주고받는 사이다.

　술방 문턱을 넘어서며 만도가,

　"서방님 들어가신다."

하면, 여편네는,

　"아이 문둥아, 어서 오느라."

하는 것이 인사처럼 되어 있다. 만도는 여간 언짢은 일이 있어도 이 여편네의 궁둥이 곁에 가서 앉으면 속이 절로 쑥 내려가는 것이었다.

　주막 앞을 지나치면서 만도는 술방 문을 열어 볼까 했으나, 방문 앞에 신이 여러 켤레 널려 있고, 방 안에서 웃음소리가 요란하기 때문에 돌아오는 길에 들르기로 했다. 신작로에 나서면 금세 읍이었다. 만도는 읍 들머리에서 잠시 망설이다가 정거장 쪽과는 반대되는 방향으로 걸음을 옮겼다. 장거리를 찾아가는 것이었다. 진수가 돌아오는데 고등어나 한 손 사가지고 가야 될 거 아닌가 싶어서였다. 장날은 아니었으나, 고깃전에는 없는 고기가 없었다. 이것을 살까 하면 저것이 좋아 보이고, 그것을 사러 가면 또 그 옆의 것이 먹음직해 보였다. 한참 이리저리 서성거리다가 결국은 고등어 한 손을 샀다. 그것을 달랑달랑 들고 정거장을 향해 가는데, 겨드랑 밑이 간질간질해 왔다. 그러나 한 쪽밖에 없는 손에 고등어를 들었으니 참 딱했다. 어깻죽지를 연신 아래위로 움직거리는 수밖에 없었다.

정거장 대합실에 들어선 만도는 먼저 걸린 시계부터 바라보았다. 두시 이십분이었다. 벌써 두시 이십분이라니, 내가 잘못 보았나? 아무리 두 눈을 씻고 보아도 시계는 틀림없는 두시 이십분이었다. 한쪽 걸상에 가서 궁둥이를 붙이면서 곧장 미심쩍어했다. 두시 이십분이라니, 그럼 벌써 점심때가 지났단 말인가. 말도 아닌 것이다. 자세히 보니 시계는 유리가 깨어졌고, 먼지가 꺼멓게 앉아 있었다. 그러면 그렇지, 엉터리었다. 벌써 그렇게 되었을 리가 없는 것이다.

"여보이소, 지금 몇 싱교?"

맞은편에 앉은 양복쟁이한테 물어보았다.

"열시 사십분이오."

"예, 그렁교."

만도는 고개를 굽신하고는 두 눈을 연신 껌벅거렸다. 열시 사십분이라, 보자…… 그럼 아직도 한 시간이나 남았구나. 그는 안심이 되는 듯 후유 숨을 내쉬었다. 궐련을 한 개 빼물고 불을 댕겼다. 정거장 대합실에 와서 이렇게 도사리고 앉아 있노라면, 만도는 곧잘 생각하는 일이 한 가지 있었다. 그 일이 머리에 떠오르면 등골을 찬 기운이 확 스쳐 내려가는 것이었다. 손가락이 시퍼렇게 굳어진, 이끼 긴 나무토막 같은 팔뚝이 지금도 저만큼 눈앞에 보이는 듯했다.

바로 이 정거장 마당에 백 명 남짓한 사람들이 모여 웅성거리고 있었다. 그 중에는 만도도 섞여 있었다. 기차를 기다리고 있는 것이었으나, 그들은 모두 자기네들이 어디로 가는 것인지 알지를 못했다. 그저 차를 타라면 탈 사람들이었다. 징용에 끌려나가는 사람들이었다. 그러니까 지금으로부터 십삼사 년 옛날의 이야기인 것이다.

북해도 탄광으로 갈 것이라는 사람도 있었고, 틀림없이 남양군도로 간다는 사람도 있었다. 더러는 만주로 갔으면 좋겠다고 하기도 했다. 만도는 북해도가 아니면 남양군도일 것이고, 거기도 아니면 만주겠지. 설마 저희들이 하늘밖으로사 끌고 가겠느냐고, 아무렇지도 않은 듯이 그 들창코로 담배 연기를 폭폭 내뿜고 있었다. 그러나 마음이 좀 덜 좋은 것은 마누라가 저쪽 변소 모퉁이 벚나무 밑에 우두커니 서서 한눈도 안 팔고 이쪽만을 바라보고 있는 때문이었다. 그래서 그는 주머니 속에 성냥을 두고도 옆 사람에게 불을 빌리자고 하며 슬며시 돌아서 버리곤 했다.

홈으로 나가면서 뒤를 돌아보니 마누라는 울 밖에 서서 수건으로 코를 눌러 대고 있는 것이었다. 만도는 코허리가 찡했다. 기차가 꽥꽥 소리를 지르면서 덜커덩! 하고 움직이기 시작했을 때는 정말 기분이 덜 좋았다. 눈앞이 뿌옇게 흐려지는 것을 어쩌지 못했다. 그러나 정거장이 까맣게 멀어져 가고, 차창 밖으로 새로운 풍경이 획획 날아들자, 그만 아무렇지도 않아지는 것이었다. 오히려 기분이 유쾌해지는 것 같기도 했다.

바다를 본 것도 처음이었고, 그처럼 큰 배에 몸을 실어본 것은 더구나 처음이었다. 배 밑창에 엎드려서 꽥꽥 게워 내는 사람들이 많았으나, 만도는 그저 골이 좀 띵했을 뿐 아무렇지도 않았다. 더러는 하루에 두 개씩 주는 주먹밥을 남기기도 했으나, 그는 한꺼번에 하루 것을 뚝딱해도 시원찮았다.

모두들 내릴 준비를 하라는 명령이 떨어진 것은 사흘째 되는 날 황혼 때였다. 제각기 봇짐을 챙기기에 바빴다. 만도도 호박덩이만한 보따리를 옆구리에 덜렁 찼다. 갑판 위에 올라가 보니 하늘은 활활 타오르고 있고, 바닷물은 불에 녹은 쇠처럼 벌겋게 출렁거리고 있었다. 지금 막 태양이 물 위로 뚝 떨어져 가는 중이었다. 햇덩어리가 어쩌면 그렇게 크고 붉은지 정말 처음이었다. 그리고 바다 위에 주황빛으로 번쩍거리는 커다란 산이 둥둥 떠 있는 것이었다. 무시무시하도록 황홀한 광경에 모두들 딱 벌어진 입을 다물 줄 몰랐다. 만도는 양어깨를 버쩍 들어올리면서 히야, 고함을 질러 댔다. 그러나 섬에서 그들을 기다리고 있는 것은 숨막히는 더위와 강제 노동과, 그리고 잠자리만씩이나 한 모기떼…… 그런 것뿐이었다.

섬에다가 비행장을 닦는 것이었다. 모기에게 물려 혹이 된 자리를 벅벅 긁으며, 비오듯 쏟아지는 땀을 무릅쓰고 아침부터 해가 떨어질 때까지 산을 허물어 내고, 흙을 나르고 하기란 고향에서 농사일에 뼈가 굳어진 몸에도 이만저만한 고역이 아니었다 물도 입에 맞지 않았고, 음식도 이내 변하곤 해서 도저히 견디어 낼 것 같지가 않았다. 게다가 병까지 돌았다. 일을 하다가도 벌떡 자빠지기가 예사였다. 그러나 만도는 아침저녁으로 약간씩 설사를 했을 뿐 넘어지지는 않았다. 물도 차츰 입에 맞아 갔고, 고된 일도 날이 감에 따라 몸에 배어드는 것이었다. 밤에 날개를 치며 몰려드는 모기떼만 아니면 그냥 저냥 배겨내겠는데, 정말 그놈의 모기들만은 질색이었다.

사람의 힘이란 무서운 것이었다. 그처럼 험난하던 산과 산 틈바구니에 비행장을 닦아 내고야 말았던 것이다. 그러나 일은 그것으로 끝나는 것이 아니고, 오히려 더 벅찬 일이 기다리고 있었다. 연합군의 비행기가 날아들면서부터 일은 밤중까지 계속되었다. 산허리에 굴을 파들어가는 작업이었다. 비행기를 집어넣을 굴이었다. 그리고 모든 시설을 다 굴 속으로 옮겨야 하는 것이었다.

여기저기서 다이너마이트 튀는 소리가 산을 흔들어 댔다. 앵앵앵 하고 공습경보가 나면 일을 하던 손을 놓고 모두 굴 바닥에 납작납작 엎드려 있어야 했다. 비행기가 돌아갈 때까지 그러고 있는 것이었다. 어떤 때는 근 한 시간 가까이나 엎드려 있어야 하는 때도 있었는데, 차라리 그것이 얼마나 편한지 몰랐다. 그래서 더러는 공습이 있기를 은근히 기다리기도 했다. 때로는 공습경보의 사이렌을 듣지 못하고 그냥 일을 계속 하는 수도 있었다. 그럴 때는 모두 큰 손해를 보았다고 야단들이었다. 어떻게 된 셈인지 사이렌이 미처 울리기도 전에 비행기가 산등성이를 넘어 들이닥치는 수도 있었다. 그럴 때는 정말 질겁을 했다. 가장 많이 피해를 낸 것도 그런 경우였다. 만도가 한쪽 팔을 잃어버린 것도 바로 그런 때의 일이었다.

여느 날과 다름없이 굴 속에서 바위를 허물어 내고 있었다. 바위 틈서리에 구멍을 뚫어서 다이너마이트 장치를 하는 것이었다. 장치가 다 되면 모두 바깥으로 나가고, 한 사람만 남아서 불을 당기는 것이다. 그리고 그것이 터지기 전에 얼른 밖으로 뛰어나와야 한다.

만도가 불을 당기는 차례였다. 모두들 바깥으로 나가 버린 다음 그는 성냥을 꺼냈다. 그런데 웬 영문인지 기분이 꺼림칙했다. 모기에게 물린 자리가 자꾸 쑥쑥 쑤시는 것이었다. 긁적긁적 긁어 댔으나 도무지 시원한 맛이 없었다.

그는 이맛살을 찌푸리면서 성냥을 득! 그었다. 그래 그런지 몰라도 불은 이내 픽 하고 꺼져 버렸다. 성냥 알맹이 네 개째에서 겨우 심지에 불이 당겨졌다. 심지에 불이 붙는 것을 보자, 그는 얼른 몸을 굴 밖으로 날렸다. 바깥으로 막 나서려는 때였다. 산이 무너지는 듯한 소리와 함께 사나운 바람이 귓전을 후려갈기는 것이었다. 만도는 정신이 아찔했다. 공습이었던 것이다. 산등성이를 넘어 달려온 비행기가 머리 위로 아슬아슬하게 지나가는 것이었다. 미처 정신을 차리기도 전에 또 한 대가 뒤따라 날아드는 것이 아닌가. 만도는 그만 넋을 잃고 굴 안으로 도로 달려들어갔다. 달려들어가서 굴 바닥에 아무렇게나 팍 엎드리고 말았다. 그 순간이었다. 쾅! 굴 안이 미어지는 듯하면서 다이너마이트가 터졌다. 만도의 두 눈에서 불이 번쩍 했다.

만도가 어렴풋이 눈을 떠보니, 바로 거기 눈앞에 누구의 것인지 모를 팔뚝이 하나 아무렇게나 던져져 있었다. 손가락이 시퍼렇게 굳어져서 마치 이끼 낀 나무토막처럼 보이는 팔뚝이었다. 만도는 그것이 자기의 어깨에 붙어 있던 것인 줄을 알자, 그만 으악! 정신을 잃어버렸다.

재차 눈을 떴을 때는 그는 푹신한 담요 위에 누워 있었고, 한쪽 어깻죽지가 못 견디게 쿡쿡 쑤셔 댔다. 절단 수술이 이미 끝난 뒤였다.

쾌애액 기적 소리였다. 멀리 산모퉁이를 돌아오는가 보다. 만도는 자리를 털고 벌떡 일어서며 옆에 놓아둔 고등어를 집어들었다. 기적 소리가 가까워질수록 가슴이 울렁거렸다. 대합실 밖으로 뛰어나가 플랫폼이 잘 보이는 울타리 쪽으로 가서 발돋움을 했다.

땡땡땡 종이 울리자, 잠시 후 차는 소리를 지르면서 들이닥쳤다. 기관차의 옆구리에서는 김이 픽픽 풍겨 나왔다. 만도의 얼굴은 바짝 긴장되었다. 시커먼 열차 속에서 꾸역꾸역 사람들이 밀려 나왔다. 꽤 많은 손님이 쏟아져 내리는 것이었다. 만도의 두 눈은 곧장 이리저리 굴렀다. 그러나 아들의 모습은 쉽사리 눈에 띄지가 않았다. 저쪽 출입구로 밀려가는 사람의 물결 속에 두 개의 지팡이를 짚고 절룩거리면서 걸어나가는 상이군인이 있었으나, 만도는 그 사람에게 주의가 가지는 않았다.

기차에서 내릴 사람은 모두 내렸는가 보다. 이제 미처 차에 오르지 못한 사람들이 플랫폼을 이리저리 서성거리고 있을 뿐인 것이다. 그놈이 거짓으로 편지를 띄웠을 리 없을 건데……. 만도는 자꾸 가슴이 떨렸다. 이상한 일인데…… 하고 있을 때였다. 분명히 뒤에서,

"아부지!"

부르는 소리가 들렸다. 만도는 깜짝 놀라며 얼른 뒤를 돌아보았다. 그 순간 만도의 두 눈은 무섭도록 크게 떠지고, 입은 딱 벌어졌다. 틀림없는 아들이었으나, 옛날과 같은 진수는 아니었다. 양쪽 겨드랑이에 지팡이를 끼고 서 있는데, 스쳐가는 바람결에 한쪽 바짓가랑이가 펄럭거리는 것이 아닌가.

만도는 눈앞이 노오래지는 것을 어쩌지 못했다. 한참 동안 그저 멍멍하기만 하다가, 코허리가 찡해지면서 두 눈에 뜨거운 것이 핑 도는 것이었다.

"에라이 이놈아!"

만도의 입술에서 모지게 튀어나온 첫마디였다. 떨리는 목소리였다.

고등어를 든 손이 불끈 주먹을 쥐고 있었다.

"이기 무슨 꼴이고, 이기!"

"아부지!"

"이놈아, 이놈아……."

만도의 들창코가 크게 벌름거리다가 훌쩍 물코를 들이마셨다. 진수의 두 눈에서는 어느 결에 눈물이 지르르 흘러내리고 있었다. 만도는 모든 게 진수의 잘못이기나 한 듯 험한 얼굴로,

"가자, 어서!"

무뚝뚝한 한 마디를 던지고는 성큼성큼 앞장을 서 가는 것이었다. 진수는 입술에 내려와 묻는 짭짤한 것을 혀끝으로 날름 핥아 버리면서 절름절름 아버지의 뒤를 따랐다.

앞장서 가는 만도는 뒤따라오는 진수를 한 번도 돌아보지 않았다. 한눈을 파는 법도 없었다. 무겁디무거운 짐을 진 사람처럼 땅바닥만 내려다보며, 이따금 끙끙거리면서 부지런히 걸어만 가는 것이다. 지팡이에 몸을 의지하고 걷는 진수가 성한 사람의, 게다가 부지런히 걷는 걸음을 당해 낼 수는 도저히 없었다. 한 걸음 두 걸음씩 뒤지기 시작한 것이 그만 작은 소리로 불러서는 들리지 않을 만큼 떨어져 버리고 말았다. 진수는 목구멍으로 왈칵 넘어오려는 뜨거운 기운을 참느라고 어금니를 야물게 깨물어 보기도 했다. 그리고 두 개의 지팡이와 한 개의 다리를 열심히 움직여 댔다.

앞서간 만도는 주막집 앞에 이르자, 비로소 한 번 뒤를 돌아보았다. 진수는 오다가 나무 밑의 그늘에 서서 오줌을 누고 있었다. 지팡이는 땅바닥에 던져 놓고, 한쪽 손으로는 볼일을 보고, 한쪽 손으로는 나무등치를 안고 있는 꼬락

서니가 을씨년스럽기 이를 데 없었다. 만도는 눈살을 찌푸리며, 으음 신음 소리 비슷한 무거운 소리를 토했다. 그리고 술방 앞으로 가서 방문을 왈칵 잡아당겼다.

기역자 판 안쪽에 도사리고 앉아서 속옷을 뒤집어 이를 잡고 있던 여편네가 킥 웃으며 후닥닥 옷섶을 여몄다. 그러나 만도는 웃지를 않았다. 방 문턱을 넘어서면서도 서방님 들어가신다는 소리를 내뱉지 않았다. 이처럼 뚝뚝한 얼굴을 하고 이 술방에 들어서기란 아마 처음 일일 것이다. 여편네가 멋도 모르고,

"오늘은 서방님 아닌가베."

하고 킬룩 웃었으나, 만도는 으음 또 무거운 신음 소리를 토해 내고는 기역자 판 앞에 가서 쭈그리고 앉기가 바쁘게,

"빨리, 빨리."

"핫다나, 어지간이도 바쁜가베."

"빨리 곱배기로 한 사발 달라니까구마."

"오늘은 와 이카노?"

여편네가 건네주는 술사발을 받아 들며 만도는 후유 한숨을 크게 내쉬었다. 그리고 입을 얼른 사발로 가져갔다. 꿀꿀꿀 잘도 넘어간다. 그 큰 사발을 단숨에 비워 버리고는 도로 여편네 앞으로 불쑥 내민다.

그렇게 거들빼기로 석 잔을 해치우고서야 으으윽 게트림을 했다. 여편네가 눈을 휘둥그레가지고 혀를 내둘렀다. 빈속에 술을 그처럼 때려 마시고 보니 금세 눈두덩이 확확 달아오르고, 귀뿌리가 발갛게 익어 갔다.

술기가 얼근하게 돌자 이제 좀 속이 풀리는 것 같아 방문을 열고 바깥을 내

다보았다. 진수는 이마에 땀을 척척 흘리면서 절름절름 저만큼 오고 있었다.

"진수야!"

버럭 소리를 질렀다.

"이리 들어와 보래."

진수는 아무런 대꾸도 없이 어기적어기적 다가왔다.

다가와서 방문턱에 걸터앉으니까, 여편네가 보고,

"방으로 좀 들어오이소."

한다.

"여기 좋심더."

그는 수세미 같은 손수건으로 이마와 코 언저리를 아무렇게나 훔친다.

"마, 아무 데서나 묵어라. 저, 국수 한 그릇 말아 주소."

"야."

"곱배기로 잘 좀…… . 참지름도 치소, 잉?"

"야아."

여편네는 코로 히죽 웃으면서 만도의 옆구리를 살짝 꼬집고는, 소쿠리에서 삶은 국수 두 뭉텅이를 집어 든다.

진수가 국수를 훌훌 끌어 넣고 있을 때, 여편네는 만도의 귓전으로 얼굴을 살짝 갖다 댄다.

"아들이가?"

만도는 고개를 약간 끄덕거렸을 뿐 좋은 기색을 하지 않았다.

진수가 국물을 훌쩍 들이마시고 나자 만도는,

"한 그릇 더 묵을래?"

한다.

"아니예."

"한 그릇 더 묵지 와?"

"그만 묵을랍니다."

진수는 입을 썩 닦으며 부스스 자리에서 일어났다.

주막을 나선 그들 부자는 논두렁길로 접어들었다. 조금 전처럼 만도가 앞
장을 서는 것이 아니라, 이번에는 진수를 앞세웠다. 지팡이를 짚고 기우뚱기
우뚱 앞서가는 아들의 뒷모습을 바라보며, 팔뚝이 하나밖에 없는 아버지가 느
릿느릿 따라가는 것이다. 손에 매달린 고등어가 자꾸 달랑달랑 춤을 춘다.

너무 급하게 들이부어서 그런지 만도의 뱃속에서는 우글우글 술이 끓고,
다리가 휘청거린다. 콧구멍으로 더운 숨을 훅훅 내뿜어 본다. 정신이 아른하
다. 좋다.

"진수야!"

"예?"

"니 우짜다가 그래 댔노?"

"전쟁하다가 이래 안 됐심니꼬. 수류탄 쪼가리에 맞았심더."

"수류탄 쪼가리에?"

"예."

"음……."

"얼른 낫지 않고 막 썩어 들어가기 때문에 군의관이 짤라 버립띠더, 병원에

서예."

"……."

"아부지!"

"와?"

"이래 가지고 나 우째 살까 싶습니더."

"우째 살긴 뭘 우째 살아. 목숨만 붙어 있으면 다 사는 기다. 그런 소리 하지 마라."

"……."

"나 봐라, 팔뚝이 하나 없어도 잘만 안 사나. 남 봄에 좀 덜 좋아서 그렇지, 살기사 와 못 살아."

"차라리 아부지같이 팔이 하나 없는 편이 낫겠어예. 다리가 없어놓니 첫째 걸어댕기기가 불편해서 똑 죽겠심더."

"야야, 안 그렇다. 걸어댕기기만 하면 뭐 하노. 손을 제대로 놀려야 일이 뜻대로 되지."

"그럴까예?"

"그렇다니까. 그러니까 집에 앉아서 할 일은 니가 하고, 나댕기메 할 일은 내가 하고, 그라면 안 되겠나, 그제?"

"예."

진수는 가벼운 한숨을 내쉬며 아버지를 돌아보았다. 만도는 돌아보는 아들의 얼굴을 향해서 지그시 웃어 주었다.

술을 마시고 나면 이내 오줌이 마려워진다. 만도는 길가에 아무렇게나 쭈

그리고 앉아서 고등어 묶음을 입에 물려고 한다. 그것을 본 진수가,

　"아부지 그 고등어 이리 주이소."

한다.

　팔이 하나밖에 없는 몸으로 물건을 손에 든 채 소변을 볼 순 없는 것이다. 아버지가 볼일을 마칠 때까지 진수는 저만큼 떨어져 서서, 지팡이를 한쪽 손에 모아 쥐고 다른 손으로는 고등어를 들고 있었다. 볼일을 다 본 만도는 얼른 가서 아들의 손에서 고등어를 다시 받아 든다.

　개천 둑에 이르렀다. 외나무다리가 놓여 있는 그 시냇물이다. 진수는 슬그머니 걱정이 되었다. 물은 그렇게 깊은 것 같지 않지만, 밑바닥이 모래흙이어서 지팡이를 짚고 건너가기가 만만할 것 같지 않기 때문이다. 외나무다리 위로는 도저히 건너갈 재주가 없고……. 진수는 하는 수 없이 둑에 퍼더버리고 앉아서 바짓가랑이를 걷어올리기 시작했다.

　만도는 잠시 멀뚱히 서서 아들의 하는 수작을 내려다보고 있다가,

　"진수야, 그만두고, 자아, 업자."

하는 것이었다.

　"업고 건느면 일이 다 되는 거 아니가, 자아, 이거 받아라."

　고등어 묶음을 진수 앞으로 내민다.

　진수는 퍽 난처해하면서, 못 이기는 듯이 그것을 받아 들었다. 만도는 등허리를 아들 앞에 갖다 대고, 하나밖에 없는 팔을 뒤로 번쩍 내밀며,

　"자아, 어서!"

했다.

진수는 지팡이와 고등어를 각각 한 손에 쥐고, 아버지의 등허리로 가서 슬그머니 업혔다. 만도는 팔뚝을 뒤로 돌려서 아들의 하나뿐인 다리를 꼭 안았다. 그리고,

　　"팔로 내 목을 감아야 될 끼다."

했다.

　　진수는 무척 황송한 듯 한쪽 눈을 찍 감으면서, 고등어와 지팡이를 든 두 팔로 아버지의 굵은 목줄기를 부둥켜안았다.

　　만도는 아랫배에 힘을 주며 끙 하고 일어났다. 아랫도리가 약간 후들거렸으나 걸어갈 만은 했다. 외나무다리 위로 조심조심 발을 내디디며 만도는 속으로, 이제 새파랗게 젊은 놈이 벌써 이게 무슨 꼴이고, 세상을 잘못 만나서 진수 니 신세도 참 똥이다 똥, 이런 소리를 주워섬겼고, 아버지의 등에 업힌 진수는 곧장 미안스러운 얼굴을 하며, 나꺼정 이렇게 되다니 아부지도 참 복도 더럽게 없지, 차라리 내가 죽어 버렸더라면 나았을 낀데…… 하고 속으로 중얼거렸다.

　　만도는 아직 술기가 약간 있었으나, 용케 몸을 가누며 아들을 업고 외나무다리를 조심조심 건너가는 것이었다.

　　눈앞에 우뚝 솟은 용머리재가 이 광경을 가만히 내려다보고 있었다.

작품 줄거리

박만도는 삼대 독자인 아들 진수가 전쟁터에서 돌아온다는 통지를 받고 마음이 들떠서 일찌감치 정거장으로 마중을 나간다. 그런데 만도는 진수가 병원에서 퇴원하는 길이라 하니 많이 다친 것은 아닐까 하는 생각에 불안한 마음을 떨쳐내지 못한다. 그는 한쪽 팔이 없어서 늘 주머니에 한쪽 소맷자락을 꽂고 다닌다. 외나무다리를 건너던 그는, 언젠가 술에 취해 물에 빠지는 바람에 옷을 널어 말리다가 사람들이 지나가면 물 속으로 들어가 얼굴만 내놓던 일을 떠올린다.

정거장으로 가는 길에 그는 진수에게 주려고 고등어 두 마리를 산다. 정거장에서 초조하게 아들을 기다리는 동안, 만도는 과거의 일을 회상한다. 일제에 강제 징용되어 남양南洋에 있는 어떤 섬에서 비행장을 만들던 그는 산허리에 굴을 파려고 다이너마이트를 설치한다. 불을 붙이고 굴 밖으로 나서는 순간 연합군의 공습이 시작되었고, 당황한 그는 굴로 다시 들어갔다가 다이너마이트가 터지는 바람에 팔 한쪽을 잃게 된다.

그렇게 과거의 일을 상기하던 만도 앞에 마침내 기차가 도착하고, 사람들이 하나둘씩 내리기 시작한다. 좀체 아들의 모습이 보이지 않자, 초조해진 그의 등뒤에서 아부지, 하고 부르는 소리가 들려 온다. 이에 뒤로 돌아선 그는 다리를 하나 잃은 채 목발을 짚고 서 있는 아들을 보고 눈앞이 아찔해지는 것을 느낀다.

만도는 모든 것이 진수의 잘못인 듯이 분노를 씹으며, 뒤도 안 돌아보고 걸어가 버린다. 그러다 힐끗 뒤돌아본 그는 혼자 볼일을 보고 있는 진수의 을씨년스러운 꼬락서니를 보고는 몹시 속이 상한다. 주막에 이르러서 어찌할 수 없는 부정父情을 드러낸 그는 술기운이 돌자, 아들에게 자초지종을 묻는다. 그리하여 진수가 수류탄 파편에 맞아 다리를 잃은 것을 알게 되고, 이런 모습으로 어떻게 살겠냐는 아들의 하소연에는 자신과 둘이 잘 살아보자며 위로를 한다.

다시 주막을 나와 외나무다리에 이르자, 만도는 머뭇거리는 진수에게 등에 업히라고 말한다. 진수는 지팡이와 고등어를 각각 한 손에 들고 아버지의 등에 슬그머니 업히고, 만도는 용케 몸을 가누며 조심조심 외나무다리를 건너간다. 진수는 황송한 마음에 자신을 업은 아버지에게 미안해하고, 만도는 아들의 신세를 한탄한다. 그 모습을 용머리재가 가만히 내려다보고 있다.

「수난 이대」는 「흰 종이 수염」과 더불어 하근찬의 대표작입니다. 일제에 의해 징용으로 끌려가 한 팔을 잃은 아버지와 6·25전쟁으로 한쪽 다리를 잃은 아들의 상봉, 즉 2대에 걸친 수난이 한자리에서 확인되는 짧은 한 순간의 이야기를 통해 민족사적 비극을 암시하고 있습니다. 간결한 문체로 이야기하는 현재와 과거 회상의 사건이 서로 적절히 교차되어 흥분과 격정이 고조되는 미적 쾌감을 느낄 수 있는 작품입니다. 「수난 이대」는 한국 현대사가 당면했던 역사적 비극을 조그만 마을에 사는 촌부와 그의 아들의 수난을 통해 보여주고 있습니다. 그럼 작품 속에서는 어떻게 현재와 과거의 회상이 교차되고 있는가 살펴보기로 할까요.

(과거)

심지에 불이 붙는 것을 보자, 그는 얼른 몸을 굴 밖으로 날렸다. 바깥으로 막 나서려는 때였다. 산이 무너지는 듯한 소리와 함께 사나운 바람이 귓전을 후려갈기는 것이

 더 알아두기

가족사 소설 한 가족이 겪는 흥망성쇠의 내력을 다룬 소설. 한 가족의 상황이나 운명을 역사적 시간의 지속과 변화의 차원에 놓고 그린다는 점에서, 가족사 소설은 단순히 가족 구성원 사이에 발생하는 문제들을 취급한 소설과는 다르다. 가족 구성원간의 갈등과 대립이 가족사 소설의 중요한 요소가 되는 것은 사실이지만, 가족사 소설은 가족 내의 개인보다는 가족이라는 집단의 움직임을 중요시하며, 더욱이 여러 대에 걸친 가족의 역사를 추적한다는 특징을 가지고 있다. 중요한 작품으로는 외국 소설로, 가브리엘 가르시아 마르케스의 『백년 동안의 고독』, 에밀리 브론테의 『폭풍의 언덕』 등이 있고, 한국 소설로는 염상섭의 『삼대』, 박경리의 『김약국의 딸들』 등이 있다.

었다. 만도는 정신이 아찔했다. 공습이었던 것이다.

(현재)

�꽤애액 기적 소리였다. 멀리 산모퉁이를 돌아오는가 보다. 만도는 자리를 털고 벌떡 일어서며 옆에 놓아둔 고등어를 집어들었다. 기적 소리가 가까워질수록 가슴이 울렁거렸다. 대합실 밖으로 뛰어나가 플랫폼이 잘 보이는 울타리 쪽으로 가서 발돋움을 했다.

땡땡땡 종이 울리자, 잠시 후 차는 소리를 지르면서 들이닥쳤다. 기관차의 옆구리에서는 김이 픽픽 풍겨 나왔다. 만도의 얼굴은 바짝 긴장되었다.

이 작품의 시간적 배경은 6·25전쟁이지만 구성상 대칭 관계에 있는 또 다른 배경은 태평양전쟁입니다. 그리하여 아버지가 겪은 태평양전쟁과 아들이 겪은 6·25

전쟁이 시대적 배경과 함께 인물의 삶의 조건을 형성하고 있지요. 그리고 공간적 배경은 경상도 농촌인데, 이 농촌이란 배경은 농민들의 삶의 현장으로서보다는 전쟁의 피해를 입어야만 했던 사람들, 특히 자신들의 의사와는 관계없이 피해를 입은 사람들이 모여 사는 장소로 부각되고 있습니다. 여기에 아버지와 아들이 겪은 수난은 그들 가족의 수난이자 우리 민족이 겪은 수난의 의미를 동시에 지니는 것이지요. 즉 2대代에 걸친 한 가족의 수난은 곧 민족사적 수난을 상징하는 것입니다.

이 소설은 엄밀한 의미에서 정통적이고 전형적인 가족사 소설이라고는 할 수는 없겠지요. 하지만 제목이 나타내는 바와 같이 역사의 변환 속에서 한 가족 부자이대 父子二代가 겪는 비극과 수난의 역사, 즉 수난의 가족에 대한 역사적 기술이라는 면에서 다분히 가족사 소설적인 성격을 띤다고 볼 수 있습니다.

이 작품이 이야기하려는 것은 역사적인 비극의 재확인이 아니라, 차례로 팔과 다리를 잃은 이 두 세대가 서로 협력해 외나무다리를 건너는 장면에서도 알 수 있듯이, 역사적인 비극을 딛고 일어서는 재기를 위한 화합和合을 기본 주제로 하고 있습니다.

아들에게 없는 다리를 아버지가 대신 맡아 주고, 팔이 없는 아버지를 대신해서 아들이 아버지의 팔을 대신 해주면서 외팔이인 아버지가 외다리가 된 아들을 업고 외나무다리를 건너는 마지막 장면은 수난의 시대를 살아가는 삶이 지탱해야 하는 휴머니즘, 즉 서로 돕고 살아가야 하고 그러기 위해서 필연적으로 나누어야 할 화해和解를 보여줌으로써 이 작품의 결을 한층 유연하게 만들고 있습니다. 바로 시대적 상황 속에서 연속적인 수난을 당했음에도 불구하고 함께 어우러져 그것을 극복해 나가려고 하는 의지의 표출인 셈이죠.

하근찬

이런 측면에서 고등어를 든 진수를 업고 박만도가 건너는 외나무다리는 바로 주제를 표출하는 배경으로 훌륭하게 작용하고 있습니다. '외나무다리' 그 자체가 지니는 생김새의 허술함과 불안감, 그럼에도 불구하고 흐르는 강물 속에 오랜 세월 동안 놓여 있었다는 그 강인함이 곧바로 주제와 연결되기 때문이겠지요.

　　다시 말하면, 비극적 역사의 상징인 동시에 극복의 가능성을 암시해 주는, 이 소설의 진정한 주인공인 셈인 것입니다. 그리하여 이 작품은 민족의 수난과 비극을 그리는 데서 끝나지 않고 부자父子가 외나무다리를 건너는 행위를 통해 불구不具인 상황을 협동으로 극복하는 모습을 제시함으로써, 민족의 비극을 극복하려는 의지를 담고 있다고 볼 수 있습니다.

　1 소설 속에서 아버지와 아들을 화해시키고 새로운 삶의 가능성을 보여주는 소재는 무엇일까요?

　2 등장 인물의 행위나 생각들을 해학적으로 표현함으로써 작가가 암시하고자 한 것은 무엇일까요?

　3 아버지는 왜 한쪽 다리를 다친 아들에게 화를 냈을까요?

4 이 소설은 하나의 시점視點으로 풀어 나가는 소설이 아닙니다. 말하자면 1인칭과 3인칭의 시점이 섞인 복합적 시점을 사용하고 있는데, 어느 부분이 그런지 찾아봅시다.

5 이 소설 속의 부자父子가 겪는 두 전쟁의 이름은 무엇일까요?

구성

발단	아버지 만도가 전쟁터에서 돌아오는 아들 진수를 마중 나가면서 이야기가 시작됨.	
전개	만도가 일제에 징용되어 받은 고통과 공습 중 한쪽 팔을 잃은 것을 회상하는 장면으로 이어짐.	
위기	기다리던 아들 진수가 불구로 돌아오면서 만도의 절망감과 내적 갈등이 일어남.	
절정	술로 마음을 달래면서 만도와 진수는 갈등을 차차 해소시켜 나아감.	
결말	진수가 아버지의 등에 업혀 외나무다리를 건너면서 고난을 극복하는 의지를 보여줌. 그 모습을 용머리재가 내려다보고 있음.	

핵심 정리

갈래	단편소설, 전후소설, 본격소설, 유사한 의미에서 가족사 소설.
배경	1950년대 조그만 시골 마을.
주제	한국 현대사의 비극적 시련과 가족애를 바탕으로 한 초극 의지.
시점	3인칭 전지적 시점과 1인칭 주인공 시점의 복합 형태.
구성	입체적 구성(과거와 현대사의 역전), 병렬식, 역순행식 구성.
문체	간결체. 토속어와 비속어를 자주 사용함.
성격	향토적·비극적·해학적.

작중인물의 성격

박만도	진수의 아버지로 일제 시대 징용에 끌려가 남양 군도에서 비행장 공사를 하다가 한쪽 팔을 잃어버린, 지극히 평범한 농촌 사람. 다소 성격이 급하고 직선적이지만, 삶의 의지가 강하고 낙천적이며 익살기가 있다.
진수	만도의 아들로, 6·25전쟁에 참전해 한쪽 다리를 잃고 상이군인이 되어 귀향. 아버지 만도와 마찬가지로 자기가 거대한 폭력의 희생물이라는 역사 인식은 없지만, 자신에게 닥친 불행을 운명으로 받아들이며 극복하려는 의지의 소유자.
주막집 여편네	쾌활하고 스스럼없는 성격. 작중 보조 인물로서 만도와 진수의 심리 상태를 표면으로 드러나게 하며, 두 사람 사이의 침울한 분위기를 완화시키는 역할을 함.

하근찬

이름을 잘 지어야……

1920년에 창간된 문예 동인지 《폐허》에 대해 들어본 적이 있나요? 이 《폐허》를 발행한 곳이 바로 '경성 폐허사'랍니다. 서울 종로구 적선동에 있는 김만수의 집에 《폐허》의 동인들이 모여 '폐허사'라는 문패를 달고는 잡지를 발행한 것이죠. 하지만 통권 2호를 끝으로 제3호를 내놓을 길이 막막하였답니다. 하기야, 채산성을 따지지 않는 문인들이 모였으니 그 경영이 오죽이나 했겠어요?

이후 '폐허사'라는 문패를 단 이곳은 문인들의 합숙소쯤으로 되었고, 청장년들의 소일거리가 되었지요. 원래 '폐허'라는 이름은 독일의 시인 실러의 "옛 것은 멸하고 시대는 변한다. 새 생명은 이 폐허에서 피어난다"라는 시구에서 따온 것으로 부활과 갱생을 의미하는 깊은 뜻을 담고 있었죠.

그러나 후일, 더 이상의 잡지를 내놓지 못하고 세기 말의 퇴폐 경향을 대표하는 듯이 지목되기도 했습니다. 이름처럼 폐허로 여겨진 것이죠. 하지만 한국 문학사에 길이 남을 작품들이 《폐허》를 통해 발표되었다는 것, 잊지 마세요!

모범경작생

박영준 朴榮濬

마을 사람들은 길서의 장난으로 호세까지 올랐다는 것을 다음에야 알고 누구 하나 그를 곱게 이야기하는 이가 없게 되었다. 길서 때문에 동네를 떠나야겠다는 오빠의 말을 들은 의숙이도 눈물을 흘리며 길서가 그렇지 않기를 속으로 바랐다.

박영준은 1911년 평남 강서에서 태어났으며, 호는 만우晩牛입니다. 1934년 연희전문을 졸업하던 해, 《조선일보》 신춘문예에 단편소설 「모범경작생模範耕作生」이 당선됨으로써 등단했습니다.

1946년에는 《경향신문》 문화부장에 취임하고, 고려문화사 편집장을 거쳐 육군본부 정훈감실 문관을 역임하면서 종군작가단從軍作家團의 일원으로 활약했습니다.

1958년 대한민국 예술원 회원으로 선출되기도 한 그는 한양대학교·연세대학교·중앙대학교 등에서 학생을 가르치는 한편, 한국문인협회 이사, 잡지윤리위원회 위원 등으로 활동했습니다. 1974년 연세대학교 문리과대학장에 취임했고, 1976년 66세의 나이로 타계했습니다.

그는 대한민국예술원상·자유문학상 등을 수상했으며, 단편집으로 「목화씨 뿌릴 때」·「풍설風雪」·「그늘진 꽃밭」·「방관자傍觀者」 등이 있고, 장편으로 『태풍지대』·『애정 계곡』·『열풍熱風』·『고속도로』·『지향地香』 등이 있습니다.

한편에선 모범경작생이지만 다른 한편에선 이기적인 배신자인 아이러니한 인간을 주제로 한 「모범경작생」으로 박영준은 신춘문예에 당선되어 등단한다
(1911~1976)

「모범경작생」의 작가라는 수식어가 따라붙는 작가, 박영준은 초기에 농촌에 사는 가난하고 불행한 사람들에 관한 작품을 많이 발표함으로써 농촌 작가라는 칭호가 붙었습니다. 이처럼 초기에는 주로 농촌 소설에 관심을 두었으나 해방 후에는 소시민의 애정과 윤리 의식 등 생활 풍속을 다루었고 노년에는 인간의 소외 문제를 주로 다루었습니다. 문체 역시 도시풍으로 세련되게 바뀌었고, 여러 종류의 소재를 다루면서도 인간의 근원적인 윤리성을 끝까지 지켜 내려는 인간상을 일관되게 보여주고 있습니다.

특히 「모범경작생」에서는 농촌에 대한 작가의 시선이 낭만적 시선에 고정되어 있지 않고, 농촌의 계몽을 위한 엘리트적 의식에 도취되어 있지 않는데요, 이처럼 농민에 의한 농촌을 사실적으로 그려내고 있다는 점을 높이 평가할 수 있답니다. 단순히 무지하고 순박하며 불쌍한 존재로의 농민이 아니라, 다른 사람의 도움 없이 스스로의 체험을 통해 사회현실의 부당함과 지배층의 억압을 서서히 깨닫는 진정한 농민의 모습을 살펴볼 수 있다는 측면에서 매우 소중한 작품이라 할 수 있답니다.

《조선일보》 1934년 1월 10일자에 실린 「모범경작생」의 첫 부분

박영준

이 작품은 1934년 《조선일보》 신춘문예에 당선된 소설로, 일제 치하에서 현실적 실리를 좇는 농촌 청년의 이중적인 모습을 보여주고 있습니다. 또한 1930년대 일제 농업 진흥책이 갖는 허구적 성격과 농민들의 현실 자각 과정을 현실감 있게 포착한 작품입니다.

박영준의 데뷔작이자 대표작이며, 그 자신도 이 소설에 대해 "모범경작생을 능가하는 작품은 쓰지 못할 것이라고 생각한다. 모범경작생은 60장이라는 극히 제한된 지면에 스토리를 압축할 대로 압축해서 쓴 작품이었다"고 말한 바 있습니다. 널리 알려진 농촌 소설이 그다지 없는 우리나라의 현실에 비추어 매우 소중하고 중요한 작품입니다.

하지만 그는 해방 후에는 농민소설을 한 편도 쓰지 않고 주로 소시민의 생활에 대한 윤리적인 측면을 다루면서 문장 역시 세련된 도시풍으로 변모해 가지요. 이러한 작가의 변모과정을 살펴보는 것도 또다른 측면에서 흥미를 유발하겠지요.

"애에, 나 한마디하마."

"애에 애, 기억基憶이보구 한마디하래라. 아까부터 하겠다구 그러던
데……."

"기억이 성내겠다. 자아, 한마디해 보게."

한참 소리를 하는데 이런 말이 나와 일하던 손들이 쥐었던 벼 포기를 놓았
고, 모든 눈이 기억의 얼굴로 모이었다.

목청이 남보다 곱지 못하다고 해서 한 차례도 소리를 시키지 않은 것이 화
가 났던지 기억이는 권하는 기회를 놓치지 않고 있는 목소리를 빼어 소리를
꺼냈다.

온갖 물은 흘러나려두

오장 썩은 물은 솟아만 오른다.

같은 논에서 일하던 사람들은 기억의 '미나리곡'에 합세하여 다시 노래를 주고받고 하였다.

깔기죽 깔기죽 깔보디 말구
속을 두르러 말해 주렴

소리를 하면 흥거워져서 저도 모르는 사이에 일이 빨리 되어 가매, 일터에서는 웃는 소리가 아니면 노래가 그치지 않는다.

모시나 전대 _{돈이나 물건을 넣어 허리에 차거나 어깨에 걸쳐 둘러메는 물건}에 베 전대에
전에나 전대루 놀아나 보자

성두成斗의 논에서 일하던 사람들은 누구 하나 빼논 사람 없이 단 한 번씩이라도 목청을 뽑고 소리를 불렀다.

물소리를 출렁출렁 내며 한 옴큼씩 쥔 볏모를 몇 뿌리씩 떼어 꽂는 그들은 서로 뒤떨어지지 않으려고 입으로 소리를 하면서도 손을 재빠르게 놀리었다.

그러나 열네 살밖에 안 되는 성두의 동생은 떨어지는 솜씨에 소리를 한마디하고 나면 가뜩이나 한 발씩 뒤떨어졌다.

"애에, 너는 소릴 그만두고 모나 잘 꽂아라. 잘못하면 너 때문에 일을 못 맞

출라."

성두가 그의 동생 몫을 꽂아 주며 하는 말이다.

"얘들아, 이번에는 수심가나 한마디하자꾸나. 아마 수심가는 성두가 가장 나을걸."

다같이 젊은 사람들만이 모이어 일하는 곳이라 그런지 어떤 이가 이렇게 따라 말했다.

"아암, 수심가야 성두지."

"나야 받기나 하지…… 누가 먼저 꺼내 봐."

"공연히 그러지 말고 빨리 해."

성두는 처음엔 사양하려 했으나 두 번 권하는 데는 대짜 소리를 꺼냈다.

그럴 때 마침 옆의 논에서 자동차 온다는 고함소리가 들려 왔다. 그 논에서 일하던 이들이 휘었던 허리를 펴고 달려오는 자동차를 보고 있었다.

"저 차에 길서吉徐가 온대지."

"그러더군."

이런 말이 나자, 성두 동생은 논에서 밭을 건너 신작로로 뛰어갔다. 옆의 논에서도 몇 사람이 자동차가 머무르는 큰돌이 놓여 있는 길가에 모여 서서 수군거리었다.

"팔자 좋다. 어떤 놈은 땀을 흘리며 종일 일만 하는데, 어떤 놈은 자동차만 슬슬 굴리누나."

기억이가 자동차 온다는 말에 길서를 생각하며 이렇게 말했다. 그러면서도 길서가 부러운 듯 자동차에서 눈을 떼지 않았다. 자동차는 여름 먼지를 뽀얗

게 휘날리면서 동네 앞까지 왔으나, 기다리던 사람들 앞에서 머물지를 않고 그냥 달아나 버렸다. 동네 서쪽 조그만 산을 돌아 가물가물 사라질 때까지 모여 섰던 사람들은 다시 수군거리며 제각기 일터로 돌아갔다.

성두 동생이 돌아왔을 때 일꾼들은 남의 일이 아니면 자기들도 신작로까지 나가 보고야 말았으리라고 수군거리며 다시 모를 꽂기 시작했다.

"오늘 온댔으니 꼭 올 텐데……."

성두가 못단을 왼손에 쥐며 말했다.

"글쎄…… 꼭 올 텐데…… 요새 모를 못 내면 금년에는 상을 못 탈 것 아냐."

기울어지는 햇살을 쳐다보며 진도 애비가 말했다.

"너 원통할 게 무어 있니? 길서가 상을 탄대두 너는 '마꼬' 한 개 못 얻어먹어, 이 자식아!"

기억이가 툭 쏘았다.

"그래도 올랴고 한 날에는 올 텐데……."

은근히 기다리던 성두가 다시 말했다.

길서는 그 마을에서 가장 칭찬을 받는 사람이다. 물론 사촌형뻘이 되면서도 기억이 같은 몇 사람은 길서를 시기하고 속으로는 미워하기까지 했으나, 동네 전체로 보아 소학교 졸업을 혼자 했고, 군청과 면사무소에 혼자서 출입하고, 공부를 많이 한 사람에게도 지지 않으리만큼 동네 사람들을 가르치며 지도했다. 나이 젊은 사람으로 일을 부지런히 해서 돈도 해마다 벌며 저축을 하여 마을의 진흥회니 조기회니, 회마다 회장을 도맡고 있는 관계로 무식하고 착한 농부들은 길서를 잘난 위인이라고 생각하지 않을 수가 없었다.

더욱이 서울서 모이는 농사강습회에 군에서 보내는 세 사람 중에 한 사람으로 한 주일 전에 그리로 떠난 뒤로 길서를 칭찬하는 소리는 더 커졌다. 평양 구경도 못한 마을 사람들이 서울까지 가서 별한 구경을 다하고 돌아올 그에게서 서울 이야기를 들을 생각을 하니, 그의 돌아옴이 기다려지는 것도 할 수 없는 일이었다.

　점심을 먹은 뒤, 한 번도 쉬지 못한 성두의 논에서 일하던 사람들은 논두렁으로 올라가 담배를 피우기로 했다. 다른 동네에서는 점심 뒤 한 번 쉬는 참에는 새참을 먹는 것이었으나, 이들은 몇 해 전부터 그런 것을 잊어버렸다. 그래서 밥은 못 먹어도 그저 몸이나 쉬는 것이었다.

　길서네만 내놓고는 전부가 소작으로 사는 그들이 여름철에는 보리밥도 마음대로 먹을 수가 없는 터에 새참쯤은 물론 생각도 못했다.

　"나두 돈이 있으면 죽기 전에 서울 구경이나 한번 해 봤으면 좋겠다."

　진도 애비가 드르누워 풍뎅이로 얼굴을 가리며 말했다.

　"나는 평양이라두 구경해 보구 죽었으문 좋갔다."

　신문지 조각으로 희연을 말아 침으로 붙이던 성두가 웃었다.

　"하늘에서 돈이나 좀 떨어지지 않나……"

　풀 위에 엎드려 풀을 손으로 뜯던 기억의 말이다.

　여름 하늘은 구름 한 점 없이 말갛고, 곡식의 싹이 돋은 들판은 물들인 것 같이 파랗다.

　"그런데 금년엔 나두 길서네처럼 금비를 사다가 한번 논에 뿌려 봤으면……. 길서는 밭에다 조합비료래나…… 암모니아를 친대. 그것을 한번 해

보았으문 좋겠는데……"

하고 성두가 말할 때 진도 애비는 벌떡 일어나 앉았다.

"말 말게. 골메(동네 이름)서는 누가 돈을 빚내다가 그것을 했다는데, 본전도 못 빼구 빚만 남었다네."

"그럼! 윗동네 니특이네두 녹았대드라. 설사 잘 된다 한들 우리가 많이 먹을 듯하나? 소작료가 올라가면 그뿐이야."

기억이가 성난 것처럼 말했다.

"얼마 전에 지주한테 가니까 니특이 칭찬을 하며, 우리가 금비 안 쓴다는 말을 하던데……."

"글쎄 말이야. 금비라는 게 또 못살게 하는 거거든. 그것은 어떤 놈이 만들었는지 모르지만, 아마 돈 있는 놈들이 만들었을 게야. 빚 안 내고 농사를 지어도 굶을 지경인데, 빚까지 내래니 살 수 있나?"

기억이가 큰소리를 할 때, 진도 애비는 무엇을 생각하고 있다가 말을 꺼내었다.

"길서야 돈 있고 제 땅이 있으니 무슨 짓인들 못하리. 또 변리 구없이 얼마든지 보통학교에서 돈을 갖다 쓸 수도 있으니까……."

"나두 보통학교나 다녔으문 모범경작생이나 되어 돈을 가져다 그런 것을 한번 해 보았으문 좋을 텐데……. 보통학교란 물도 못 먹었으니……."

성두가 절반이나 거의 꽂힌 모를 둘러보며 말했다. 그들은 그런 의미에서도 길서를 부러워했다. 물론 제 땅이 얼마만큼 있어야 모범생이라도 될 것이나, 보통학교도 다니지 못한 형편에 그런 꿈은 꿀 수도 없고, 따라서 길서처럼 서울 구경을 공짜로 할 생각을 못해 보는 것이 억울했다.

"내일은 우리 조밭 세벌 김매러들 오게."

기억이가 일어서서 기지개를 켜며 말했다.

"나는 내일 장에 가서 돼지 금새를 보구 와야겠네. 그것을 팔아다 지세도 바치고 오월 단오에 의숙이 댕기도 한 감 끊어다 줘야지."

성두가 이 말을 하고 일어날 때는 앉았던 사람들도 논으로 다시 내려갔다.

성두는 말없이 모를 꽂고 있었으나 모 이파리에서 곧 벼알이 열리어 익어 주었으면 하고 생각해 보았다. 일 년에 벼를 두 번만이라도 거둘 수 있다면 돼지는 안 팔아도 좋을 것이라 생각되었던 까닭이다.

기나긴 해도 기울어지기 시작하자 어느새 쑥 내려갔다. 서산에 넘어가려는 붉은 해를 돌아보고 기억이가 타령조로 소리를 높이었다.

"어서 꽂구 저녁 먹자……."

다른 사람들도 이 소리를 따라 마지막 춤을 추는 무당처럼 소리를 치며 모를 꽂았다.

어둠이 들을 휩싸고 돌 때 물오리들이 소리치며 때를 지어 날아갔다.

성두의 논에서 큰 개뚝을 넘어 김매러 갔던 그의 손아래 누이 의숙이는 국숫집 딸 얌전이와 같이 모 꽂는 논두렁을 지나갔다.

"의숙아, 빨리 가서 저녁 지어라. 원, 이제야 가니?"

성두의 남동생이 의숙이를 보며 말했다.

"응……."

하며 의숙이가 고개를 돌리었을 때, 기억이가 말을 붙이었다.

"길서가 안 와서 맥이 풀리겠구나."

하며 다시 얌전이에게 말을 했다.

"오늘 저녁 너의 집에 갈까?"

의숙이와 얌전이는 똑같이 눈을 떨구고 길을 걸었으나, 의숙이만은 얼굴을 붉히었다.

개뚝에 가리어 자동차를 못 보았으나 그래도 동네에 들어가면 길에서라도 길서가 자기를 불러 줄 것을 은근히 생각하던 의숙이였다.

먼지 묻은 적삼이 등골에 흐른 땀에 뻘개졌고, 장흙을 뭉갠 듯한 치마가 걸을 때마다 너풀거리었다.

"애, 길서가 안 왔대지?"

얌전이가 말을 꺼냈다.

"글쎄, 누가 아니……."

"공연히 그러지 마라. 눈물 나오면 울어라. 그런 때 울지 않구 언제 울겠니? 나 같으면 그까짓 거 막 울겠다."

이름만이 얌전이며, 사실은 동네에서 제일 가는 말괄량이로 아직 시집도 가기 전에 서방질까지 했다고 하지만, 의숙이는 그의 말이 그다지 밉지가 않았다.

하루라도 보지 못하면 가슴이 답답한 듯하여 안타까워하던 길서를 한 주일이나 두고 보지를 못하다가 오늘에야 만나려니 했던 마음을 얌전이만이 알아주는 듯하기도 했다.

"애, 사랑이라는 게 무어니? 함께 살지두 않으면서 사랑을 할 수 있니? 그래두 기억이를……."

무슨 소리나 가릴 줄 모르는 얌전이는 하지 않아도 좋을 말을 하면서도 전에 없던 진정을 보였다.

"누군 사랑이 뭔지 아니?"

"그래두 너는 길서 오래비하구 사랑한대더구나."

"몰라 애……."

마을은 조용했다. 어슬어슬해 가는 들에서는 낮에 먹은 더위를 식히고 마시었던 먼지를 토하는 듯 벌레들이 목청을 가다듬어 울고 있었다.

의숙이와 얌전이는 집에다가 호미를 두고는 똑같이 우물로 나왔다. 의숙이는 바가지에 물을 떠서 한 손으로 물을 쏟아 얼굴을 씻고, 머리털에 묻은 물방울을 손으로 퉁긴 뒤에, 흙에 빨개진 고무신과 발을 씻고 있었다.

마침 그때 동이를 옆에 끼고 오던 마을 여편네가 길서가 이제야 온다는 것을 알려 주었다.

"얘, 길서 오래비가 온대! 개들이 짖는 데쯤 온 게다."

하며 얌전이가 만나 보기나 한 것처럼 말했다.

소리가 커지며 또 가까워 올수록 의숙의 마음은 들먹거리었다.

고무신도 마저 씻지 못하고 물동이를 이고 집으로 돌아갈 때, 그는 혹시 길에서나 만나지 않을까 하여 가슴을 졸이었다. 집에 가서 아무 정신없이 돼지죽을 바가지에 담아 가지고 돼지우리로 나갈 때는 설마 길서가 자기 옆에 와 있으려니 했으나, 울걱거리는 돼지에게 죽을 쏟아 주고 섭섭히 돌아설 때까지 길서가 자기를 만나러 오지 않음이 원망스러웠다.

그러나 대문으로 돌아 들어가려 할 때 귀에 익은 기침소리가 의숙의 발을 멈추게 했다. 역시 길서의 소리가 틀림없었다.

의숙이는 작년 여름, 설레는 가슴으로 길서를 대하게 된 뒤부터 동네에서도 거의 알게끔 사이가 친했건만, 아직까지 어른들에게는 눈을 숨기고 있는 사이라 마당 옆 낟가리 밑에 숨어 길서를 만났다.

"잘 있었니?"

"네……."

"자동차를 타구 올래다가 몇 시간 걸으면 칠십오 전이나 굳는 걸 공연히 타구 오겠든. 빨리 너를 만나구 싶기는 했지만……."

의숙이는 아무 대답도 못했다. 울렁거리는 가슴은 그저 널뛰듯 뛰었고, 고개를 들고 있을 수 없게 늘어지기만 했다.

매일같이 만날 때는 어느 틈에라도 웃어 보이었고 말을 한 마디만 해도 기쁜 생각이 드솟았건만, 며칠 떠났다가 만났음인지 공연히 가슴만 떨리었다.

그날 밤, 동네 사람들은 서울 이야기를 들으려고 길서네 마당으로 몰려들었다. 소 먹이러 갔던 어린애들은 밥술을 놓기 전에 뛰어와서 멍석을 차지하고 앉았다. 마당에는 빨랫줄에 남포등이 걸리어 금세 꺼질 것처럼 바람에 홀떡거렸다.

윷꾼에게 남포등을 내다 건 것이 길서네로서도 처음인 만큼 마을 사람들도 보통 때의 윷과는 달리 말들을 적게 했다.

불빛이 희미하게 비치는 한편 옆에 앉은 부인네들도 각기 길서에게 잘 다녀왔느냐는 인사를 했다.

"오래비 잘 다녀왔소?"

특별히 크게 하는 얌전이의 인사는 웅크리고 앉았던 의숙의 고개를 더 숙이게 했다.

"그래 서울 동네가 얼마나 크던가?"

길서 앞에 앉았던 수염 기른 늙은이가 웃으며 물었다.

"서울에는 우리 동네 터보다 더 넓은 자리를 잡고 있는 집이 수 없습니다. 총독부 같은 집에는 수만 명이 살겠던데요."

길서는 서울서 구경한 놀랄 만한 일을 하나도 빼지 않고 이야기했다.

전차는 수백 대나 되며 자동차가 수천 대나 있어 귀가 아파 다닐 수 없었다는 말까지 했다. 혀를 빼고 멍하니 듣던 사람들이 숨을 몰아쉬려 할 때, 그는 그 자리에서 일어서며 강연조로 말을 꺼냈다.

"이제는 강습회에서 배운 것을 조금 말하겠습니다. 농사짓는 법이란 제가 보통학교에 다니면서 다 배운 것이며, 지금 내가 채소밭 하는 것과 똑같은 것이었으니까 말할 것도 없지요. 하나 새로 배운 것이 있다면, 닭을 칠 때 서울서 '레그혼'이라는 흰 닭을 사다 기르면 그놈이 알을 굉장히 낳는다는 것입니다. 그밖에는 배운 것이라고 별로 없습니다."

이 말을 끝맺고 다시 말을 이을 때는 기침을 한 번 하고 목청을 올리었다.

"제가 강습회에서도 가장 많이 들은 일입니다마는, 우리가 제일 깨달아야 할 것이 하나 있습니다. 그것은 다름 아니라 가장 어렵고 무서운 시국이라는 것입니다. 까딱 잘못 하다가는 죽을죄를 짓기 쉽고, 일을 아니하고 놀랴고만 생각하면 농사도 못 짓게 됩니다. 불경기, 불경기 하지만 이것이 얼마 오래 갈 것이 아니며 한고비만 넘기면 호경기가 온다는 것입니다. 들으니까 요사이에 감옥에 가장 많이 갇힌 죄수들은 일하기가 싫어서 남들까지 일을 못하게 한 놈들이래요. 말하자면 공산주의라나요. 공연히 알지도 못하고 그런 놈들의 말을 들었다가는 부치던 땅까지 못 부치게 될 것이니 결국은 농군들의 손해가 아니겠소……."

들고 있던 사람들은 길서의 얼굴만 쳐다보며 멍하니 앉아 있었다.

"또 무슨 전쟁이 일어날 것만 같습니다. 하라는 일을 아니하면 우리가 어떻게 되는지도 모르지요. 그러나 같은 값이면 마음놓고 하라는 일을 잘하며 살아야 하겠어요. 에에, 우리는 일을 부지런히 합시다. 그러면 굶어 죽는 법이 없으니깐요. 유명하게 된 사람들은 전부 부지런했던 덕택이었다는 것을 우리는 잘 알지 않습니까!"

이 말을 끝맺고 한참이나 섰다가 앉을 때, 옆에 앉았던 늙은이가 이마를 긁으며 물었다.

"너 서울 가서 그런 말도 배웠니?"

길서는 그저 웃었다. 의숙이도 재미있게 듣는 동네 사람들을 볼 때, 길서가 더 훌륭한 것같이 생각했다.

"그런데 호경긴가 그것은 언제 온대든?"

아닌 밤중에 홍두깨 내밀 듯 기억이가 한참 동안 잔잔하던 공기를 깨뜨리고 말했다. 대답에 궁했던 길서는 한참이나 생각하다가,

"얼마 안 있으면 온대드라……."

라고 대답했으나, 어째서 불경기니 호경기니 하는 것이 생기느냐고 캐어물을

때에는 모르겠다는 솔직한 대답밖에 더 할 수가 없었다. 농민들이 나날이 못 살게 되어 가는 것이 불경기 때문이냐고 묻는다면 자신 있는 말로 그렇다고 대답했을는지도 모른다.

"암만 호경기가 온다 해두 팔아먹을 것이 있어야 호경기지. 팔 거 없는 놈이 호경기는 무슨 소용이냐. 호경기가 되면 쌀이 많이 생기기나 하나……."

이러한 기억의 말은 아무런 생각도 없이 나온 듯했으나, 호경기가 쌀을 많이 가져다주는 것이 아니라는 것을 아는 그들은 길서의 말보다도 더 그럴 듯이 생각했다.

아무리 불경기라 해도 십 리 밖 읍내에 있는 지주地主 서徐재당은 금년에도 맏아들을 분가시키고 고래등같은 기와집을 지어 주었다.

쌀값이 조금 오르면 고무신 값이 조금 오르고, 쌀값이 떨어지면 물건값도 떨어지는 것을 잘 아는 그들은 불경기니 호경기니 해도 그것이 그들에게는 아무 관계가 없는 것같이 생각되었으며, 돈 있는 사람들도 불경기에 땅 팔았다는 말을 못 들었으므로 경기라는 것이 무엇인지 참으로 알 수 없었다. 그러나 그러면서도 길서가 힘든 말을 자기들보다 많이 아는 사람같이 생각하며 집으로 돌아갔다.

다음날, 서울 갈 때 입었던 누런 양복을 벗고 무명 잠방적삼을 갈아입은 뒤 논에 나가 모를 꽂고 들어온 길서는 컴컴한 저녁때쯤 해서 의숙의 집 뒤 모퉁이로 의숙이를 찾아갔다.

기쁨을 기쁘다고 말하지 못하던 의숙이도 이날만은 자기도 모르게 웃음이 솟아오르며, 무슨 말이든 가슴이 시원하게 털어놓고 싶었다. 길서가 서울서 사 왔다고 파란 비누를 손에 쥐여 줄 때, 의숙은 진정이 서린 눈초리로 길서의 손을 듬뿍 잡았다. 비누 세수라고 평생 못 해 본 의숙은 비누 세수를 하면 금세 자기의 타진 얼굴이 희어지며 예뻐질 것 같아 춤을 추고 싶게 기뻤다.

"내 다음 일본 가게 되면 더 좋은 거 사다 줄게."

"언제 또 가세요?"

"가을에는 도에서 세 사람을 뽑아 일본 시찰을 보낸다는데, 뽑히기나 할는지 모르지만……."

"뽑히겠지요 뭐……."

자신 있는 듯이 의숙이가 말할 때, 껌껌한 데서 사람 소리를 들은 강아지가 깡깡 짖으며 뛰어나왔다. 무서운 호랑이나 본 것처럼 그들은 뒤돌아볼 새도 없이 굴뚝 뒤로 몸을 움츠리었다. 가슴속에서 뛰는 심장의 고동을 제각기 남의 가슴속에서 들었다.

"그놈의 개새끼가 사람을 놀라게 하눈……."

하며 숨을 내쉬어 일어설 때 그들의 손은 꼭 잡히어 있었다.

의숙이는 길서를 떠나서 몰래 집안으로 들어가서 비누를 궤 속 깊이 넣었다가 한번 다시 꺼내 보고는 마당으로 나와 어머니와 오빠와 동생이 앉아 있는 멍석으로 갔다. 그러나 길서의 품에 안기었던 생각만이 가슴에서 떠나질 않았다.

"그래 사 원 팔십 전을 받고 팔았단 말인가?"

그의 어머니가 성두에게 하는 말이었다.

"그럼 어떡헙니까? 그거라두 팔아서 용돈을 써야지요. 우선 지세도 밀리고, 아직 보리 빌 때까지 먹을 보리두 사야 하지 않아요. 또 단오 명절도 가까 워 오는데, 돈 쓸 데가 없어서 그러십니까?"

"아아니 그런 줄은 알지만 큰돈을 만들려구 했던 도야지를 너무 일찍 팔았 던 말이다."

"누구는 모르나요. 여름에는 풀을 깎아다 주기만 하면 거름을 잘 만들고 먹 을 것도 겨울보다 흔해서 기르기도 쉽구. 그러다가 가을철에 접어들어 팔면 큰돈 될 것두 알기는 하지만 어떻게 합니까?"

성두의 얼굴은 붉으락푸르락했다.

"오빠, 오빠 잔치는 어떻게 합니까? 돼지를 팔구……."

의숙이가 옆에 앉았다가 눈을 흘기는 것 같으면서도 웃는 얼굴로 말을 했다.

"글쎄 말이다. 내 말이 그 말이 아닌가!"

어머니는 차마 꺼내지 못했던 말이 나와서 시원한 듯했다.

길서는 새벽에 일어나 감자밭에 나가 벌레를 잡고 뽕나무 묘목苗木 밭을 한 번 돌아보고는 서울 갈 때 입었던 누런 양복을 입고 읍내로 들어갔다.

먼저 보통학교 교장에게로 가서 제 손으로 만든 빗자루 다섯 개를 쓰라고 주고, 모를 다 냈으니 비료를 사야겠다고 25원을 취해 가지고는 뽕나무 묘목 에 대한 이야기를 하려고 면사무소로 들어갔다.

"리상, 잘 왔소. 한턱내야지. 오늘은 리상의 점심을 얻어먹어야겠군."

세금 못 낸 사람을 잘 치기로 유명한 뚱뚱한 서기가 길서가 들어서자마자 말을 했다.

"한턱은 점심때 내기로 하구, 묘목은 언제 가져갑니까? 퍽 자랐는데, 이번에는 돈을 좀 실하게 받아야겠는데요."

"한턱만 내면야 잘 팔아 주지. 내게만 곱게 보이란 말이야. 값을 정해서 갖다 맡기면 그만이니까. 누가 무슨 소리를 감히 해내나."

면서기는 농담 비슷하게 웃었다. 허리를 구부리고 복종하는 농부들은 절대로 마음대로 할 자신이 있다는 듯한 호걸웃음을 웃었다.

"일본으로 보내는 사람을 뽑을 때두 면장을 시켜서 잘 말하도록 할 테니, 그저 한턱만 내요."

"그것은 염려 마십시오. 술 한 병이면 녹초가 될걸. 그러면서도 얼마나 먹는 듯이…… 하하하……."

길서는 진정으로 한턱내고 싶기도 했다. 묘목만 잘 팔아 주면 예산 이외의 돈이 수십 원 들어온다는 것을 모를 리 없었다. 그때 뚱뚱한 몸에 맵시 없는 의복을 입은 면장이 들어와서 길서 앞에 섰다. 길서는 인사를 하고 서울 갔던 이야기를 보고했다.

보고를 듣고 수고했다는 말을 한 뒤는 곧장,

"그런데 이번 호세戸稅 ^{가족 단위로 집집마다 내는 세금} 는 자네 동네에서도 조금 많이 부담해야겠네. 보통학교를 6학급으로 증축해야겠으니까."
하고 길지도 않은 수염을 쓸며 호세 이야기를 했다.

"거야 제가 압니까!"

"아니야. 자네 동네서야 자네만 승낙하면 되는 게니까. 그렇다구 자네에게 해로운 것은 없을 게고……."

"글쎄요."

길서는 면장의 말에 무엇이라고 대답할 수가 없었다. 만약 그에게 조금이라도 재미없는 말을 해서 비위에 거슬리게 하면, 자기도 끼니때를 굶고 지내는 동네 소작인들이나 다름이 없는 생활을 해야 할 것을 잘 알고 있다. 일본은 둘째로 하고라도 묘목도 못 팔아먹을 것이며, 그런 말이 보통학교 교장 귀에 들어가면 돈도 빌려다 쓸 수 없게 된다.

그러면 묘목 심었던 밭에 조를 심게 되고, 면사무소 사무원들과 학교 선생들에게 팔던 감자와 파도 썩어 버리게 된다. 300평밖에 안 되는 논에 비료를 많이 내지 않으면 미곡품평회米穀品評會에 출품도 못 해 볼 것이며, 그러면 상금을 못 탈 뿐 아니라 벼가 겨우 넉 섬밖에 소출 못 날 것이다. 그러면 동네 사람들과 똑같이 일 년 양식도 부족할 것이 아닌가.

"자네 동네 사람들은 얌전하게 근심 없이 사는 모양이던데."

면장이 다시 말을 꺼낼 때 길서는 곧 대답했다.

"그러문요. 근심이 조금도 없다고야 할 수 없지마는 무던한 편은 됩니다."

벼는 누릇누릇해서 이삭들이 뭉친 것이 황금덩이 같았다. 그러나 얼굴의 주름살을 편 사람이라고는 하나도 없었다.

강충이 ^{벼줄기를 갉아 먹어 벼를 마르게 하는 벌레}가 먹어 예년에 비해서 절반도 곡식을 거둘 수가 없었기 때문이었다.

길서만이 평양 가서 북어기름을 통으로 사다가 쳤기 때문에 그의 논만은 작년보다도 더 잘 되었으나, 다른 논들은 털 빠진 황소 가죽같이 민숭민숭해졌다.

이 새끼만한 작은 벌레까지가 못살게 하는 것이 가슴 원통했으나, 여름내 땀을 빼고도 제 입으로 들어올 것이 없을 것을 생각하니 눈물이 솟아오를 지경이었다.

그들은 할 수 없으므로 성두의 말대로 길서를 시켜 읍내 지주 서재당에게 가서 금년만 도지[小作料]를 조금 감해 달래 보자고 했다.

그러나 길서는 자기와 관계가 없을 뿐 아니라 정해 놓은 도지를 곡식이 안 되었다고 감해 달라는 것은 흔히 일어나는 소작쟁의와 같은 당치 않은 짓이라고 해서 거절했다. 그러고는 며칠 있다가 일본 시찰단으로 뽑히어 떠나가 버렸다.

동네 사람들은 어찌할 줄을 몰랐다. 더구나 금년 겨울에는 기어이 잔치를 하려고 하던 성두는 가끔 우는 얼굴을 하곤 했다. 그들은 할 수 없이 큰마음을 먹고 떼를 지어 읍내로 들어가 서재당에게 사정을 말해 보았으나, 물론 들어주지 않았다. 오히려 아들을 분가시킨 관계로 돈이 물린다는 근심까지를 들었다.

"너희들 마음대로 그렇게 하려거든 명년부터는 논을 내놓아라."
하는 말에는 더 할 말이 없어 갈 때보다도 더 기운 없이 돌아왔다. 그들은 돌아가는 길에 길서의 논 앞에 서서 모범 경작이라고 쓴 말뚝을 부럽게 내려다보았다.

볏대가 훨씬 큰데 이삭이 한길만큼 늘어선 것이 여간 부럽지 않았다. 그러나 말도 잘 하고 신망도 있다고 해서 대신 교섭을 해 달라고 부탁했음에도 불구하고 못 들은 체 들어주지 않은 길서가 미웠다.

"나도 내 땅이 있어 비료만 많이 하면 이삼 곱을 내겠다. 그까짓 것⋯⋯."

기억이가 침을 탁 뱉으며 말했다. 며칠 뒤 그들이 다시 놀란 것은 값도 모르는 뽕나무 값이 엄청나게 비싸진 것과 십삼 등 하던 호세가 십일 등으로 올라간 것이다.

그것보다도 십 등이던 길서네만은 그대로 십 등에 있는 것이 너무도 이상했다. 길서네는 그래도 작년에 돈을 모아 빚을 주었으나, 다른 사람들은 흉년까지 만나 먹고 살 수도 없는데 호세만 올랐다는 것이 우스우면서도 기막힌 일이었다. 무엇을 보고 호세를 정하는지 알 수 없었다.

흉년, 그러면서도 도지를 그대로 바쳐야 하는데다가 호세까지 오른 그들의 세상은 캄캄했다.

'아마 북간도나 만주로 바가지를 차고 떠나야 하는가 보다.'

성두는 혼자 생각했다. 그들은 마을에 대한 애착심도 잊었고, 제 고장이라는 것도 생각하기 싫었다. 다만 못살 놈의 땅만 같았다.

마을 사람들은 길서의 장난으로 호세까지 올랐다는 것을 다음에야 알고 누구 하나 그를 곱게 이야기하는 이가 없게 되었다. 길서 때문에 동네를 떠나야겠다는 오빠의 말을 들은 의숙이도 눈물을 흘리며 길서가 그렇지 않기를 속으로 바랐다.

길서는 일본서 돌아올 때 우선 자기 논두렁에서 가슴이 서늘함을 느꼈다. 논에 박은 '김길서'라고 쓴 푯말은 간 곳도 없고, '모범 경작생'이라고 쓴 말뚝은 쪼개져서 흐트러져 있었다.

심술궂은 애들이 장난을 했는가 하고 생각하려 했으나, 그 한 짓으로 보아서 반드시 무슨 일이 일어난 것 같은 예감이 들었다. 동네에 들어섰을 때 동네에는 어른이라고 한 사람도 찾아볼 수 없었다.

읍내 서재당 집엘 가서 저녁때가 되도록 아직 돌아오지 않았다는 말을 듣자, 서울 갔다 돌아왔을 때보다도 더 의기양양해 온 길서의 마음은 조각조각 깨지고 말았다.

보지도 못했고 이름조차 들어보지 못하던 바나나를 가지고 밤이 이슥했을 무렵 의숙이를 찾아갔건만, 그를 본 의숙이도 얼굴을 돌리고 울기만 했다. 길서의 마음은 터지는 듯했다. 뒤에서 몽둥이를 들고 따라오던 사람의 숨소리를 듣는 듯 가슴이 떨리었다. 불길한 징조가 눈에 보이는 듯했다.

성두가 충혈된 얼굴로 아랫문으로 뛰어들었을 때 길서는 들고 왔던 바나나를 들고 뒷문으로 도망쳤다.

주인공 길서는 마을에서 유일하게 보통학교를 졸업한 젊은이로, 성두의 여동생인 의숙과 사귀고 있다. 길서가 어느 날 군郡의 농사 강습회 요원으로 선발되어 서울로 떠나자 마을 사람들은 모두들 부러워한다. 김 매고 돌아오는 길에 의숙은 얌전이에게 길서와의 관계에 대해 놀림을 받고 얼굴이 붉어진다.

길서가 돌아와 그날 밤 마을 사람들에게 호경기가 곧 온다고 하니 부지런히 일하자고 독려한다. 다음날 저녁 그는 서울에서 산 비누를 의숙에게 선물로 준다. 한편, 의숙의 오빠인 성두와 어머니는 빚 때문에 걱정이 태산이다. 뚱뚱보인 면서기는 면사무소에 들른 길서에게 일본 시찰단에 뽑히도록 힘써 줄 테니 한턱 내라고 말하고, 길서는 그러겠노라 대답한다. 한편 면장은 호세戶稅를 좀더 올려야겠다고 말하고, 결국 길서는 애매한 대답을 하고 만다.

병충해로 수확이 반감될 것을 예상한 마을 사람들은 길서에게 지주를 찾아가 감세減稅를 교섭해 달라고 부탁하지만 그는 못 들은 척한다. 그러자 마을 사람들은 길서의 논 앞에서 '모범경작생'이라고 쓴 팻말을 원망스럽게 쳐다본다. 이윽고 길서는 시찰단으로 뽑혀 일본으로 떠나고, 동네 사람들은 지주를 찾아가 감세를 사정하나 거절당한다.

이후 뽕나무 묘목 값은 폭등하고 호세도 크게 오르는데, 이 모두가 길서의 짓이었다는 걸 알게 된 마을 사람들은 누구 하나 그를 좋게 이야기하지 않는다. 일본에 다녀오는 길에 길서는 자기 논의 '모범경작생' 팻말이 쪼개져 길에 흩어진 것을 보고 놀란다. 게다가 의숙이 그를 못 본 체하자 붉게 상기된 얼굴로 뛰어든 성두를 피해 길서는 뒷문으로 도망쳐 버린다.

박영준

 주인공인 길서는 남들보다 교육을 더 받고 자기 땅까지 가진, 마을 사람들의 선망의 대상이었습니다. 그러나 그는 일제의 농업 정책을 앞장서서 선전하고 자기 이익만을 위해 관료들의 계략에 동조하는, 일제의 편에서 보면 '모범경작생'이지만 농민들의 눈에는 '이기적인 배신자'일 뿐입니다. 따라서, 이 소설의 바탕에 깔린 기조는 아이러니라고 볼 수 있겠지요.

이러한 길서의 단순하고 이기적인 사고 방식을 엿볼 수 있는 대목이 있는데요, "우리는 일을 부지런히 합시다. 그러면 굶어죽는 법이 없으니깐요. 유명하게 된 사람들은 전부 부지런했던 덕택이었다는 것을 우리는 잘 알지 않습니까!"라는 부분이 그것입니다. 여기에서 길서는 농민들이 가난하고 굶주리는 이유를 단지 게으르고 일을 하지 않기 때문이라고 생각합니다. 하지만 길서의 이러한 생각은, 당시의 상황에서 보면 너무나도 단순하고 이기적인 생각입니다.

갈등의 양상을 보이는 성두가 처한 현실적 상황을 보면 한층 이해가 빠르겠지요. 돼지를 너무 싸게 팔았다는 어머니의 말에 성두는 당장 밀린 지세며 먹고 지낼 곡식도 사야 하는 등 돈 쓸 데가 많은 관계로 싼 가격에 자기의 잔치 때 사용하려고 했던 돼지를 팔면서 "누구는 모르나요. 여름에는 풀을 깎아다 주기만 하면 거름을 잘 만들고, 먹을 것도 겨울보다 흔해서 기르기도 쉽구, 그러다가 가을철에 들어 팔면 큰돈 될 것두 알기는 하지만 어떻게 합니까?"라며 항변을 한다.

기르던 돼지를 헐값에 팔아 버린 성두는 이 소설에서 길서의 반대편에 있는 인물이지요. 하루종일 논에서 열심히 일하지만, 길서와는 달리 자기 땅이 없어서 늘 가난하게 삽니다. 여기서 잔치는 성두의 결혼식을 의미하는데, 당장 먹을 것이 없어

갈등 葛藤 한자를 보면 '칡 덩굴과 등나무 덩굴'이라는 뜻을 가진 말인데, 이 두 나무의 가지가 서로 얽히듯 서로 대립하고 부딪히는 모양을 비유해 불교에서 '번뇌'라는 의미로 사용했다. 즉, 사람과 사람, 사람과 집단, 집단과 집단 등의 사이에서 서로의 견해·이해·감정 등이 복잡하게 얽혀 있는 모양을 이르는 말이다. 물론 한 사람의 내부에서도 갈등이 일어날 수 있다. 『로미오와 줄리엣』은 적대적인 두 가문의 남녀가 집안의 반대를 무릅쓰고 사랑하는 내용을 다루고 있는데, 여기서 두 가문은 갈등의 관계에 놓여 있다. 이러한 갈등은 소설에 재미를 불어넣는 역할을 한다.

서 그 잔치에 쓸 돼지를 팔고 만 것입니다. 성두는 이제 돼지를 파는 것으로 물론 장가드는 것은 포기해야겠지요. 더욱이 그것으로도 모자라 고향과 가족을 버리고 북간도나 만주로 거지처럼 바가지 차고 떠나야 할지 모른다고 걱정하는 판국입니다. 이런 와중에 열심히 일하지 않아서 굶는 것이라는 길서의 주장은 얼마나 허황한 것입니까?

결국 성두와 마을 사람들의 분노는 길서를 향해 폭발하고 맙니다. 여기서 또 하나 우리가 알아야 할 것은, 성두를 비롯한 마을 주민들의 무지와 단순성입니다. 이렇게 살기 어려운 세상을 만든 것은 일제의 착취 제도와 수탈 계급이지만, 정작 성두와 주민들의 분노는 그 하수인인 길서에게 향합니다. 길서가 얄밉기는 하지만 대장은 놔두고 맨 밑에 있는 부하에게 화를 내는 격이라고나 할까요. 길서에게 화를 내고 그를 몰아낸다고 해서 일제의 착취 제도와 수탈 계급도 사라지는 것은 아닌데도 말입니다.

박영준

만일 이렇게 마을 사람들이 단합해서 길서를 몰아낸다면 그들은 바로 길서를 대신할 다른 사람을 찾아내고, 그를 통해 지속적으로 주민들을 또 못살게 굴겠지요. 그래서 길서처럼 배운 사람이 착취와 수탈 계급의 편에 서면 그래서 모두가 힘들어집니다. 그가 가난하고 무식하고 힘없는 주민들의 편에 섰다면, 상황은 훨씬 나아졌을 것이라는 예상을 해 볼 수 있겠지요. 일제의 착취 제도와 수탈 계급에 속한 사람들은, 마을 주민들에 대한 길서의 영향력을 인정하는 편이었으니까요. 주민들도 그것을 알기에 길서에게 감세減稅 부탁을 하는 것이죠.

　　그들은 할 수 없으므로 성두의 말대로 길서를 시켜 읍내 지주 서재당에게 가서 금년만 도지〔小作料〕를 조금 감해 달래 보자고 했다.

　　그러나 길서는 자기와 관계가 없을 뿐 아니라 정해 놓은 도지를 곡식이 안 되었다고 감해 달라는 것은 흔히 일어나는 소작쟁의와 같은 당치 않은 짓이라고 해서 거절했다. 그러고는 며칠 있다가 일본 시찰단으로 뽑히어 떠나가 버렸다.

　　동네 사람들은 어찌할 줄을 몰랐다. 더구나 금년 겨울에는 기어이 잔치를 하려고 하던 성두는 가끔 우는 얼굴을 하곤 했다. 그들은 할 수 없이 큰마음을 먹고 떼를 지어 읍내로 들어가 서재당에게 사정을 말해 보았으나, 물론 들어주지 않았다. 오히려 아들을 분가시킨 관계로 돈이 물린다는 근심까지를 들었다.

　　"너희들 마음대로 그렇게 하려거든 명년부터는 논을 내놓아라."

　　하는 말에는 더 할 말이 없어 갈 때보다도 더 기운 없이 돌아왔다. 그들은 돌아가는 길에 길서의 논 앞에 서서 모범 경작이라고 쓴 말뚝을 부럽게 내려다보았다.

그러나 길서는 이들의 요청을 단호히 거절합니다. 그러고는 시찰단의 일원으로 일본으로 건너가고 말지요. 이처럼 이 작품은 주인공의 배신 행위가 기본축을 형성하고 있습니다. 그리고 면장, 면서기 등의 관료는 모두가 일제의 하수인들로, 총독부의 지시에 따라 마을 농민들을 순화시키고 수탈하는 일에 협력합니다.

길서는 유일하게 보통학교를 나온 관계로, 마을 주민들의 존경과 부러움을 한 몸에 받고 있었습니다. 하지만 자신의 그 유리한 위치를, 마을 주민들을 희생시키면서까지 자기 자신의 이익을 위하는 데 사용함으로써 오히려 마을 전체를 어렵게 만드는 인물이 되는 것이죠. 이에 격분한 농민들은 결국 '김길서'라는 팻말과 '모범 경작생'이라는 말뚝을 뽑아서 쪼개어 버리게 되는 겁니다. 도道에서 선발하는 일본 시찰단에 뽑혀 일본을 다녀오는 길에 이러한 사실을 보고 길서는 간담이 서늘해짐을 느낍니다.

밤이 이슥해 길서는 일본에서 사 온 바나나를 가지고 연인인 '의숙'을 찾아가지만 그 모든 사정을 알고 있던 그녀는 얼굴을 돌리고 울기만 합니다. 그러자 길서의 마음은 더욱 불안해지고 성두가 충혈된 얼굴로 뛰어들어오자 바나나를 들고 뒷문으로 도망갑니다. 남들보다 더 배웠음에도 약한 자의 편에 서지 않고 착취 제도, 수탈 계급의 편에 서서 자기 한 몸의 이익만을 위하던 길서. 그는 이렇게 사랑하던 애인을 울리며 도망치는 수밖에 없었던 것입니다.

박영준

 ① 우리가 공부하는 이유는 무엇인지 한 번 생각해 봅시다.

② 길서의 논 앞에 있던 팻말이 쪼개져서 흐트러진 이유는 무엇일까요?

③ 주민들은 왜 길서에게 지주를 찾아가 줄 것을 부탁했을까요?

④ 다른 주민들과는 달리, 길서는 먹고 살 걱정을 하지 않았습니다. 그 이유는 무엇일까요?

⑤ 마지막에 길서가 뒷문으로 도망친 이유는 무엇일까요?

모범경작생

구성

발단	들판에는 모내기가 한창이며 성두네 논에서도 노래를 부르며 모내기에 바쁘다.	
전개	의숙과 연인인 길서는 농사 강습회 요원으로 서울을 다녀오고, 길서는 개인적 영리 추구를 목적으로 일본에 아부하는 관료를 돕는다.	
위기	수심에 가득 찬 농민들은 길서가 지주와 친일 관료들의 협력자임을 알게 된다.	
절정	길서의 본색을 알게 된 농민들은 길서의 논에 일제가 박아 놓은 '모범경작생'이란 팻말을 쪼개어 버린다.	
결말	길서는 성두에게 쫓겨 도망을 친다.	

핵심 정리

갈래	단편소설, 사실적 농민 소설.
배경	1930년대의 궁핍한 어느 농촌.
주제	(개인적 이익 때문에 일제의 수탈 정책에 이용당하는 한 젊은이의 태도 비판을 통한) 농촌 현실의 부조리와 가난한 농민들의 삶의 애환.
시점	전지적 작가 시점
구성	직선적 구성
문체	소박한 간결체
경향	사실주의적, 고발적
제재	지주와 관료의 수탈로 인해 궁핍한 농민의 삶.
갈등의 양상	표면적 갈등 : 길서吉徐 ↔ 성두
	이면적 갈등 : 착취하는 일제 ↔ 착취당하는 농민.

작중인물의 성격

길서	마을에서는 유일하게 보통학교까지 나온 청년. 그러나 동네 사람들의 어려운 생활에는 아랑곳하지 않고 오직 자신의 입신立身과 이익만을 위해서 관리들의 비위를 맞추는 기회주의자.
의숙	성두의 여동생이자 길서의 애인. 길서 때문에 고민하면서도 아무런 행동을 보이지 않고 그저 울기만 하는 소극적인 성격.
마을 사람들	처음엔 소극적이나 나중에는 적극적으로 변화를 일으키는 인물들.

박영준

논술 대비 글쓰기

문학작품을 잘 감상했나요?
이제 논술에 대비하여 글을 써봅시다. 질문의 핵심을
짚어내어 나름대로의 생각을 자유롭게 쓰세요.

채만식의 「치숙」

1 이 소설에서 풍자의 대상이 되는 것은 무엇인가요?

길라잡이☞ 식민 치하에서 지식인이 처한 현실과 일제에 세뇌된 인물의 부정적인 인간상을 비교해 보세요.

2 이 소설의 화자인 '나'는 믿을 만한 인물인가요? 이런 인물을 화자로 내세운 작가의 의도는 무엇일까요?

길라잡이☞ 풍자의 효과가 어떻게 생겨나는지 생각해 보세요.

3 작중 아주머니의 삶에 대한 여러분의 생각은 어떠한가요?

길라잡이☞ 유교적 사고 방식과 현대적 사고 방식으로 여성의 삶을 달리 생각해 보세요.

1 아내가 생각하는 사회와 남편이 생각하는 사회를 대비해서 말해 보세요.

길라잡이☞ 아내는 배우지 못한 사람이고, 남편은 유학까지 다녀온 사람임을 생각하세요.

2 남편의 심리적 갈등은 크게 두 가지에서 비롯됩니다. 그것을 구체적으로 설명해 보세요.

길라잡이☞ 남편이 술을 마시는 곳은 집 밖이고, 주정을 부리는 곳은 집 안이라는 것을 생각해 보세요.

3 남편의 주정에 나타난 사회적 모순과 부조리의 내용이 무엇인지 구체적으로 말해 보세요.

길라잡이☞ 남편은 지식인으로 설정되어 있습니다. 지식인으로서의 꿈과 희망이 무엇이었을까를 생각해 보세요.

1 이 작품은 시점 문제에서 다소의 혼란을 보여줍니다. 가장 대표적인 것으로 '나'의 출가한 동생 S의 등장으로 말미암은 1인칭 관찰자 시점의 출현입니다. 시점 문제의 측면에서 작가가 여동생 S를 등장시킨 이유는 무엇일까요?

길라잡이☞ 시점은 사건의 내용을 중계하는 인물을 가리킵니다.

2 이 작품의 절정 이후는 S가 전해 주는 화수분네의 후일담입니다. 그러나 이 후일담의 내용 중에서도 S가 전해 줄 수 있는 범위를 넘어서는 대목이 나옵니다. 어디부터이며, 왜 그런지 설명해 보세요.

길라잡이☞ 시점이 또 한번 바뀌는 대목을 찾아보세요.

3 이 작품의 결말은 화수분네의 비극적 결말에서 그대로 끝나고, 다시 '나'의 시점으로 돌아오지 않습니다. 이런 결말의 기법이 노리는 효과는 무엇일까요?

길라잡이☞ 이 작품의 주제와 주된 정조(분위기)를 생각해 보세요.

1 조국은 개인에게 어떤 의미를 가지고 있나요?

길라잡이☞ 개인이 인간답게 살려면 국가의 보호를 필요로 합니다. 그래서 조국을 다른 말로는 모국母國이라고 하죠.

2 개인의 행동이 사회, 나아가서 국가에 미치는 영향력에 대해 이야기해 봅시다.

길라잡이☞ 때때로 우리가 세상을 살아감에 있어서 소아小我와 대아大我의 문제가 대두되곤 합니다. 이러한 문제에 봉착할 때 그 기준을 어떻게 설정하느냐에 따라서 다양한 행동 양상이 나타나곤 하지요. 삶이라는 인물 역시 소아와 대아 사이에서 현격한 차이를 보이고 있습니다.

1 인간 사회에서 자유와 욕망은 어떤 관계에 있나요?

길라잡이☞ 인간이 마음대로 행동하고 사는 것은 자유를 기반으로 하는 인간만이 누릴 수 있는 특권이며, 또한 마땅히 누려야 할 행복이지만 사회란 많은 사람들이 함께 사는 공동 집단이죠.

2 인간의 본성과 사회성과의 관련성에 대해 이야기해 봅시다.

길라잡이☞ '인간은 사회적 동물이다' 라는 말이 있듯이, 인간 개개인과 사회와의 관련성은 상호 보족補足적인 관계라고 할 수 있겠지요. 하지만 이러한 관계가 어느 한 쪽에 의해 일방향성을 가지게 된다면, 정상적인 관계를 유지해 나가기는 어려울 것입니다. 동양학에서 말하는 중용의 의미와도 같은 맥락에서 이해될 수 있겠지요.

이범선의 「오발탄」

1 '오발탄' 이라는 제목이 가지는 진정한 의미를 생각해 봅시다.

길라잡이☞ 방향을 상실한 철호의 모습을 통해 전후 혼란한 시대에 적응하지 못하고 소외당하는 양심적이고 소시민적인 인간의 모습을 담은 것입니다.

2 철호와 영호의 삶의 방식의 차이는 무엇일까요?

길라잡이☞ 철호는 가난하게 살아가는 가족의 가장으로 그가 처해 있는 현실을 인정하고 그 테두리 안에서 성실하게 살아가려는 인물입니다. 그러나 그는 자기 가족을 제대로 부양하지 못하는 무능력자이기도 하죠. 철호는 양심을 지키며 살려고 하지만 영호는 양심은 뽑아 버려도 되는 충치에 불과하다며 양심을 버리고 남들처럼 잘 살자고 말합니다. 철호는 성실하지 못한 영호가, 영호는 무능력한 형이 서로 불만입니다.

3 철호가 결국 충치를 빼는 장면은 무엇을 상징하는 것일까요?

길라잡이☞ 양심은 충치와 같은 것이라는 영호의 말로 미루어 보아, 철호가 충치를 뺀 것은 앞으로 양심적 삶을 포기하고 현실적인 생활을 하겠다는 의지의 표현으로 여겨집니다.

하근찬의 「수난 이대」

1 외나무다리의 상징적 의미와 그것을 건너는 행위의 의미는 무엇일까요?

길라잡이☞ 두 부자가 힘을 합쳐야만 건널 수 있는 외나무다리 앞에 둘을 세워 둠으로써 앞으로 힘을 합쳐 살아가야 할 그들의 인생 행로를 보여줍니다. 이것은 이면적으로 민족의 수난과 극복 의지를 보여주는 것입니다.

2 '수난이대' 라는 제목이 암시하는 바는 무엇일까요?

길라잡이☞ 제2차 세계대전, 6 · 25전쟁 등 총성이 멎을 날이 없던 격동의 시대를 보낸 한 가족이 받은 고통을 의미합니다. 이는 또한 그들 부자父子뿐 아니라 우리 민족 전체가 받은 고통을 뜻하기도 하지요.

3 작품에 쓰인 속어나 사투리 등의 역할은 무엇일까요?

길라잡이☞ 이 작품에는 속어나 사투리 등이 자주 등장하고 있습니다. 아버지와 아들이 주변에서 흔히 볼 수 있는 친근한 보통 사람들임을 나타내면서, 동시에 소설의 사실감을 더해 줍니다.

박영준의 「모범 경작생」

1 이 소설에서 '인텔리' 가 의미하는 바는 무엇일까요?

길라잡이☞ 많이 배운 지식 계급을 인텔리겐치아, 줄여서 인텔리라고 합니다. 이 소설에서는 길서는 인텔리에 속하겠지요. 길서가 그 마을의 인텔리가 될 수 있었던 것은 자기 자신의 노력만이 아니라, 학교라는 것이 있었기 때문입니다. 또 학교는 마을 주민들이 내는 세금으로 운영되지요. 그렇다면 결과적으로 무식한 마을 주민들이 길서를 가르친 것입니다. 하지만 그는 배우고 나서 주민들을 위하지 않고 자기 자신만을 위하며, 그 과정에서 오히려 주민들을 못살게 만듭니다. 그러다 주민들의 원한을 사게 되지요. 마지막에 비참하게 도망치는 길서에게서 어떤 느낌을 받았나요?

2마을 사람들은 왜 길서의 팻말을 부수었을까요?

길라잡이☞ 이 글에서 성두를 포함한 주민들은 길서에게 분노를 터뜨립니다. 그러나 길서는 꼭두각시에 불과합니다. 게다가 꼭두각시인 길서에게도 제대로 화를 내지 못하고 단지 팻말만 부수어 버렸지요. 하지만 정작 분노를 터뜨려야 할 곳은 남이야 굶어 죽든 말든 자기 배만 채우면 된다고 생각하는 지주(서재당)와 일제에 빌붙은 탐관오리(면장, 면서기)겠지요. 주민들은 위기를 느끼고 뭉치기는 했습니다만 자신들을 핍박하는 대상을 착각했습니다. 그러나 지주와 탐관오리에게 대항하기 위해서는 온 가족이 굶어 죽거나 감옥에 갈 것을 각오해야 하니, 그들의 비극은 바로 여기에 있습니다. 잘못된 제도와 탐관오리는 이처럼 사람을 극한까지 내모는 것입니다.

3이 글에서 의숙은 어떤 위치를 차지하고 있을까요?

길라잡이☞ 길서와 의숙은 사랑하는 사이입니다. 의숙이 얼굴을 돌리고 울기만 하자 길서의 마음은 터질 듯 아팠으니까요. 의숙이 하는 말이라면 길서는 들었을 것입니다. 그렇다면 길서가 마을 주민들에게 욕을 얻어먹는다는 사실을 알았을 때, 의숙은 길서에게 그것을 말하고 이제부터라도 길서가 바른 길로 가도록 도와주었어야 했습니다. 하지만 의숙은 소심한 성격 때문에 그렇게 하지 못했고, 결국 길서가 쫓겨나도록 방치한 셈입니다.